草莓味的甜

淡樱 著

青岛出版社
QINGDAO PUBLISHING HOUSE

图书在版编目（CIP）数据

草莓味的甜 / 淡樱著. —青岛：青岛出版社，2020.7

ISBN 978-7-5552-8798-8

Ⅰ. ①草… Ⅱ. ①淡… Ⅲ. ①长篇小说－中国－当代 Ⅳ. ①I247.5

中国版本图书馆CIP数据核字(2020)第025731号

书　　名　草莓味的甜
著　　者　淡　樱
出版发行　青岛出版社
社　　址　青岛市海尔路182号（266061）
本社网址　http://www.qdpub.com
邮购电话　18613853563　13335059110
　　　　　0532-85814750（传真）　0532-68068026
责任编辑　李文峰
特约编辑　郭红霞
校　　对　张玉霞
装帧设计　蒋　晴
照　　排　梁　霞
印　　刷　三河市良远印务有限公司
出版日期　2020年7月第1版　2020年7月第1次印刷
开　　本　32开（880mm×1230mm）
印　　张　9.5
字　　数　180千
书　　号　ISBN 978-7-5552-8798-8
定　　价　39.80元

编校印装质量、盗版监督服务电话　4006532017　0532-68068638

建议陈列类别：畅销·青春文学

目录

第一章

像春天的熊

沈以原看到这个颜表情，没来由地就想起几个小时前见到的邻居。对方小小的圆脸，乌黑的眼睛，鼻子微微挺翘。

有点儿可爱。

景黎是被毒哥的电话叫醒的。

她迷迷糊糊地看了眼，十点零五分，不是她在生物钟的影响下该醒来的时间。

她嘴里乖巧地应着："嗯……好的……可以……没问题……起来了……"实际上大脑一片空白，完全不知道电话那头的毒哥说了什么。电话那头的人沉默了一下。景黎忍着打哈欠的冲动说道："我去煮个早餐，等会儿见。"

挂掉电话，景黎将手机一扔，又闭上了眼睛。

五分钟后，手机又响了："十五乘以十五加二十五等于多少？回答不出来不许挂电话。"

景黎迷迷糊糊地算了半天，说："二百五？"电话那头的人冷笑了一声，说："恭喜你答对了，二百五。十一点二十分我开车去接你，给我好好打扮，把演讲稿重温一遍，不能有差错，知不知道？”

随后电话被挂断了。

杏粉色的珊瑚绒被子里慢慢地爬出一道身影，及腰的长发乱糟糟的，垂落在毛茸茸的睡衣上。

景黎揉了揉自己的脸蛋，有些后知后觉地喃喃自语：“刚刚好像被骂了？”然而她也没时间想太多。精致的水晶女孩儿出门总要花费不少时间的，护肤、化妆、做发型、换衣服，还要重温演讲稿。

毒哥把时间掐得刚刚好，她做完一系列准备后，门铃就响了。

她一开门，毒哥冷飕飕的目光就落在她身上，他上下打量了她一眼，露出满意的神色。

景黎嘟囔：“毒哥，我赖一下床而已，一大清早你就骂人二百五，很过分哎！”

毒哥说：“哦，我只是嘲笑你那点儿对付别人的小伎俩别放在你的经纪人身上。演讲稿背好了吗？等会儿在车上背一遍给我听。这是你第一次参加高校活动，好好表现，我给你立的人设别忘了，什么该说什么不该说你要心里有数，知道吗？”

话音到最后难得轻了几分，透露出女性的轻柔。

毒哥性别女，是景黎的作家经纪人，性子泼辣，嘴巴贼毒，喜欢别人喊她哥。景黎是今年年初才签给毒哥的经纪公司星华的。星华对景黎颇为看重，合约落实后就给景黎量身定做了一系列营销和宣传，让本来就颇有名气的景黎人气更上一层楼。

景黎去年的转型之作《勇敢的少女》改编成了电影，上映后成为一匹黑马，票房破了同类型电影的纪录，随之而来的是景黎的身价也水涨船高，她也顺理成章地被圈内极有名气的造星公司星华看上。

今天是星华给景黎洽谈的一场高校演讲活动，在S市的高等学府F大，有利于巩固景黎的学霸女神人设。

演讲主题是围绕景黎自己的作品《勇敢的少女》谈野生动物保护问题，顺道宣传景黎的下一本新书。

至于下一本书的内容是什么，景黎其实还没想好。

她写书向来当天想当天写，从不用大纲和人设。

景黎给毒哥背了一遍演讲稿后，老实地表示："等会儿宣传新书的时候，我是不是像之前说好的那样提那本青春校园题材的小说？"

正好遇到红灯，毒哥睨了她一眼道："想好写什么了？"

"没有，但我会往高大上的方面说，尽管本质上这就是一本言情小说。"

"先别提，我们这边正在跟一位金主爸爸谈合作，"毒哥强调，"财大气粗的金主爸爸。"

景黎说："有多财大气粗？"

毒哥："能让你从两百五十平方米的大床上醒来的金主。"

景黎："是量身定做的书？"

毒哥："谈成的概率起码有九成，你今天宣传的时候可以适当透露一下你最近对《王者荣耀》这款手游很感兴趣，合作成不成也没关系，文字的游戏你自己琢磨。"

《王者荣耀》……

景黎歪头想了想，她对其最多的了解就是这款手游很火的时候，微博里铺天盖地的段子，但她还真没玩过这游戏。她从小到大对玩游戏的兴趣向来不大，玩个几天就腻了，从未沉迷过。

这好像是个推塔游戏？

她平时在咖啡馆码字的时候，见过不少人玩，当时就匆匆扫过几眼，没怎么留意，也不明白怎么这么多人对其上瘾。

到达F大后，毒哥带她和举办活动的负责人打了招呼。负责人是个姑娘，一见着景黎就对她的年轻表示惊叹，把景黎的作品猛夸了一顿。

景黎其实很不好意思，想嘿嘿笑几声，说句"哪里哪里"，被毒哥默默地看了一眼。

景黎矜持地微笑着表示道："过奖了，多谢你愿意阅读拙作。"

离讲座开始的时间还有半个小时，毒哥看出景黎的紧张，让景黎先去开讲座的阶梯教室里做准备。景黎长了一张娃娃脸，混进一群朝气蓬勃的大学生里毫无违和感。

景黎坐在后排的角落，没多久，她前排就坐了四个男孩子。

“老大，带我们打一局排位呗。”

“是啊，渡劫局，打完这一局我上王者了。”

“我们三排，别理老三这个小青铜。”

“青铜没有人权了啊？”

他们边说边打开了手机游戏，一声“timi（一种游戏音效）”冒出，紧接着是逐渐调小的游戏音乐声。

景黎瞄了一眼，咦，好像是《王者荣耀》？

被称为老大的男孩子一直没有吭声，从景黎的这个角度望去，她只能瞧见男孩的半边侧脸。他像是没睡醒似的，打了个哈欠，懒洋洋地说：“不打，自己玩泥巴去。”

男孩儿的声音分外低沉，也不知是不是没睡醒的缘故，此刻带着几分沙哑。

另外一个男孩儿说：“辅导员跟这个叫景黎的作家是不是有什么关系啊，还强迫我们来听讲座……幸好我们坐的是后排，等会儿可以打游戏。原哥，真不来一局？”

“不来。”叫原哥的人拒绝得十分干脆。

景黎有点儿声控，男孩儿的声音低沉浑厚，富有磁性之余还有几分特别的风流之感。爱美之心人皆有之，景黎上台演讲的时候，特地留意了一下这个男孩儿。

他全程低着头，直到她结尾提起“王者荣耀”四个字的时候，他才稍微抬了下头。

两人四目相对。

讲座结束后，毒哥还带着景黎去跟F大的几位教授吃饭。

景黎不擅长应酬，但毒哥八面玲珑，长袖善舞，恰恰遮掩了景黎的不足之处，且景黎的人设是带着傲气的学霸女神，席间她只要适当地点点头便可。

其中一位李教授很喜欢景黎，和她说了一大堆话。

景黎去年大火的《勇敢的少女》在国内掀起了一股野生动物保护热潮，李教授教的正是和动物保护相关的专业。景黎忍不住说："这都是我朋友宋纱纱的功劳，她是这部作品里的原型。"

饭局结束后，毒哥开车送景黎回家。

景黎坐在副驾驶座上后，松了口气："今天的讲座紧张死我啦。"

毒哥说："表现得还不错。"

景黎笑嘻嘻地说："我也觉得还行，话说金主爸爸那边什么时候能谈好合作？毒哥你说有九成把握，那肯定就是十成了。"

"最迟一周。"毒哥说道，"到时候带你过去，跟这个游戏相关的东西你这一周做好准备。"

景黎说："没问题。"

似是想起什么，毒哥又问："今天演讲到最后是不是走神了？"

景黎没想到毒哥居然目光如炬，心虚地说："是……走神了，我看见一个熟人，呃……也不能说是熟人，是有一面之缘的邻居。就是我之前和你提过的，我家纱纱不是和她家周哥去B市定居了吗？前两个月他们把S市的房子租出去了，就是我隔壁的房子……签合同那天，我还特地过去跟邻居打了招呼，是个年轻的男孩子，和我一样大，没想到今天在F大碰见他了，他居然还在念大学。我听他们聊天，好像他们是念大三大四的样子……奇怪，他都二十六了还没大学毕业，难道念书念得晚？"

毒哥问："好奇？"

景黎说："是挺好奇的啊，他真的贼奇怪，两个月了哦，我们是邻居，居然没碰过一次面。"

毒哥嗤笑了一声："你每天睡到十二点起来，指望能碰上什么人？我不管你这个邻居，回去你好好做准备，一周之内了解清楚《王者荣耀》的相关信息，没问题吧？"

景黎拍胸口表示："游戏嘛，很简单的啦。"

想起今天听到的对话，景黎又表示："一周，我绝对能上王者。"

她从那几个小年轻的对话听来，王者应该是最高级段位了吧？好像微博上的段子也经常说上王者什么的。

毒哥嗯了声。

到小区后，景黎上楼，掏钥匙开门时，正巧听到对门传来一阵麦克风破音的响声。

她忽然想起了第一次和邻居见面的场景。

邻居长得又高又瘦，起初戴着口罩，后来小区物业来拍租客照片时他才摘了口罩。她记得男孩儿唇色微淡，神情也是寡淡的，说话时惜字如金，望了她一眼便收回目光，仿佛没将她望进眼里。

她说："新邻居，你好呀，我是景黎。"

他略微颔首，声音也过分冷淡："沈以原。"

景黎回到家后，做的第一件事就是下载《王者荣耀》这个App。

等待期间，她在企鹅上戳开了一个好友群。作为一名全职写手，她大部分时间的社交在网络上进行，从事这一行多年，她认识了许多可爱又有趣的同行。

这是一个相当私人，也相当亲密的好友群，加上景黎有四个人，一个群主，三个管理员。

四个人都是神经病，群名每天都在改，比如今天的群名叫"锦鲤今天又没码字"。景黎一看就知道是好友喵喵改的。三百六十五天，那人有三百六十天想怼她。

但打是情骂是爱，闺密情她懂。

景黎记得在《王者荣耀》这个游戏刚出来的时候，喵喵就在玩了，中途花样百出地给她安利，三番五次地想拉她入坑，然而她对其并不感兴趣，每次都顽强地坚守住了自己的原则——拒绝玩游戏。

锦鲤："那个给我安利《王者荣耀》的人呢？我要入坑了！"

喵喵："真的假的？"

锦鲤："真的！我要一周内上王者！"

喵喵："呵呵。"

虫草花："王者是谁？"

锦鲤："你思想纯洁点儿行不行？王者是段位！段位！不是一个人！"

群名很快被改成“锦鲤在做白日梦”。

景黎一看就知道是喵喵改的，懒得理她。五分钟后，喵喵私戳她，说带她打一局游戏，教她怎么玩。景黎很有自信地表示：“没问题，让你见识一下我的高端操作。”

景黎有一股谜之自信。

虽然她从没玩过《王者荣耀》，但认为自己一定是那种根骨极佳、一上手就是百年难得一遇可以一打十的游戏天才。她平时不玩游戏只是为了让大众有更好的游戏体验！

游戏终于下载好，景黎飞速地过了一遍开头的新手教程，知道了这是个推塔游戏，只要最后把对方的水晶推掉就可以获得胜利。每个游戏玩家各自操作一个英雄角色，每个英雄都有不同的三个或四个技能。

而里面的对战机制又有不同的分配，有匹配和排位，还有人机对战。排位有段位之分，赢一局加一颗星，最高段位是王者，依次排下来是星耀、钻石、铂金、黄金、白银、青铜。

而参加排位的条件是玩家拥有五个英雄角色。

景黎想了想未来的金主爸爸，豪气冲天地把所有能买的英雄和皮肤全买了，接着悄悄地打了一遍人机对战，自信心噌噌噌地上涨。

于是，她戳喵喵：“我好了，来带我打一局排位吧。”

喵喵：“你只是个小青铜，段位差太多排不了，只能打匹配。”

景黎看了眼喵喵的段位：“小星耀有什么好嘚瑟的，哼哼哼，下周我就能上王者了！”

喵喵开了匹配邀请，景黎摩拳擦掌，准备让喵喵见识一下自己的游戏操作。

她开局秒选了一个超萌的英雄，叫安琪拉，有两只长长软软的兔耳朵，抱着一本粉色的书，蹦蹦跳跳的，超级可爱。

她和喵喵开了麦，再度强调：“让你看一下什么叫高端操作！”

话说得很响亮，最后啪啪啪打脸的声音也很响亮。

她的安琪拉开局死了十次，把敌方养得肥得流油，技能永远扔不准，一局游戏不到十分钟就结束了。连着打了三局，她的评分都只有两分。喵喵说："讲真的，你待在泉水里不动的话，说不定我们还能赢。"

喵喵冷酷地给出了三个字评价："带不动。"

然后，喵喵拒绝再和她玩了。

景黎感觉受到了侮辱，很有志气地说："我是新手！还没弄明白！等我弄明白了，我找你单挑！我一定能打死你！"

喵喵："呵。"

景黎决定奋发图强。

她先去弹幕网找了安琪拉的视频教学，认真地研究了好几遍，还看了一些游戏主播打安琪拉的视频。过了好几天，她的安琪拉熟练度将近三十场。

呃……她的技术依旧很烂。

她尝试着打了五场排位，只赢了一场，而那一场对手还是电脑，六分钟多一点就投降那种。

周五那天，毒哥打电话给景黎："上次谈的合作稳了，约了金主爸爸下周三见面，游戏你了解得怎么样？上王者了吗？"

景黎叹气，幽幽地说："毒哥，我觉得我一辈子都上不了王者。"

毒哥淡淡地说："嗯，我预料到了。"

景黎嘀咕道："一点儿面子也不给我啊。"

毒哥又说："能上王者是锦上添花，不能上也无伤大雅，你只要了解清楚这个游戏怎么操作就行。你擅长的是写书，把书写好，软广植入得自然就可以了，后续的影视营销也会陆续跟上。"

景黎："哦。"

在自己的书里的世界，自己就是上帝，情节为人物服务。只要自己了解得够多，书里的主角可以是救死扶伤的医生，也可以是能言善辩的律师，自然能是游戏技术很牛的高手。

不过景黎还是想小小地挣扎一下，起码段位得是小黄金好吧！青铜什么的太丢脸啦。

晚上九点多的时候，景黎又去看了《王者荣耀》主播的游戏直播。

有个国服安琪拉主播玩得特别厉害，景黎拿着小本本，边看边做笔记。

小半个钟头后，景黎上了游戏。

《王者荣耀》这个游戏的匹配里有单排、双排、三排、四排、五排。这几天景黎都是一个人单排玩的。喵喵嘴里嫌弃她的操作，但身体还是诚实的，好几次主动表示要带她玩。

但景黎都很有骨气地拒绝了！

就在景黎准备单排匹配来一局的时候，忽然有附近的人给她发来了五排的匹配邀请。《王者荣耀》里除了可以和好友一起玩之外，附近的人以及最近一起玩过游戏的人都可以对玩家发出游戏邀请。

景黎知道自己技术渣，和别人组队压根儿就是一个坑货的存在，所以很有自知之明，从不同意这样的邀请。

但今天景黎出现了失误，想按“拒绝”的，结果鬼使神差地按了“同意”。

一进去，见到阵容她就被吓傻了。

四个队友都是王者段位，开房间的那一位ID叫作“锦鲤大王”的队友还是荣耀王者。

这是怎么回事？

景黎顿时有种顶尖高手们华山论剑，她一个咸鱼路人莫名其妙地被卷入斗争的感觉。

景黎瑟瑟发抖地在频道里打了一个字：“呃？”

开房间的那位队友回了她一句：“我带躺，你随意。”

很快，另外一个ID名为“金角大王”的队友好心地给景黎解释：别紧张，这是一个主播带路人玩游戏的活动，你随便打就可以了。

景黎这几天也看过一些主播打游戏，很快就明白过来。

就在这个时候，游戏进入匹配时间了。

几乎是一进游戏选英雄的页面，景黎就秒选了安琪拉。

刚刚那一位好心的金角大王发了六个点。

景黎："我……只会安琪拉。"

金角大王："行。"

景黎还是很担心自己坑了队友，有了喵喵的前车之鉴，她又发了句："那个……我很坑的。"

金角大王："哈哈哈——有大佬在，再坑也没事！"

那位锦鲤大王话很少，一直没怎么说话，这个时候才发了个字："嗯。"

景黎对这人肃然起敬。

高手就是有底气！

她瞄了眼大佬玩的英雄，是个男英雄，叫什么她不太记得了，不过看国服安琪拉主播玩过好几次，剑法飘逸，长得特别帅气。在等游戏加载的时候，她看了眼名字。

哦，男英雄是李白。

据说这是对低端玩家而言操作难度高的英雄之一。景黎对此并不感兴趣，只喜欢漂亮的小姐姐或者软软萌萌的小可爱。

游戏一开局，景黎就学着自己看的国服安琪拉主播，蹦蹦跳跳地打小兵。和她对线的敌方英雄是个扁鹊，景黎这几天和这个英雄对线过不少次，扁鹊可奶可毒，她的安琪拉不知道被毒死了多少次。

所以景黎相当有恐惧感。

她原以为自己会被打死无数次的，但很神奇的是那位大佬有事没事就来她这里闲逛，扁鹊出塔被杀，不出塔也被大佬越塔强杀。来一个大佬杀一个，来两个大佬杀一双。

景黎看得目瞪口呆，自己居然被保护得稳稳妥妥的。

景黎虽然没被杀，但打小兵也很耗费技能，技能需要蓝量来维持。景黎见到国服安琪拉主播经常去打左边野怪区的蓝色野怪，叫作蓝buff，一般打完后，蓝量就开始恢复，又可以使用技能了。

在《王者荣耀》这个游戏里，蓝buff是有限又十分重要的东西。

于是，景黎跑去打蓝buff了。

她刚走到蓝buff身边，金角大王又发了六个点，然后发了个撤退的信号。

景黎："我不能打吗？"

回答她的却是锦鲤大王："我控对面的蓝，家里的你拿着玩吧。"

十五分钟后，游戏结束，他们这边获得压倒性的胜利。

景黎玩了几十场《王者荣耀》，头一回玩得这么轻松，而且游戏评分还有6.8，她一次都没死！整场玩下来，她就跟在大神后面混助攻和人头，在高手如云的匹配局里打得十分畅快，游戏体验前所未有地好！

要知道她之前的几十场比赛里，大半时间是被杀死后在泉水里等复活的！

景黎都快要被自己感动了。

在这种高端局里，她居然活了那么久！

景黎立马放下手机，打开搜索引擎，输入"锦鲤大王"和"王者荣耀主播"十个字。

很快，景黎就顺藤摸瓜地找到锦鲤大王的直播网站。

十分钟后，景黎戳开了喵喵的对话框。

景黎："喵喵、喵喵，我刚刚遇到一个超牛的大神主播，王者局带我躺赢！你知道狼腾直播的锦鲤大王吗？超级牛！他才开直播几个月，微博粉丝就有十万了！而且他还拿了四个国服，李白、娜可露露、诸葛亮，还有鲁班，现在正在冲王昭君的国服。他刚刚和我打游戏的时候，我一次都没有死哦。"

喵喵："所以呢？"

景黎："我想拜他为师。"

喵喵："你死心吧，这些主播有一大群迷妹，'土豪'迷妹也不少，想被主播带着玩的女孩儿如过江之鲫。"

景黎："不！我不死心！"

景黎："你等着！"

景黎："他叫锦鲤大王，我的笔名叫锦鲤，这就是上天安排的师徒情！"

景黎摩拳擦掌，重新进入游戏。

《王者荣耀》这款游戏可以查看自己过往的战绩，并能点开战绩里队友和敌人的资料，里面有加好友的按键。景黎想了半天也没想好究竟要怎么写加好友的申请。

同为网上小有名气的人，景黎知道要用一句话打动一位大神太难。

好比很多读者知道她的企鹅号后想加她为好友，一般是说：“大大（大神的昵称）我超级喜欢你，可以加好友吗？”

也不是不可以，但企鹅的好友数有限，加到后面景黎就再也不加读者了。所以同理可得，她想要用一句话打动这位农药（荣耀的谐音）大神，得费点儿心思。

景黎想了又想，最后在手机九宫格里敲下一行字。

四月的S市天气反复无常。

昨天气温热得能穿短袖，第二天却温度骤降，虽有太阳，但是大风猎猎作响。F大有一条著名的樱花路，四月初的时候樱花开了满树，粉粉嫩嫩的，引来无数拍照的路人。现在花还未谢，大风一吹，整条路都是随风乱舞的花瓣。

简鹏拍掉眼前的花瓣，说道：“什么妖风！老大，你觉不觉得这股妖风暗示我马哲课打排位？你看这飘舞的樱花，是我们胜利的预兆！老大，真的，我再打一局就上王者了！你昨天直播带路人玩，今天都不肯花十分钟带你的室友排位吗？”

沈以原围紧了围巾，慢悠悠地说：“认真上课。”

“那下课打！”

沈以原瞥了他一眼。

就在这个时候，有个女孩儿走了过来，眨了眨双眼，落落大方地说：“同学，能不能用你的手机帮我拍张照片……”此时，风小了些，女孩儿穿着草青色的长裙，妆容精致的五官在樱花树下显得俏皮又可爱。

沈以原懒散地扫了对方一眼，慢吞吞地说：“可以。”

女孩儿眼里有着淡淡的笑意，在樱花树下摆了个楚楚动人的姿势。拍完照后，女孩儿说："我的手机没电了，你可以加我的微信吗？然后你再把照片发给我。"

沈以原仍旧慢吞吞地说："可以。"

女孩儿报了微信号。

沈以原加了。

女孩儿露出浅浅的笑容，歪着脑袋，对他挥手："好嘞，谢谢小哥哥。"

女孩儿走后，简鹏目瞪口呆地说："现在的女孩子套路都这么深的吗？"顿了顿，他又羡慕地说，"有一副好皮囊就是好，搭讪的女孩儿一个接一个。老大，你觉得这个女孩儿怎么样？我瞧着长得挺好看的……"

沈以原："没注意。"

简鹏："那你还加人家的微信？"

沈以原："手机是老四的，走了，马哲要迟到了。"

简鹏露出一副暴殄天物的表情："老大！你咋不用我的手机？老大，你注孤生（网络流行语，即注定孤独一生）啊！你拒绝这么多女孩儿，心不痛吗？以后总会有个女孩儿来收拾你！"

沈以原不以为意。

简鹏一路念叨到教室，其他两位室友早就占好了绝佳位置，招手喊他们俩过去。简鹏一坐下，就开始和两位室友说在樱花路上碰见的事儿。

老四："不说别的，打排位吗？"

老三："我到钻石了，老二你到星耀可以和我排了！"

简鹏表示："你们真是注孤生！"

老四说："什么注孤生，我们老大是眼光高，还没遇上喜欢的人。我们老大直播和不直播的时候，两副模样。不直播的时候老大冷淡又禁欲，跟个和尚似的；一直播情话连篇，自带撩妹技能。昨晚他带路人青铜妹子，多少他的粉丝在直播间里求嫁？那句话怎么说的来着？"

老三接上："我控对面的蓝，家里的你拿着玩吧。"

老四狂点头。

"对、对、对，就是这句，我昨晚见老大的粉头都把这句话列入大王撩妹金句之一了！老大，你说一个人怎么就能有两副模样呢？这是不是叫闷骚？”

沈以原：“少废话。”

“老大，你怎么可以凶你的小粉粉？好凶哦！”老四捏着嗓子说。

沈以原懒得理他。

过了会儿，上课铃声响起。

身为大学公共必修课之一的“马哲”，期末考试是开卷，学生考试时临时抱一下佛脚，把老师画的重点浏览一遍，基本上就可以过了。

所以课堂上，很多人没怎么听讲。

简鹏坐在沈以原的旁边，起初还认真听了十分钟。十分钟后他就渐渐撑不住了，无聊得很，凑过脑袋对沈以原说：“老大，打一局排位吗？我上了王者就不再烦你。”

沈以原瞥他一眼，实在拿缠人的室友没办法。

他板着脸说：“就一局，输了也不能烦我。”

简鹏立马来了精神，频频点头：“行！”

他插上耳机点开游戏，扭头一看，见老大上了他的大号，又说：“不行，你大号是荣耀王者36星，和我排不了。我记得你有很多小号，拿个王者一二星的和我排吧。”

当主播的人一般有许多游戏账号。

因为《王者荣耀》这款游戏有时间限制，一个号一天只能在线七个小时，超过时间就会被禁赛，第二天才能恢复，而且主播们喜欢冲国服，大多是从低段位冲起。

好比他们家老大的四个国服，都是拿不同的账号冲的。

简鹏也想当国服第一，然而只能想想，技术和意识跟不上。

他等了会儿，也没见老大换号，又凑过去看了一眼。

沈以原的手机屏幕停留在一个好友添加页面上。

上面是一个女孩子的账号，账号名字是“小锦鲤啊”，等级是倔强青铜。

简鹏：“这不是昨晚的路人妹子吗？”

简鹏对这个路人妹子的印象还是有点儿深刻的，当然不是技术方面的深刻。一来是名字，二来是中后期她不停地打自家野区的蓝buff，仿佛真的信了老大的话，让她拿着玩，她还真的拿着玩，蓝buff一出来就去打，乖巧得不行。

简鹏问："妹子是你的粉丝吧？你要加吗？你不是一般不加粉丝的吗？"

沈以原："不是粉丝。"

简鹏一脸疑惑。

沈以原给他看了一眼。

简鹏见到上面添加好友的一句话介绍是——

"您好，商务合作，价格好说。"

景黎醒了后有赖床半小时的习惯。

因生物钟准点，睁开眼后，她打着哈欠摸着手机。多年养成的职业习惯，她第一眼看企鹅，再看微信，看看有没有编辑给她发信息。景黎的忙碌时间一般在临近交稿前与书上市前。

虽然最近没新作品了，但是她有本旧书再版，出版社那边安排了不少需要她亲自参加的活动。

她匆匆扫了几眼，并没有什么重要的信息。

就在这个时候，她在手机通知栏里见到《王者荣耀》助手App的一个提醒，瞌睡虫瞬间被赶走。

她噌地坐了起来。

"啊！"

锦鲤大王通过她的好友申请了！

景黎开心疯了，也顾不上肚子饿得咕咕作响，捧着手机就趴在床角，两条纤细的小腿在半空中乱踢。

她进入游戏，然而大佬并不在线。

"带徒弟吗？"

"大佬你好，我觉得你的操作贼牛，可不可以教我？价格你开！"

"我给你的直播间刷藏宝图，你教我？"

景黎打了几句话，最后还是删掉了，觉得自己这样太鲁莽了，一点儿诚意都没有！她退出聊天页面，点开大佬的账号资料，从头到尾看了一遍。

看完后，她只觉得人与人之间的差距真大。

大佬几乎每一把都是mvp（most valuable player，本局游戏中该玩家击杀敌人数量最多，死亡数量最少），五杀、四杀拿到手软，还有非常显眼的国服标志称号。

她又切换到《王者荣耀》助手App，把大佬的个人主页看了一遍，发现大佬的号里英雄是齐全的，但英雄皮肤只有一半。王者荣耀这款游戏其实不氪金也是能玩的，但里面有很多漂亮的皮肤，买了后就可以给自己的英雄换上新衣服和新造型。景黎就喜欢这么花里胡哨的东西，好比她玩的安琪拉，本来是个穿着小洋装的小萝莉，买了皮肤后就是穿着兔子睡衣的超萌萝莉。

《王者荣耀》里有个防盗号的机制，刚加的好友三天之内不得赠送皮肤。

她拿着小本本记下了大佬缺乏的皮肤，准备等三天一到，就给大佬赠送皮肤礼物。

喵喵："你觉不觉得你像一个心机深沉的老男人，在想方设法地撩妹？"

景黎："什么撩妹啦，我这是在引起我的师父大佬的注意！你等着，等我拜了师，学了艺，你分分钟死在我手里。"

喵喵："……"

三十秒后，景黎的好友群名字改成了"白日梦锦鲤在撩主播"。

虫草花："小锦鲤你能上的。"

小桑葚："求直播。"

景黎："你们这群恋爱脑的言情写手没救了。"

景黎并不想搭理这群恋爱脑好友。

她真的只想拜师学艺，对方收费也可以。锦鲤大王直播的时候不露脸，只有屏幕左下方有一只卡通的锦鲤，长得还挺萌的，声音也是经过变声器处理的。

资料上显示对方是男性，只是隔着屏幕，谁知道这人背后是男是女?

不过这都没关系，她就是想把这个游戏玩好，锦鲤大王是人妖都无所谓!

景黎一头扎进了《王者荣耀》这个游戏里。

她怕自己坑队友，不敢去打排位赛，只打普通的匹配。本来她只打算打一两局的，但这个游戏真的有毒，玩着玩着她就上瘾了。等她回过神来的时候，天都黑了。

连着两三天她都是如此。

景黎是一个人住，爸妈是当地人，隔三岔五会过来看看女儿饿死了没，一般在景黎赶稿的时候才会来得频繁。景黎不赶稿的时候，二老就出去游山玩水。

景黎不会做饭，一日三餐要么点外卖解决，要么出去吃。

她沉迷《王者荣耀》后，外卖小哥就来得特别频繁。

晚上七八点的时候，景黎终于意识到自己没有吃晚饭，打开外卖App叫了一份麻辣烫，肥牛、鱼豆腐、面筋、萝卜、海带、小白菜、魔芋丝配微辣的汤底，怎么想都美滋滋的。这家麻辣烫的小店是景黎经常点的，距离有点儿远，但是味道是真的好，每次送过来的时间在半个小时左右。

景黎算准了时间，又开了一局《王者荣耀》。

这一局打的时间有点儿长，硬是打了四十分钟，后面熬到敌方两人手机没电，景黎这边的阵营五打三，获得了胜利。景黎心里高兴得不行，还截了个图发朋友圈，骄傲地配了一句话——我觉得我越来越厉害了！国服第一安琪拉指日可待!

半晌，景黎才意识到她的外卖居然还没有来。

她点开外卖App，想查看外卖小哥离自己有多远，这一看不由得愣了下。

上面显示十分钟前外卖已经送到，订单已完成。

景黎给外卖小哥打了个电话。

外卖小哥显然也愣了下，好一会儿才说自己是刚来的，不熟悉业务，好像……送到她的邻居那儿了。

景黎一想到自己心心念念的麻辣烫此时此刻在邻居那里，就有些不开心。

外卖小哥：“真不好意思，我现在赶回去。如果不行，我给您赔一份行吗？”

电话那头是车辆匆匆行驶的声音，还有呼呼刮过的风声，景黎又觉得人家外卖小哥好辛苦。

她小声地说：“算了，我自己去拿吧，你不用过来了。”

外卖小哥连忙道谢。

景黎的那丁点儿不开心随之散去。

她踩着棉拖鞋准备去隔壁，走到门口的时候，低头望了眼自己的衣着，脚步一顿。

自己穿着睡衣去找邻居好像不太好。

沈以原上个月才和狼腾直播公司签约，合约里每个月有规定的直播时间。狼腾直播考虑到他还在念书，合约里的时间规定比寻常主播要少得多。

一般晚上没有课的时候，他六点左右就回到家，七点开始游戏直播，每天播四个小时。

今天沈以原有事耽搁了，回到家的时候已经八点了。

不过明早没课，他晚上游戏直播可以弄晚一点儿。

沈以原点了份麻辣烫外卖，没想到不到十分钟就送过来了，速度快得惊人。他对吃的向来不讲究，吃剩汤底的时候才发现今天的麻辣烫不怎么辣，而且没给肥羊，给了肥牛。

门铃被摁响，沈以原微微一怔，起身走向门口，透过猫眼见到一个毛茸茸的白色脑袋。

他开了门，门口站着一个女孩儿，身上套着宽松的白色羽绒服，脚底踩着一双粉色的兔子棉拖鞋，露出一截纤细白皙的脚踝；一张小圆脸顶着羽绒服自带的帽子，帽子边沿白色的绒毛看起来又滑又软。

女孩儿的眼睛乌黑水润，此刻却带着几分难为情的情绪，她欲言又止地看着他。

沈以原觉得这个女孩儿有点儿眼熟，仿佛在哪里见过。

“呃……”女孩儿忽然咬了咬唇，声音软软的，“我们见过的，不知道你还记不记得……我住在你隔壁。是这样的，我不久前点了份外卖，外卖小哥送错了，送到你家里来了，就在十分钟前。”

就在这个时候，沈以原的电话门铃响了。

他接通，里面传来外卖小哥的声音：“先生您好，外卖到了。”

一分钟后，沈以原手里多了份外卖。

景黎也凑巧见到了沈以原饭桌上已经吃得一干二净的外卖盒子。

从包装盒来看，是同一家麻辣烫店的外卖。

两人四目相对，景黎觉得有点儿尴尬。

更尴尬的是，在这个时刻，景黎的肚子响了起来。

咕噜咕噜的声音，响亮得只要不是个聋子都能听得一清二楚。

她脸颊上泛起一丝红晕，又长又宽的羽绒服袖子里伸出一只有点儿肉的小手，修得平整圆滑的指甲涂着粉蓝色的指甲油，指尖细细的，指向了沈以原手里的外卖袋子。

“你不介意的话，我们换一下外卖？”

她仰起脖子，这才意识到眼前的男孩儿长得贼高，她说不出对方具体有多少厘米，总之男孩儿很高，而且还挺瘦的，眉眼间是寡淡的神情，就像第一次见面时那般。

她还记得当时他说话的声音冷冷的，一副拒人于千里之外的模样。

现在也是如此。

她在他家门口站了两分多钟，他除了最初的打量之外，一句话也没说过。但接下来有些出乎景黎的意料，他问她：“吃肥羊吗？”

“呃……吃吧。”

“能吃辣吗？”

“能……吧。”

“哦。”

景黎有些蒙。

他哦什么？

此时，他伸出手，把外卖袋子递给了她。

景黎反应过来，原来“哦”是同意她换外卖啊。她接过外卖时，不小心擦过他微凉的手指。她发现他手指修长，指节分明，分外好看。

手指这么长，他打《王者荣耀》应该也很灵活吧。

景黎觉得自己有点儿《王者荣耀》中毒了。

看到一个男孩子的手长得好看，她第一时间想到的居然是打游戏，没救了！

景黎带着邻居的外卖回家后，做的第一件事是脱掉羽绒服。

她里面穿的是薄珊瑚绒的小睡裙，裙子不长，过大腿一点点。她家里装了地暖，寒冬时光着脚丫子这么穿也不会冷。现在的S市进入春天，时热时冷的，她索性关了地暖，直接穿冬天的睡裙。

刚刚她穿着羽绒服站在走廊上，差点儿没热疯。

小脑袋往玻璃窗前一凑，她依稀见到了微油的头发。

果然热疯了她还是得穿，一天不洗头就油腻腻的发质不戴帽子压根儿没法见人。自己一个人在家还好，宅着也没人见得着，熟悉的朋友过来也无所谓，而毒哥对她只有一个要求，人前光鲜靓丽，人后疯成狗毒哥也不管。

景黎拿了个发卡夹起及腰长发，嘴巴咬开筷子，开始吃晚饭。

她一打开盒盖，刺鼻的辣味便迎面扑来。

她看着通红的汤底，沉默了下，然后夹了一个鱼丸咬了口，立马被呛了下，连着咳了好几下。鱼丸不仅仅有辣味，而且还有一股子肥羊的膻味。

她要哭了。

景黎以前从不沾辣，前几年还是个辣味检测器，但凡菜里头加一点点辣椒，她都能尝出来。后来景黎认识了几个山城C市的朋友，有一回去山城和朋友们玩了半个月，回来后她就能吃一点点辣了。

真的，她发誓！

她第一次去山城，下飞机的那一刻就闻到了空气里有辣椒的味道，大街小巷里仿佛写满了“辣”字，吃个牛肉面想要不辣的都没有，人家的汤底就是带辣的！于是锻炼了半个月后，回来S市的她开始能吃一点点辣了，但也仅仅是一点点。

此刻的麻辣烫辣得她想哭，还有她最不喜欢的羊肉味。

景黎吃羊肉也很挑，必须做到毫无膻味她才能入口，如果带一点点膻味，她连吃都不想吃。

她叹了口气，又望了眼眼前的麻辣烫，有点儿生无可恋。

幸好家里还存有一桶海鲜牛肉泡面。

吃完泡面后，景黎开始收拾东西，倒掉泡面的汤，准备把泡面纸盒塞进麻辣烫的外卖袋子里。也是这个时候，她才注意到外卖袋子上的单子。

她的邻居吃麻辣烫的口味居然和她差不多，除了肥羊和肥牛，还有辣的程度不一样之外，其余的菜一模一样。

景黎的目光落在了食材数量上。

哇，她的邻居食量不小啊，大部分菜品是双份，有些还是三份！

她瞅了眼价格，这份外卖比她叫的贵了三倍左右。

景黎用手撑着脑袋，有点儿纠结。

虽然钱不是很多，但……她总觉得欠了邻居人情。这个邻居小哥哥虽然话不多，看起来很冷漠的样子，但人还是蛮细心的，交换外卖前还问了她吃不吃肥羊和辣。

犯错误的只有外卖小哥一个。

邻居小哥哥好惨哦，吃了分量这么少的外卖，还是不怎么辣的！

她小脑袋微歪，乌溜溜的眼珠子转呀转，最后目光落在外卖单子上的手机号码上。

沈以原收拾了外卖，去厨房里倒了两壶水，又拎了一个水杯放在电脑桌上。他直播的时候说的话多，容易口渴，每次进行直播都频繁喝水。

他今天打算九点开始进行直播，现在离直播开始还有二十分钟。

没多久，简鹏给他打电话，问：“老大，今天你什么时候开始直播？我侄女是你的粉丝，说要看一眼你的直播再去睡觉，你赶紧开直播行不行？”

沈以原：“九点。”

简鹏问：“老大你在吃什么？”

“饼干。”

简鹏：“这么晚你还没吃饭？”

沈以原放下手机，直接开了扬声器，含混地应了声，又拿起另外一部手机打开《王者荣耀》。

他的主播账号不用自己的微信，用的是别人给他的账号，他自己的手机里虽然装了游戏App，但是不常玩，毕竟微信里加了太多亲朋好友。

熟悉的背景音乐响起，简鹏跟他唠叨起来：“老大你国服王昭君还差几把能上？晚上要不跟我双排得了，我刚上王者！你的王昭君国服不好冲吧，不像打野英雄能带节奏，王昭君太靠队友了。”

简鹏听电话那头的人没回应，喊了句：“老大，你在听我说话吗？”

“在听。”

“双排吗？”

然而回答他的却是答非所问的话：“有人贿赂我。”

“什么？”

沈以原说：“那天说商务合作的妹子送了我二十个皮肤。”

简鹏一愣，问：“她跟你合作什么？”

“没说。”

简鹏爆了句粗口，说：“老大，这妹子在泡你啊！”

沈以原：“瞎讲。”

“不是瞎讲，老大你是从不加粉丝，要是加了粉丝大家肯定都想送你皮肤。这妹子套路深啊！她一定是想以工作的名义慢慢接近你，然后一步一步走进你的生活，最后就能把你泡到手了。”

沈以原：“……”

门铃电话响起，沈以原挂了简鹏的电话，门铃电话里传来一个陌生的声音。

“先生您的外卖到了。”

沈以原皱眉道：“我没点外卖。”

外卖小哥似乎也有些愣怔，念了一遍地址，又说：“沈先生对吧？手机尾号是5496？”

信息全部正确。

知道他家里地址的，除了宿舍里的那几个室友也没其他人了，平时倒是有简鹏给他点过外卖。沈以原微微沉吟，最后还是开了门，让外卖小哥上来。

外卖还是麻辣烫，跟他先前叫的一模一样。

就在这个时候，他的手机微信振动了一下，有个新的好友添加提示，申请好友验证的一句话是：小哥哥，我是你的邻居景黎。

他通过了好友验证。

几乎是同时，那边的人发来一条信息。

锦鲤：“邻居小哥哥好。”

锦鲤：“我想你应该没吃饱吧？我看你点的外卖分量蛮多的，总觉得不好意思，所以自作主张地给你点了一份外卖。”

邻居妹子的头像是一个Q版的古风女孩儿，头上顶着一条火红色的小锦鲤。

这个头像似曾相识。

沈以原用自己的手机打开《王者荣耀》，拉开微信好友列表，跟另一部直播手机里的好友列表对比了一下……

简鹏的话再次冒出。

“老大，这妹子在泡你啊……”

“老大，这妹子套路深啊……”

“她一定是想以工作的名义慢慢接近你，然后一步一步走进你的生活，最后就能把你泡到手了。”

景黎在等锦鲤大王的直播。

打从她知道锦鲤大王这个主播后，就变得有点儿沉迷。

“上单一霸，都别来，我一打五。”

“哟，中单法师对我的蓝buff有想法？”

“看什么看，来我的野区散步啊？”

“打龙是不存在的，高手从不打龙……”

她真的觉得这个主播太有趣啦，平平无奇的游戏凭着一腔鬼话被他打得妙趣横生，堪称电竞“BB机”。从她观察的时间看来，锦鲤大王的直播时间还算固定，一般七八点就开始了，当然她也不是死忠粉丝，就是想起来了抽空去看一看。

但今天不一样，她下午五点多的时候给锦鲤大王送了皮肤，也不知他究竟有没有收到，所以晚上边打游戏边等着他开播。不过今晚大佬好像有事，她等到九点整直播才开始。

大佬最近在冲王昭君的国服，景黎是从直播的弹幕里得知的。

王昭君是《王者荣耀》里的一个女英雄角色，景黎没玩过，一直钟情于蹦蹦跳跳的安琪拉。在她的印象中，王昭君是个长得贼好看的女英雄，放技能的时候特效也蛮好看的。

她这几天看锦鲤大王的直播凑巧都是打李白和干将莫邪这两个英雄。

看的时候，她全程目瞪口呆。

在他手里，仿佛没有不秀的英雄，在王者峡谷里他可以肆无忌惮地横行霸道。

很快，景黎见到直播间里出现了锦鲤大王的游戏界面，邮件消息的那一栏显示已读，证明大佬已经见到她送的皮肤提醒了！景黎有点儿小雀跃，立马在企鹅上戳好友群。

锦鲤：“嗷，我未来的师父收了我的皮肤！”

喵喵：“和人搭上话了吗？”

锦鲤：“等他结束直播再说，现在有七八万个观众在线呢。”

虫草花：“离锦鲤上王者又近了一步。”

小桑葚：“求直播。”

她是真的只想拜师啊！

景黎鼓起两腮，哼哼两声，关掉了对话框。这会儿锦鲤大王开始打游戏了，单排王昭君。景黎自己打游戏的时候看过队友玩，但并没怎么留意，因为她打游戏的时候全神贯注地杀人，没有空看队友。现在看锦鲤大王玩，漂亮的小姐姐穿着凤羽衣，手持金色法杖，三技能“凛冬已至”使用时，被透明光圈包围的小姐姐飞至半空，高举法杖，天降金黄流光雨，敌人被杀个措手不及。

景黎看得双眼发亮。

画面好梦幻、好少女心！

她手痒，立马进游戏来了局匹配，使用王昭君这个英雄。

但很快景黎发现自己并没有锦鲤大王那个凤凰于飞的皮肤。《王者荣耀》里有小部分皮肤是限定版，限时购买的，如果那时没有买到，那么只能等节日或者有什么活动时，官方返场才能购买。

不过没关系，她有其他可以购买的皮肤。

王昭君小姐姐的其他皮肤也很好看，反正技能是一样的，就是皮肤不一样，特效有所不同而已。

十分钟后……景黎要哭了。

人与人之间的差距就在这里，锦鲤大王的王昭君是遇神杀神遇佛杀佛、金光闪闪的少女，她的王昭君就是一个能被超级兵打死的咸鱼少女。

沈以原凌晨一点下播。

他关掉直播间后，眉宇间有几分疲倦之色，电脑桌上的两大壶水已经空了。微信上有好几条未处理的信息，他打开一看，是室友群里的消息，全是简鹏的废话。

他看了一眼，忽略，退出界面，点开朋友圈，发现五分钟前他的邻居发了一条朋友圈。

“一定是没有凤凰于飞的皮肤，我的王昭君才玩得这么烂！”配图是《王者荣耀》的战绩：0–12–8（杀死的人头–死亡次数–助攻数量）。

她这是有多菜？

沈以原沉默了下，忽然想起一件事。

他开了自己的直播游戏账号。

他的账号里好友并不多，大多是同个直播平台的主播以及有商务合作关系的老板。老板们大多不玩《王者荣耀》，他的游戏好友界面里清一色王者段位玩家，以至于只有青铜段位，还顶着一个萌萌的头像的邻居十分显眼。

也不知是不是凑巧，他一上线，邻居就给他发消息了。

是锦鲤啊：“大神好！”

是锦鲤啊：“首先我为前几天的用词不准确表达歉意，我这边更倾向于个人合作，而非商务合作。我刚玩这个游戏，想找个人拜师学艺。大神的操作和技术令我心生敬仰，不知道大神有没有兴趣收我这个徒弟？我知道大神时间宝贵，我也是十分有诚心拜师的，价格方面由您开。”

是锦鲤啊：“对啦，皮肤只是上次大神带我玩游戏的谢礼！”

是锦鲤啊：“大神您考虑一下可以吗？”

锦鲤大王：“不考虑了。”

是锦鲤啊发了个哭泣的表情过来。

沈以原看到那个颜表情，没来由地就想起几个小时前见到的邻居，小小的圆脸、乌黑的眼睛、鼻子微微挺翘，有点儿可爱。

锦鲤大王：“我没有时间带人玩，淘宝有陪练服务，也有技术好的王者段位的玩家。”

周三下午，沈以原要接连上三堂课。

沈以原在班里是优等生，每学期都可以拿奖学金那种，加上自身外貌的优势，连着三年都是F大里当之无愧的校草。也正因为如此，沈以原的室友经常见到有女孩子主动向他表白，而地点有路上、食堂、教室……

而且新来的大一学妹套路一个赛一个厉害！

简鹏早已见怪不怪，就是好奇究竟什么样的套路才能成功地让老大陷进去。三年以来，没有任何一个女孩子成功过，连班花赵敏敏也不行。

眼见又有人悄悄地给老大递爱心小字条，上面是微信号，而老大看了眼字条直接回了句：“微信好友已满。”十分直接地把人拒绝了。

简鹏为站在教室后门门口的女孩儿默哀了一下，问：“老大，那个青铜妹子你也拒绝了吗？”

沈以原说：“嗯，她想出钱让我带她玩，我让她去淘宝找陪练。”

简鹏：“牛。”

似是想起什么，简鹏又说："青铜妹子看起来家境挺好的，出手大方，给老大你送了二十多个皮肤，加起来花的钱快上千了吧？"

沈以原本来忘了这茬事。

邻居给他送的皮肤，他领了，因为不领的话，钱也不会退回给赠送的人。

简鹏眼睛一亮，问道："老大要玩游戏了吗？带我一个？"

"不玩。"

"那你开游戏做什么？"

"找东西。"

简鹏见他试了好几个微信号，还有企鹅号，又十分羡慕地道："号多就是好，里面铭文都满了吧？攒一套一百五十级的铭文，起码也要一个月……"

忽然，简鹏见他点进已拥有的英雄界面，点开了王昭君。

穿着凤凰于飞皮肤的王昭君华丽地转了个圈。

"老大你没事吧？看王昭君转圈？"

沈以原没理他，直接打开自己直播的游戏账号，又点开"是锦鲤啊"的好友聊天界面，输入了一个企鹅号以及密码。

锦鲤大王："我不喜欢欠人人情，还你的谢礼。"

简鹏见到了："老大，你真冷酷。"

沈以原淡淡地说："我不占女孩子的便宜。"

今天S市空气好，天气也好，暮色降临后，夜空中隐约可见难得的星辰。

一辆低调的黑色路虎停在小区门口，车内的灯光亮了起来，照亮了一张不苟言笑的脸。

"你今天表现得不错，包装一下，还挺人模人样，以后要保持。"顿了下，似是想起什么，那人又说，"金主爸爸那边对你很满意，当然我的眼光从不出错。"

"毒哥，你这话在夸我还是损我？"

嗓音带着几分天生的软糯，景黎撇撇嘴，解开了安全带。

毒哥说："是夸还是损，你自己分辨，合同等你的大纲出来后再签，按照今天商量的日期来。半个月内我不管你用什么方法，总之不能拖稿，完整的大纲和人设在劳动节零点前给我。"

景黎说："好嘛。"

"我知道作家都有拖稿的毛病，你不能有。交稿日前三天，你没完成百分之八十的稿件，我就住进你家，亲自伺候笔墨。"

景黎想想那场景……登时打了个寒战！

她再三表示："没问题没问题，我今天回去就开始构思，一定准时交稿！"

景黎的手伸向了车门。

毒哥又说："你现在好歹是公众人物，除了在家里之外要注意好形象，出门倒垃圾不许穿睡衣、拖鞋，收拾得干干净净再出门。"

景黎："那个，毒哥，我觉得我不是一线二线的流量明星，不用这么严苛吧？"

毒哥："怎么？当时跟我签合同的志气跑哪儿去了？不信我能把你捧成作家圈里的流量一线？"

毒哥板起脸来贼可怕。

景黎："我、我信！毒哥再见，毒哥晚安。"

小区里的路灯已经亮起，将景黎窈窕的身影在地上拉得很长。

她今天穿了一条复古的米白长裙，堪堪到脚踝，中间是系带红色宽腰封，勒出了纤瘦的腰肢，脚上是和腰带同色系的绑带红色小高跟，踩在石板路上，嗒嗒嗒地响，头发也提前做了造型。

景黎平日里是及腰黑色长发，发尾微卷，昨天根据毒哥的建议，烫了个大波浪，还染了偏文艺的闷青色，不过都是一次性的。他们和金主爸爸见面的时候，合作方直夸她有文人的气质。

嗯，景黎也觉得自己超有气质！

造型出来的时候，她对着镜子看了又看，真的觉得自己美疯了。

不过，这样的想法也很短暂。

进入电梯后，四下无人，景黎摁了下关闭电梯的按钮，又顺便瞄了眼镜子里的自己，放松下来。

肩膀微微垂下，一直吸气的小肚子终于得到休息的机会，凸起了一点点。

久坐的职业都伴随着一个令人烦恼的职业病——如影随形、超级可恶的小肚子！穿衣服的时候还好，能够完美地掩饰，最近她疏于锻炼，疯狂吃高热量的食品……于是，小肚子又冒头了。

她捏了捏，很哀愁，想把自己的小小肚腩送给瘦得可怕的喵喵，再让小桑葚给自己送点儿身高，然后再让美艳的虫草花给她一个欧式的高鼻梁。

走了会儿神，景黎发现电梯没动，然后才意识到自己忘记按楼层，准备摁楼层的时候，电梯门缓缓地打开。

四目相对，景黎愣了下，然后露出一个笑容，热情地打了声招呼："邻居小哥哥晚上好呀。"

沈以原微微颔首，也没出声，一进电梯就直接站在角落里，一脸生人勿近的模样。景黎自然察觉到了，根据前面两次的接触，她发现邻居小哥哥好像有点儿不爱说话，但实际上人倒是很细心的。

她尊重邻居小哥哥的性格，也不说话了，安静地伸手摁了楼层。

在电梯里最多就待一两分钟，两人也不会显得尴尬，如果尴尬，还有手机这个神器。

电梯缓缓上升，景黎站得笔直，乌溜溜的眼珠子瞅了眼电梯的楼层按钮，又瞅了瞅显示屏里逐渐上升的数字，目光不经意间就瞥到了角落里的沈以原。他微垂着头，她看不清他的表情，但是……

邻居小哥哥真的很高哎！应该是一米八以上了吧？

脸也长得挺好看的……

纱纱和周哥两室一厅的房子，还是精装修加地暖，地处繁华市区，租金一个月有一万多了，邻居小哥哥一个人住，还在念大学，虽然二十六岁念大三有点儿迟了，但家境应该很不错。

为什么他二十六岁还在念大三？

他上学上得迟？

景黎职业病犯了，习惯观察身边的每一个人，然后进行各种推理判断。

思维发散时，她也没注意到自己在悄悄地打量别人。直到碰触上沈以原望来的目光，她才猛咳一声，尴尬地收回目光，拿起摆脱尴尬的神器。

她索性打开手机，随便滑着各种App，也是这个时候才在《王者荣耀》助手App里发现了锦鲤大王给她的留言。

电梯猛地抖了下，然后忽然间，电梯停了。

景黎一惊，问："啊？怎么回事？"她下意识地看了眼邻居小哥哥，他皱着眉头走上前来，终于开口说了第一句话："应该是出故障了。"

他伸手摁了电梯里的对讲机。

果不其然，没多久，物业里的工作人员的声音响起，说是电梯突然出故障了，大概需要半个小时的修复时间，工作人员还问了电梯里被困的人有没有事。

景黎倒是不担心，说了句"没事"。

沈以原没吭声，半晌才说："尽快修好吧。"

电梯内重新陷入了沉默。

半个小时的时间……景黎想想有点儿尴尬了，瞄了眼邻居小哥哥，正巧又碰上他的视线。

他没有出声。

景黎尴尬地收回目光，低头看了下手机的网速，居然还不错。似是想到什么，她抬头说："小哥哥，你不介意我在电梯里玩一把游戏吧？"

景黎最近觉得《王者荣耀》真是个神奇的东西，宛如一种新型社交，名字叫"农药社交"，平日里没有话题的两个人也可以靠着《王者荣耀》变得熟悉起来。当然，景黎是知道邻居小哥哥玩这个游戏的。

《王者荣耀》这个游戏，微信好友是可以在游戏里同步的。

她记得在《王者荣耀》里见过邻居小哥哥的头像，不过好像他不经常玩，段位好像也是青铜？

"不介意。"

景黎问："你玩《王者荣耀》吗？"

沈以原沉默了下，才说："不怎么玩。"

哦……那她自己玩好啦。

正好锦鲤大王给了她一个号，她还蛮好奇号里有什么的。她登入了锦鲤大王给她的号，又怕打扰到邻居小哥哥，索性把游戏音效和背景音乐都关得很小很小。

很快，她有些意外，又很是惊喜，里面居然有她心心念念了好几天的王昭君凤凰于飞皮肤！

透过镜面，沈以原见到邻居女孩儿画得精致的眉眼迸发出光亮来，弯弯的眉眼里是抑制不住的惊喜和开心，眼里仿佛有星光。

一个凤凰于飞的皮肤，值得她这么高兴吗？

但没过多久，沈以原见到景黎退出了他给的账号，重新登了自己的账号，开了一局5对5的匹配。

景黎秒选了王昭君。

虽然声音很小，但沈以原一直听到系统提示景黎被杀死的声音。

他在旁边一眼就看出了景黎真的是个新手中的新手，毫无走位，毫无预判，毫无意识，装备随便买，也不懂得根据对面的阵容选择。五分钟后，手机里忽然传出一个暴躁的声音。

“王昭君能不能别坑啊，你一开局就送了三个人头，把对面的打野都养肥了！你是不是傻？玩什么游戏？”

对方声音很大，也很凶。

景黎有个很玻璃心的地方，别人一凶她，不管错没错她都会觉得委屈，小圆脸一下子垮了下来。

她知道自己坑，于是发了句文字：“对不起，我努力不被杀。”

过了会儿，她又发了句：“但是，骂人是不对的。”

沈以原微微皱起了眉头。

骂人的景黎的那个队友，玩的是打野位，英雄是李白，一开局就和野区里的野怪杠上了，从头到尾在打野偷龙，一直没抓过人，虽然一次都没死，却没担起打野的责任。

虽然这个邻居玩得很烂，但是打野更烂。

这时，手机里又响起那暴躁的声音：“你玩得菜我还不能骂你了？看你的名字是锦鲤大王的粉丝吧？锦鲤大王那货也是个菜鸟，你看他的直播学不到东西，安利狼腾的一壶酒，那才是真正的高手。”

景黎听了，就很不爽了，也不打字了。

她直接用队伍语音说：“锦鲤大王很厉害，一点儿也不菜，你再骂他我就举报你了。”

她一字一顿地说着，表情很认真，声音却一贯地软甜，提起锦鲤大王四个字的时候，仿佛星光再现。

沈以原莫名其妙地有些出神。

与此同时，手机里的暴躁打野也不吭声了，半晌才说：“是个妹子啊……”

景黎没理他。

他又说：“下一局一起玩吗？我带你躺赢。”

景黎说：“不用，我自己能赢，刚刚只是信号不好而已！”绝对不能给锦鲤大王抹黑！她下定决心，要好好地认真打这一局，直接关掉了语音频道。

忽然，身边响起一道低沉的声音。

“我王昭君玩得挺厉害的，帮你打？”

第二章

终于拜师了

正式介绍一下，我的徒弟——是锦鲤啊。

景黎有点儿受宠若惊。

她万万没想到，不苟言笑的邻居小哥哥居然会主动和她搭话，还要帮她打农药！

“好呀。”

她不疑有他，邻居小哥哥虽然在微信里看起来不常玩这个游戏，但是感觉有高手的气质。感觉从何而来，景黎也不知道，看着这个人就觉得他很会打游戏。

而且，景黎想起了一件事。

那天在F大的时候，她好像听到他的一个室友让他带着玩？当时他们具体说了什么景黎不太记得了，毕竟那时《王者荣耀》于她而言还是个很陌生的游戏，他们说的话里游戏用词多，她也记不清。但是“带玩”两个字还是很让她印象深刻的。

他能带人玩，这代表具有一定的能力。

景黎没有任何犹豫，把手机递给了邻居小哥哥。

瞧瞧这握手机的方式！

瞧瞧这十根灵活的手指！

瞧瞧这非同一般的手速！

景黎微微凑近，目不转睛地等着他用王昭君秀起来。

她身上有一股特殊的香味。

沈以原目光微垂，正好就瞧见了她凑过来的脑袋，头发顺滑有光泽，像是一匹柔软的绸缎，仿佛怕挡着视线，她撩起左耳边的长发别在了耳后，露出一只小巧圆润的耳朵。

好香。

“You have been slained.”（你被敌方击杀。）

手机里冒出一句系统的音效，尽管声音很小，在安静的电梯里却如此响亮。

《王者荣耀》这款游戏里，如果被敌方击杀后，就会出现这样的音效，同时出现的是微微暗下来的屏幕，还有躺在草丛里的王昭君的尸体。

沈以原面色不大好看。

刚刚那一波操作是没问题的，双方经济是有差别，对面打野已经起飞，但刚刚他们这边的两个人，王昭君的二技能“禁锢寒霜”是可以冻住对面的打野的，再接上三技能“凛冬已至”召唤暴风雪，最后补上一技能“凋零冰晶”，加上自身护盾被爆后的伤害以及草丛里还有一个鲁班，补上几枪，对面的打野是完全可以被抓住的。

伤害和血量都在他的预料当中，他唯一没有预料到的是……

信号忽然不好了。

游戏卡了一下，王昭君的二技能迟放了一点儿，没有冻住人，结果送了双杀，草丛里的王昭君和鲁班死在对面的打野手里。我方打野在频道里发了句：“呵呵。”

呃……

空气有点儿安静。

景黎软软地说："小哥哥坚持了这么久才死，也很厉害了。"

沈以原等着复活。

然而再厉害的高手、再厉害的操作，网速不好分分钟被教做人。景黎住的这个中高端小区年轻人居多，手机离身或者没网络时容易缺乏安全感，前几个月根据大多数业主的反映，物业这边在电梯里专门加强了4G信号，每家每户都收了点儿钱。当时还贴了公告，景黎瞄了眼，说是铺什么漏什么缆……

这种专业用词，她一般记不住。

反正最后电梯里的信号变好了，发微信、上微博速度也贼快，虽然网速还是比不上家里的，但好歹够用了，游戏里的一些小卡壳，在电梯里这种环境下也是可以容忍的。

然而此时此刻频频出现意外，等王昭君复活后，电梯里直接没了信号。

沈以原："……"

过了一小会儿，信号再次恢复，与此同时，电梯终于恢复正常。

物业在电梯对讲机里跟景黎和沈以原解释电梯故障的原因，还顺带提了一嘴，刚刚修复故障的时候不小心碰到了同轴泄漏电缆，造成短暂的信号消失，物业再三表示歉意。

景黎说："没事没事，恢复就好了。"

她重新摁了楼层，很快就到达了，电梯门打开，也是这个时候，恢复信号的手机重新连接上游戏。

正好游戏结束。

大大的"失败"两个字飞上屏幕中央，伴随而来的还有系统自带的冷酷女音——Defeat（战败）！

邻居小哥哥面无表情。

景黎拿回自己的手机，说："那个，小哥哥，我们下次有机会一起玩呀……再见。"她开门进屋，关上门后才松了口气。刚刚在电梯里还真的有几分尴尬，难怪邻居小哥哥不怎么玩游戏，原来是玩得不好。

男孩子之间果然喜欢吹牛皮。

不过景黎并没有在意这事。

她答应了毒哥半个月内交大纲和人设，今晚就差不多可以忙起来了。她有码字前先洗澡的习惯，于是去浴室冲了个澡，还敷了个面膜。对着空白文档发呆半个小时后，景黎发现自己脑袋一片空白。

她索性打开游戏，登录自己的账号。

一上线，她就收到一条游戏好友申请，是刚刚在游戏里骂她的暴躁打野。

“我教你打王昭君。”

景黎直接拒绝了。

游戏里太多奇奇怪怪的人不是专心打游戏，而是想着撩妹。

她只想好好地打游戏好吧?

然而暴躁打野不死心，不停地重复加她好友，又发来游戏邀请。

就在这个时候，她收到了一条锦鲤大王的消息。

锦鲤大王：“你在打王昭君？”

是锦鲤啊：“就小小地打了一两次，不过打得特别烂……”

锦鲤大王：“是很烂。”

景黎内心：“……”

锦鲤大王：“我看了你刚刚的那一场战绩，输出伤害太低，但是打野的那一位也烂。”

是锦鲤啊：“啊，他打得很烂吗？我看他最后的评分挺高的，他还说教我打王昭君。”

锦鲤大王：“没意识，没操作。”

景黎顿时觉得锦鲤大王太厉害了，看个战绩评分都能看出别人没意识、没操作，仿佛亲临现场似的。

景黎正想着要如何表达一下自己对锦鲤大王的操作的佩服时，又有人给她发了好友申请，一句话介绍那一栏只有简简单单的四个字——锦鲤大王。

景黎愣了下，但很快就认出了是锦鲤大王的小号。

《王者荣耀》这款游戏里一个微信账号在不同的服务区里都可以创建

新账号，而这些账号的头像都是共通的微信头像。不过其他方面，譬如段位、铭文等都要从新手开始。

锦鲤大王的小号叫作李白的哥哥，段位是白银，看得出来是个很新的小号。

但……这是几个意思？

接下来锦鲤大王又做了一件令景黎百思不得其解的事情，他竟然邀请她排位。

是锦鲤啊：“啊？”

李白的哥哥：“我大号段位太高，和你排不了位。”

是锦鲤啊：“打……打排位？”

李白的哥哥：“拉上刚刚和你打游戏的打野。”

景黎有点儿激动，那次和大神玩了一次匹配，她就再也没享受过那么好的游戏体验了。后来大神拒绝了她拜师的请求，她原以为以后都没有和大神一起玩游戏的机会了，没想到机会来得如此突然！如此让人惊喜！

现在大神让她揍别人，她也愿意，别说拉个暴躁打野！

她迅速通过暴躁打野的好友请求，然后拉他进入排位小组。

暴躁打野的名字很文艺，叫作清风徐来。

清风徐来：“妹子，我教你打王昭君。”

清风徐来：“哥哥保护你。”

清风徐来：“你听我的。”

清风徐来：“开麦吗？”

是锦鲤啊：“不开了吧。”

清风徐来：“好的，妹子你说了算。”

挑选英雄角色的时候，景黎选了王昭君。清风徐来和锦鲤大王都选了打野的位置，清风徐来死活不肯让打野的位置，一开局就秒选了孙尚香打野。锦鲤大王跟他的小号名字一样，挑了李白打野。

清风徐来：“喂，李白，没看见我选了打野吗？”

李白的哥哥：“双野，我蓝，带躺。”

清风徐来：“我带昭君妹子躺，不用你带。”

然而接下来，李白的哥哥给清风徐来展现了一场完美的打野教学。他开局说双野还真的就双野，完全没有碰自己家的红野区，一开局就入侵敌方野区，在敌方野区宛如在自家一般，闲庭信步之余顺手牵走所有野怪，真正做到了千里不留行，十步杀一人。

而且他还三番五次地把残血敌人送到景黎的王昭君面前，她轻轻松松一个三技能“凛冬已至”就拿下了三杀，并且一次都没死。

景黎觉得大神真的很有高手风范啊！她觉得自己就像是抱上了武林第一高手的大腿，谁来杀她谁死！而且李白这个英雄贼帅气，穿着凤求凰的飘逸皮肤，在峡谷里穿梭自如，来无影去无踪，谈笑间樯橹灰飞烟灭，太厉害了！

景黎崇拜得只想疯狂喊：太牛了！

是锦鲤啊：“大神真厉害！”

清风徐来：“李白是小号？”

锦鲤大王没有理他，直到游戏即将结束的时候，才在频道里发了一句：“王昭君我会教，轮不上你。”

他这句话一出，景黎就愣了下。

景黎揉了揉眼睛，还顺手截了图。

她盯了图片上的那句话很久，仍有些难以置信。半晌，她发了截图给喵喵，问：“你觉得锦鲤大王这句话，是不是答应收我为徒的意思？”

喵喵：“你砸了多少钱？”

景黎：“关键是……没砸，我送了二十个皮肤，他还了我一个账号，里面有不少限定皮肤，价值绝对超过我送的了。真是神奇的一天，可能大神觉得我天赋异禀？有机会成为新一代游戏高手？哎，幸好我这几天忙着弄造型，没去淘宝找陪练。”

沈以原可以确定，邻居并不知道自己就是锦鲤大王，那次外卖的事应该就是巧合。

他顺手点开了景黎的过往战绩。

那天，他建议邻居去淘宝找陪练后，邻居并没有找，她自己断断续续地玩了几天，战绩一如既往地烂。

他耳朵里蓦地响起前不久在电梯里听到的那认真又软糯的声音。

“锦鲤大王很厉害，一点儿也不菜，你再骂他我就举报你了。”

她果然很喜欢我。

沈以原如此想。

“什么？”

简鹏的声音有些大，在偌大的阶梯教室里引起不少人的关注，连沉迷于课外书的老三和神游天外的老四都纷纷转头看向他。简鹏自知大惊小怪，重咳了几声，做鸵鸟状趴在桌子上，装作什么都没发生过一样。

今儿个有公共选修课，能容纳五六百人的阶梯教室密密麻麻地坐满了人。

他们一行人坐在最后一排，讲台上的老师讲得慷慨激昂，正好也让学生互相讨论，简鹏那拔高的声音才显得没那么瞩目。

“老大，真的假的？喂，老三、老四，你们知道老大收了个徒弟吗？”

老三：“鹏哥，我觉得你八卦的习惯要改一改。”

老四：“赞同。”

简鹏：“女徒弟，老大的现邻居。”

老三、老四加上简鹏，六只绽放出感兴趣的光芒的眼睛落在了沈以原身上，三人异口同声地说：“有情况！”

简鹏：“漂亮吗？”

老三：“胸大吗？”

老四：“腿长吗？”

沈以原沉默了下。

三个万年单身狗已经脑补了一个绝世大美人的模样，能让老大愿意搭理的女孩子一定是天仙下凡，哦不，得比天仙还漂亮。于是，三个万年单身狗直接说：“有照片吗？”

沈以原想说“你们在讲座上见过的”，但话到嘴边又咽了下去。

他并不想见到他们议论他的邻居。

于是，他张嘴吐出两个字："没有。"

三个单身狗都觉得很可惜。

老四又说："老大什么时候把你的徒弟带来给我们看看？不，什么时候来跟我们开黑？我们四个人，加上徒弟，正好可以五排。能让老大你搭理的妹子，技术一定也很牛吧，肯定比老三这个小钻石厉害。"

老三："躺着也中枪。"

沈以原："你们见识过的。"他顿了一下，又说，"青铜妹子，是锦鲤啊。"

他这话一出，三个单身狗都惊呆了，尤其是简鹏，震惊地说："原……原来老大你吃这一套啊！"以工作为名义，一步一步地渗透生活。这个套路卖给那些粉老大、追老大的妹子，能赚翻了吧！

此时此刻，简鹏可以确定老大对人家妹子有好感了，不然怎么可能默认妹子追他？

他好奇地问："妹子在游戏里是怎么追你的？"

简鹏一副洗耳恭听的样子，就差拿小本本记下了，却见沈以原露出十分疑惑的表情，说："自从我答应她拜我为师后，她就没找过我打游戏。她这几天也没怎么上线……"

简鹏说："可能人家害羞？也有可能她觉得你忙，所以不敢主动打扰你？或者她觉得名不正言不顺？毕竟你就是那天在游戏里随口一说，说不定妹子没当真呢？"

沈以原微微拧眉。

就在此时，简鹏又压低声音说："老大，我们前面的女孩儿一直在偷偷摸摸地看你，好像是中文系的学生。"

话音未落，坐在沈以原前面的女孩儿就转过身来，目光里有几分探寻："原神？"

沈以原没吭声。

女孩儿又小心翼翼地问："你是原神吗？DO战队的队长？"

沈以原声音冷淡地回道："不是。"

女孩儿似是有些失落，多看了他几眼，说："你的声音有点儿像他。”话语一顿，她带着几分浓厚的怀念，说，“我们家原神是个很厉害的人呢，你们玩《英雄联盟》吗？当年他是LPL（英雄联盟职业联赛）比赛里战无不胜的战神。”

简鹏搭了句：“哦？”

女孩儿：“我给你安利我家原神啊！”

提起自己的偶像，女孩儿仿佛变了个人，甚至还悄悄地换了个位置，坐到了简鹏身边，开始安利DO战队里的原神。简鹏也是玩过《英雄联盟》的，但玩得不多。

女孩儿很快又把手机里的照片拿给简鹏看。

照片里的原神戴着挂耳式的耳机以及宽大的口罩，还有一副黑框眼镜，透过薄薄的镜片，隐约能见到一双冷静又透露出几分睿智的眼睛。

只不过……这照片怎么看出帅气来的？

简鹏夸：“果然好看。”

女孩儿如小鸡啄米似的点头：“是吧是吧，我家原神最好看了。”

然后，两人互相加了微信。

沈以原安安静静地听着课，对隔壁的讨论仿若未闻。

屋子里的遮光窗帘遮挡得严严实实的，屋子里一片漆黑，只有电脑屏幕发出的光亮以及背光机械键盘绽放出的彩光。极有节奏感的机械键盘敲击声啪嗒啪嗒地响着，上面是翻飞的十指。

屏幕前是一个油腻又不修边幅的脑袋，及腰的长发随意地用一个发卡夹着，鼻梁泛着淡淡的油光，眉头时而紧蹙时而舒展，嘴巴似是在喃喃自语，伴随这些动作的还有从未停下过的手指。

一个响亮的回车键声响起，女孩儿本是有几分疲倦的眉眼间登时透露出喜悦的神色，那几分疲倦仿佛瞬间不翼而飞。

她有三四天没出门了，一直在给金主爸爸写大纲和人设，而就在一秒钟之前，她提前了四分之三的时间完成了任务，而且她自我感觉极度良好，这真是惊艳之作。

她打开邮箱，立马将其发给了毒哥。

毒哥很快就在微信里回了她一句：“看完给你意见。”

景黎："没问题！"

景黎顺道看了眼时间，才傍晚六点半。

遮光窗帘一关，屋里压根儿分不清日夜。她喜欢在半夜的环境下工作，空间足够安静和私人，万物沉睡的时候仿佛世界里只剩她一个人。

这种时候她的创作灵感最足。

不过熬夜不好，所以她自我催眠了下，把家里的环境改造得像半夜，加上上好的隔音效果，差别也不是特别大。

景黎拉开窗帘，又把屋子里所有的灯打开来，然后点了份外卖，又去浴室洗了个头、洗了个澡，出来时，油腻腻的邋遢女孩儿又变成香喷喷的小仙女了。

任务完成，景黎打算第一件奖励自己的事情是打开《王者荣耀》，玩游戏。

为了赶稿，她这几天相当克制，连游戏都没碰。

上游戏前，景黎先去企鹅的好友群里嘚瑟了一下自己超前完成稿子任务，然后表示自己要去王者峡谷里虐菜！

"提前交稿的锦鲤超棒的"（群名是景黎自己改的）聊天群里。

喵喵："你这技术虐菜？除非你师父上你的号吧。"

虫草花："哇，师徒吗？我喜欢这种CP！不管是师父上徒弟，还是徒弟上师父，我都OK。"

小桑葚："求直播。"

锦鲤："别，大神那天好像就是随口一说，都没说真的收我为徒呢。"

喵喵："你们没联系了？"

锦鲤："那天他在频道里说教我之后，我看差不多到他的直播时间了就没打扰他，然后这几天我不是忙着写大纲和人设吗？所以我也没怎么上线……等今晚他结束直播后，我再厚着脸皮去问问好了。如果他不收我为徒那就算了，毒哥那天跟我说，金主爸爸那边有好多技术一流的职业队员，我要是想学的话还可以给我介绍私下认识，据说有个人的露娜玩得贼厉害。"

喵喵：“好的，你可以的。”

虫草花：“你可以上的。”

锦鲤：“喵喵你这么温柔，我很不习惯。”

喵喵：“我对能战胜拖延症提前交稿的人特别友好。”

然后，群名又被改了，喵喵改的：我们家锦鲤小仙女超级棒的。

景黎被夸了，心里有点儿高兴，给群里每个人发了个“么么哒”，愉快地打开了游戏。

一打开游戏，她就有些蒙。

呃?

她的游戏申请好友那一栏里有无数消息，验证都是五花八门的。

“求加！求给好友位！”

“小粉粉你是怎么拜师的？”

“小仙女快点儿通过我们家大王的收徒申请啊……”

“我们大王直播十分钟，走神五分钟。”

“你是大王的女朋友吗？”

“心碎，不许你当我们家大王的徒弟……”

景黎完全搞不明白发生了什么事。

她半晌才回过神来，打开了锦鲤大王的直播。锦鲤大王仍旧在打王昭君，仍旧鬼话连篇，但今天直播间的弹幕很不一样，大多是——

“报告大王！你的徒弟上线了！”

“我也看到了！荣耀助手App！”

“大王不要再甩锅徒弟了！”

“您的徒弟来了！”

正好此时锦鲤大王被三个人围殴，惨烈地死在大龙身边。

他唉声叹气地说：“一定是我收人为徒，却惨遭冷淡回应，所以二技能才没冻住人，才死得这么惨烈吧……”

景黎还是有点儿搞不清状况，直到她翻了一位小粉粉的录播，才知道今天锦鲤大王一开播，什么事也没干，先是上了自己的大号，然后打开师徒系统，给“是锦鲤啊”发送了收徒邀请。

接着，他又打开微博App，发了一条微博：“正式介绍一下，我的徒弟——是锦鲤啊。”配图是她的游戏账号的截图。

目瞪口呆已经不足以表明景黎此时此刻的表情，明明屏幕那边连是男是女都不清楚的人，此时此刻却令她的内心有几分触动。她重新看了一遍录屏，把锦鲤大王收徒的操作流程又看了一遍。

然后，她点进微博，搜索了他的微博账号。

一进入首页，她正好见到那一条微博——

景黎看了又看，眼睛都不带眨的，没来由地，因为短短的几个字，面皮竟微微发烫。

大王果然是大王，收徒也如此霸气！如此高调！

就在这个时候，锦鲤大王打完了一局游戏。

弹幕里的小粉粉疯狂地给锦鲤大王报告他的徒弟已经上线了！景黎听到电脑音箱里飘来低笑声：“是吗？我去看看。我这徒弟了不得，上线这么久还不通过我的收徒申请。”

景黎回过神，连忙打开游戏，点击了“通过申请”。

同时，直播里又响起锦鲤大王的声音。

“好了，下一局游戏不能让我的徒弟背锅了。

“今天再打一把王昭君，国服差不多了。下一局打个赏金吧，给你们展现一下我的英雄池。

“哦？娜可露露？可以，貂蝉也行。我的貂蝉一打五，不吹牛。”

正好这时有条醒目的弹幕飘过。

“大王好像心情好好的样子？”

景黎又听到锦鲤大王说：“嗯，心情是很好，第一次收徒，体验很新鲜。”

“大王大王，带你徒弟打一局呗。”

“你们师徒不沟通的吗？”

“哇，大王，你的小徒弟好高冷哦，都不主动和你这个师父聊天的！”

“我也想当大王的徒弟，求问收徒条件是什么？”

弹幕五花八门的，景黎匆匆扫了一遍，倒是有些犹豫要不要现在和锦鲤大王打招呼。她瞄了眼观众在线数，有将近十万人。她要当着十万个人的面和师父聊天？

呃？景黎想了想，有点儿想等直播结束后再跟锦鲤大王打招呼，可是又想了想，觉得现在不打招呼也不好，有点儿没礼貌。于是她硬着头皮，在将近十万人面前发了一句话。

是锦鲤啊：“师父晚上好。”

锦鲤大王点开来看了。

弹幕都在刷——

“小徒弟说话了！是个女孩子吧？”

“啊，好羡慕这个小粉粉啊，是不是我也改个有‘锦鲤’两个字的名字容易被大王看到啊？”

“凭什么她可以当大王的徒弟？”

“就是！凭什么？”

直播间里时不时就会混进引战的人，景黎也算是颇有人气的网络红人，特别明白像主播这一类的网红，粉丝里很容易出现过于脑残的黑粉。这也是她之前犹豫到底要不要现在和锦鲤大王打招呼的原因。

人一火，总有一些不太理智的粉丝。

锦鲤大王没有回景黎的消息，只淡淡地在直播间里说了句：“嗯，晚上好。下一局先玩法师吧，给你们看一下我一标一个准的干将莫邪。”

很快，游戏开局。

弹幕里大家先前还在聊“是锦鲤啊”这个ID，渐渐地，就转移到游戏上了。

景黎松了口气，也不玩游戏了，一直看锦鲤大王的直播。短短几个小时，景黎发现锦鲤大王真的很厉害，对《王者荣耀》这个游戏了解深刻，对英雄角色的掌握也有他独一无二的技巧，而且意识真的非常棒。

景黎看了几个小时，觉得自己打王昭君的时候一些没有注意的点都渐渐变得明朗了。

她忍不住去打了一局，然而现实很残酷，仍然是别人的王昭君和自己的王昭君的区别。

她叹了口气，重新回直播间的时候才发现已经十一点多了，锦鲤大王已经下播。她回游戏看了眼，发现锦鲤大王的状态仍然显示在线。她想了想，去荣耀助手App里看了下锦鲤大王的主页，又给锦鲤大王送了一个他没有买的英雄皮肤。

她真的好艰难哦，再这么送下去，已经没有东西可以送了。

送完后，她才戳开消息栏。

是锦鲤啊："拜师礼。"

锦鲤大王："这么喜欢给我送东西？"

是锦鲤啊："拜师礼总该送的！我喊你一声师父，总不能白喊。小小心意，师父就收下吧。"

锦鲤大王那边久久没有回复，就在景黎以为他又要还自己一个皮肤的时候，他忽然来了句："行吧。"

景黎这才松了口气，又问："其实我有点儿好奇，师父为什么突然愿意收我为徒了？"

锦鲤大王："你打得太菜。"

景黎内心："……"

她万万没想到是这个理由。

锦鲤大王："我带你玩一局，你只打王昭君？"

是锦鲤啊："也不是，就是现在很喜欢王昭君，我之前还玩安琪拉。"

锦鲤大王："我教你打，把游戏语音频道打开。"

景黎有点儿感动。

她觉得她的新师父人太好了，直播到半夜，现在还要教她打游戏。等她出师了，一定要给锦鲤大王的直播间砸十个最贵的打赏道具！

她师父真的太尽职了！

然而二十分钟后，景黎整个人都是蒙的。

她知道锦鲤大王的直播风格是电竞"BB机"，鬼话连篇那种，没想到教学的时候也是这样，但不是幽默版，而是凶巴巴的版本。二十分钟下来，她的耳朵里全都充斥着锦鲤大王严厉的声音。

“你是一个法师，一个脆皮，打团的时候冲在最前面做什么？

“躲在‘坦克’后面输出！

“你打得太烂，不配拥有‘蓝爸爸’。

“跟你说了三遍，王昭君二技能靠预判，你往人家脸上砸是要冻住别人的灵魂吗？

“你的护盾破了有伤害，刚刚那一波你能炸死对面的中单，你跑什么？

“怕什么怕，我不是在你旁边吗？死不了。”

师父真的很严格啊。

一局下来，景黎的小心肝扑通扑通地乱跳，被骂出来的。但骂归骂，游戏结束时，她却拿了全队评分当中的第二高分。第一高分自然是一边忙着打野杀敌一边骂她的师父。

队友们的头像全都黑了，显示已经离开，战绩页面里就剩下她和锦鲤大王两个人。

她给锦鲤大王点了个赞。

锦鲤大王忽然说：“刚刚我说的话都记住了吗？”

景黎说：“记、记住了……”

锦鲤大王：“多打几场匹配，自己练习，想增强意识的话多看我的直播，明天半夜检查结果。”

景黎说：“好、好的，师父。”

锦鲤大王：“嗯，下了。”

沈以原下了游戏后去洗了个澡，回来时顺手刷了下朋友圈，正巧就见到他的邻居发了一条朋友圈，配图是《王者荣耀》匹配的战绩，看得出来是刚刚她又自己打了一局。

她的战绩还可以，4-5-20，评分9.8。

配图文字是——“第一次被队友夸了，超开心的！果然有了师父就是不一样，虽然师父有点儿凶巴巴的，但真的超厉害的！”

他的目光落在“凶巴巴”三个字上，空气仿佛瞬间凝固。

他回想了一下：他很凶吗？

简鹏半夜两点被电话吵醒了。

他一看时间，再看来电显示，顿时睡意全无。

是老大打来的电话。

这个时间点打来电话，一般是有急事，比如老大一个人住，在浴室里摔骨折了强忍痛楚爬到卧室艰辛地拿起手机万分艰难地拨打了他的手机号。寝室里的人都是夜猫子，老三和老四还在电脑上“吃鸡”，就他一个人早睡。

他噌地坐起：“老三、老四，别打游戏了，我觉得老大出事了！

“嘘！

“我现在接老大的电话！”

他面色凝重，以至于老三和老四都有点儿害怕，放慢了“吃鸡”的速度，分了一点点心思过去。简鹏终于接通电话，正想问一句“老大你没事吧”时，手机那头的人劈头盖脸就是一句——

“我凶吗？”

什么鬼？

简鹏觉得自己在梦游，呆呆地问了句：“什么？”

“我凶吗？”

“不凶啊……”

“哦。”

下一秒，电话就被挂断了。

老三和老四问简鹏：“老大咋了？”

简鹏说：“就问了我一句他凶吗，完全不着调，老大不会真的在浴室里摔坏脑子了吧？”

沈以原很认真地回想了下过往的事，还真的从没有人说过他凶。

忽然，他又拿起手机，打开了微博。

他知道他的小徒弟是个颇有名气的作家，上次她来学校开讲座的时候，他并没怎么留意，但后来知道了她的笔名，就是“锦鲤”两个字。

他迅速在微博里搜到了锦鲤的主页。

她的微博和朋友圈倒是两个风格，微博显然更偏向商业和宣传用，朋友圈更偏向个人吐槽。他一条一条地看着微博，忽然见到了一条五个月前发的微博——

邻居转发了一个读者的书评，表示了感谢。

吸引他的不是锦鲤转发的话，而是读者的书评里接二连三地出现的“小仙女”用词。

沈以原的手指一顿。

现在大家都这么称呼人了？

他又从头翻了下锦鲤的微博底下的评论，果不其然，大多是“小仙女你是最棒的”“小仙女不要哭”“谁揍大大我们揍谁”“给我们的小仙女抱抱”“锦鲤小仙女美如画”。

她的读者画风出奇一致，跟她本人有点儿像，软软的又很温柔。

沈以原想了想今天晚上自己说的话，对比起来，好像真的有点儿凶？

景黎完全不知道锦鲤大王暗暗地去她的微博逛了一圈，被师父凶了一通后，她还真的有点儿开窍了。第二天一整个白天，她打了四五个小时的王昭君，其中还拿了五六次mvp，全场分数最高那种。

她真觉得自己成为高手指日可待了！

然后！她很嘚瑟地向喵喵发出单挑的邀请！

《王者荣耀》里有许多不一样的地图，5对5的地图叫王者峡谷，而1对1的叫作墨子机关。比起王者峡谷这个地图的多塔多人模式，墨子机关里双方只有一座塔和一座水晶，而且没有任何野区，只有自己和敌人两个人。

喵喵选择了貂蝉，景黎选择了王昭君。

貂蝉是一个很能秀的英雄，景黎看了锦鲤大王的直播是知道的，但她自信自己的王昭君能克制貂蝉的走位，于是初生牛犊不怕虎地想去打死好友的貂蝉了。

第一局，景黎被揍得毫无还手之力。

第二局，喵喵让了景黎五波兵线，景黎仍然没有还手之力。

第三局，喵喵站着不动让景黎打，剩丝血的时候又把景黎反杀了。

然后就没有第四局了，惨兮兮的景黎打了一整天的王昭君获得的自信通通没了。她只好安慰自己，幸好师父说检查成果是王者峡谷的地图，5对5，她好歹有四个队友，而且搞不好对面的人也是菜鸟，才不像喵喵那种动不动就打死人的坏蛋，哼！

未料半夜师父一上线，却直接邀请她进入1对1的墨子机关地图。

景黎今天被喵喵揍得对墨子机关地图都有心理阴影了，手一抖，点了“拒绝”。

锦鲤大王：“怕？”

是锦鲤啊：“师父料事如神！我是有点儿怕。”

她师父果然是高手！她手抖点了下“拒绝”，他都能看出她对这个地图的恐惧！

锦鲤大王沉默了两分钟。

锦鲤大王：“为师会尽量温柔。”

景黎看着这句话，顿时觉得师父比喵喵亲切多了！今天喵喵打死她的时候真的一点儿都不心软的！说好永远是她的小可爱呢！喵喵打她的时候都不带停的！

于是，景黎再度进入游戏。

她选择了王昭君，师父也选择了王昭君。

由于两人是敌对关系，这一次频道里开不了麦，也不知道是不是没有开麦的原因，景黎打游戏的时候还挺有安全感的，而且好几次成功用二技能冻住了师父的王昭君，尽管最后都没杀掉师父，可每次一冻住师父，师父就会在频道里夸她。

锦鲤大王：“有进步。”

锦鲤大王：“不错。”

锦鲤大王：“可以的。”

锦鲤大王：“棒。”

他们的这一局1对1，打了足足三十分钟。景黎知道师父放了水，每次她一死，他都不打小兵，也不推塔，就四处闲逛，而且夸她的次数还有点儿多……

结束后，景黎竟然有点儿怀念昨天那个凶巴巴的师父了，今天的师父温柔得有点儿可怕，都不像本人了！

于是，景黎问锦鲤大王要微信。

是锦鲤啊："师父，要不我们加个微信？这样语音也方便很多。"

沈以原看到游戏频道里的这句话时，有些愣怔。

过了一会儿，他又露出了然的神情，然后把锦鲤大王的微信给了景黎。

景黎加了微信后，才发现原来锦鲤大王的微信名字也叫锦鲤大王，朋友圈里空荡荡的，看起来像是一个不常用的工作号。不过能加到微信，她已经很满足了，毕竟两人刚认识不久。

与此同时，沈以原也在看景黎的朋友圈，发现自己并没有看到昨天景黎半夜发的朋友圈。

沈以原再用另外一个微信号去看了眼，那条朋友圈还在。

他再度露出了然的神情。

锦鲤："谢谢师父刚刚放水了。"

锦鲤大王："嗯，你是有进步。"

锦鲤："师父夸我了，我超级开心的，我会多加练习的。"

锦鲤大王："你可以尝试玩其他英雄，知道其他英雄的技能是怎么回事，你才能更好地用王昭君对付别人。"

锦鲤："那我试试貂蝉好了。"

锦鲤大王："貂蝉不是很适合新手，貂蝉要求玩家有一定的操作能力，对这个游戏也要有一定的熟悉度，玩一玩可以，练的话目前来说不适合你。"

锦鲤发了个哭泣的表情，然后说："师父，我今天和我好友1对1比赛，我打王昭君，她打貂蝉，她站着不动让我打，剩丝血了我都没打得过她。"

锦鲤："死得贼惨。"

锦鲤又连着发了几个哭的表情包，都是那种长得圆滚滚的萌物，哭起来也萌萌的。

沈以原今天检查了景黎的战绩，自然没有错过最后三局的1对1墨子机关，也查看了敌方貂蝉的资料。对战场次将近一千五百场，被赞的次数将近一千，还有貂蝉区标，最高段位虽然没有上王者，但是将近七百场的貂蝉胜率有百分之六十，可以看出对方是一个老手，而且还是玩得不错的那种玩家。

这样的玩家对付景黎这种新人，半根手指头都能将景黎打死。

更何况，貂蝉单挑能力本就很强，也不说铭文的压制了。

沈以原可以给景黎分析出一大段"貂蝉vs王昭君"的学术性总结，甚至在对话框里开了头。可是看着景黎多连发的哭泣表情，他忽然就想起那天站在他家门口的景黎，戴着毛茸茸的白色帽子，像是一只可爱到爆炸的小奶猫。

他鬼使神差地敲下了一句话："没有人可以欺负我徒弟，让她来和我单挑。"

好像突然有了靠山和金大腿，还是超级巨大的那种，景黎看着这句话傻傻地笑了下，然后很有骨气地拒绝了，发了个卖萌的表情包，才在九宫格里敲下一句话——"我是师父的徒弟，总有一天能出师的，等出师那天我再去打败喵喵！"

锦鲤大王："我相信你不会给为师丢脸。"

锦鲤："好的！师父，不早了，我先睡啦，晚安。"

锦鲤大王："晚安。"

景黎说是去睡觉，实则精神得很。

她还是蛮喜欢和锦鲤大王聊天的，但考虑到锦鲤大王直播了四五个小时，又陪她玩了将近一个小时，现在都已经大半夜了，所以才有点儿担心锦鲤大王会累，很贴心地提了句时间不早了。

景黎这种专职码字的人，向来是夜猫子，半夜两三点才睡是常事。

她捧着手机看了一遍自己和锦鲤大王的聊天记录，看着那句“没有人可以欺负我徒弟，让她来和我单挑”，嘴角还是没有忍住地悄悄扬起。

最后，她将这句话截图下来，在企鹅上戳了喵喵。

锦鲤：“我跟你讲哦，我有师父了！你以后打不过我了！”

锦鲤：“以后我师父会给我报仇的！我师父让你半管血！”

喵喵：“……”

喵喵：“你三句不离你师父，我仿佛闻到一股虐狗的酸臭味。”

锦鲤：“才没有，这是师父宠小徒弟！哼哼哼，你去码字吧，我要睡了！晚安！”

话是这么说，景黎还是没有睡。

她在床上捧着手机翻来覆去地看，看和锦鲤大王的微信聊天记录，又看最后和喵喵的聊天记录，最后嘴唇微翘，心想：她师父真的有点儿宠她哎！

连着两天，景黎的生活仿佛被《王者荣耀》这个游戏霸占了。

她玩得极其上瘾，白天起来就打游戏，晚上看师父的直播，半夜师父教她玩王昭君。她进步神速，现在玩王昭君的时候开始有意识了，在低端局里只要队友不是特别坑，她基本上能帮打野的刺客型英雄冻住人，然后让打野玩家收割人头，十场里有七场是mvp。

景黎觉得自己可厉害了，仿佛是王者峡谷里最厉害的小仙女。《王者荣耀》是个团队游戏，五个人各自出力，最终五人齐心协力地推倒敌方高地的水晶时，尤其是自己带领全场节奏的时候，她就觉得热血沸腾，燃爆了。

以前不明白为什么会有这么多人喜欢这个游戏，现在她懂了。

这个游戏像是一个时间短暂的战场，每一场开战时都是从头开始谋划，在短短数十分钟内想方设法地成长起来，用各种各样的战术与敌厮杀，与队友并肩作战，享受团队合作胜利时带来的快感；或是操作秀翻天的勇士，宛如救世英雄般降临王者峡谷，将敌方杀个片甲不留，以一打五的技术与操作换来无数喝彩。

目前景黎只是感受到了参与和偶尔超常发挥时的乐趣，但也足以让她沉迷不已。

她如今连梦里的场景都是王者峡谷，直到毒哥的电话打过来，她才稍微脱离了下沉迷的状态。

“明天来公司一趟。”

景黎一听，内心立即咯噔了一下，问：“是讨论大纲和人设吗？”

“嗯。”

毒哥的语气一如往常地公事公办，但景黎和毒哥接触的时间不算短，知道但凡毒哥在电话里没有夸人的话语时就代表她不满意，存在需要推翻重写的可能性。

通话结束后，景黎顿时没什么心情玩游戏了。

她点开锦鲤大王的微信，在对话框里输入了一行字：“师父，我这几天工作可能会有点儿忙，暂时不上游戏啦。”

景黎的预感成真了。

第二天，她的大纲和人设在星华公司里遭受到了若干圈内专业人士的否决。星华公司里不仅拥有优秀的作家经纪人，而且还囊括了众文圈内目光毒辣又专业的资深编辑，还有影视圈内的编剧和导演，目的就是打造一流的作品，完美地和影视接轨。

景黎被关在星华的会议室里，和两位资深编辑、资深编剧以及一名已渐渐崭露头角的导演还有毒哥一起开会，五个人针对她的大纲和人设提出了若干修改意见，说是修改，从头理一遍下来，差不多等于重写了。

身为一名创作故事的专职人员，景黎自身是不喜欢修改稿子的，尽管有时候明白修改能令作品更加完美，可是她更喜欢一气呵成地完成的作品。当文字被敲打出来成为情节，作品人物渐渐立起来时，于景黎而言，他们就已经是活生生的人了，经历的事就是无法逆转的过去，一旦逆行修改，她自己就会觉得特别别扭。

以至于她写文以来，唯一坑了的两部作品都是在卡文时重修一遍后彻底无法进行下去了，所以景黎一直认为自己不适合当编剧。令她声名鹊起的《勇敢的少女》是她去年的转型之作，她以现实为素材，稍微进行了加工和改编，后来承蒙贵人相助，搬上大银幕，成功得到更多的人的喜爱。

然而成功归成功，只有景黎自己知道进行剧本改编的时候，她几乎是崩溃的。

剧本不像小说，小说是一个人的故事，剧本是几个编剧、导演、观众以及投资商、赞助商爸爸的故事，她修改了一遍又一遍，真的是被折腾得生不如死。

《勇敢的少女》成为去年国产电影的黑马后，许多本子向景黎抛来了橄榄枝，景黎都一一拒绝了。她只想好好地写故事，所以才愿意加入星华。

她写故事，毒哥负责操作，她什么都不用管。

没料到为了迎合金主爸爸，她仿佛又回到了去年的场景。

景黎有点儿不知所措，然而签了合同，她也只能硬着头皮上。接连几天，景黎天天跑去星华，被关在会议室里和众专业人士商量大纲和人设，每天开连续十个小时的会议，将近十点才被放回家。

景黎下了毒哥的车后，如同行尸走肉一般进小区，进电梯，摁楼层，然后垂着头在企鹅里和喵喵吐槽今天有多苦，最后还是没忍住，屏蔽了工作上的同事们，发了条朋友圈："好……累……啊……"

电梯门叮的一声打开，景黎头也没抬地直接走了出去，再度行尸走肉一般开门，进屋，关门。

正准备下楼吃夜宵的沈以原被彻底无视了。

他静默片刻，继续下楼。

小区门口有好几个夜宵摊子，分别卖烧烤、小龙虾、麻辣烫还有串串。他虽然刚搬来不久，但小区的几个夜宵摊子的老板都和他很熟了，见着他来，烧烤摊的老板和他打招呼道："小沈，吃烧烤吗？"

沈以原点头。

"照旧吗？"

他又点头。

老板爽快地应了声："好嘞。"他们几个夜宵摊子的老板都特别喜欢这个年轻的小伙子，吃得多，几乎是固定时间光顾。起初他们觉得小伙子为人高冷沉闷，接触久了才发现不是这么回事，对方有点儿腼腆认生而已。

双人桌上摆满了各种烧烤，又辣又麻。

沈以原往日里就一个人闷头狂吃，一眨眼就能剩一半，今儿个倒是吃得慢条斯理的，还时不时皱一下眉，以至于烧烤摊子的老板忍不住过来问：“是哪里不好吃吗？”

沈以原说：“并没有。”

老板是过来人，立马明白，说：“有心事？”

沈以原否认。

老板笑笑，没多说，走开了。

沈以原翻朋友圈，正好见到景黎刚刚发的那一条状态。

他想起刚刚见到的小徒弟，她垂着小脑袋，一副可怜兮兮又委屈巴巴的样子。

景黎洗过澡后，又坐在电脑桌前思考新大纲。金主爸爸那边要求的是，软广一定要打得自然，必须与剧情相结合，才能吸引更多的受众，而且还要写出少女心泛滥的粉红泡泡。

这几天开会议时，几位老师都给了建议，她提出的一些点也被采纳了，但都是零碎的东西，整体情节的把握还是得由她一个人完成。

景黎觉得自己的脑袋一片空白。

此时此刻，她除了想睡觉还是想睡觉，“睡一觉起来说不定就有灵感”，是她们圈内很流行的一句话。然而不能睡，她今天得把初始大纲写完，明天还要继续细化。

大纲比小说还要难写，里面全是满满的干货，短短几十个字都是精华。

景黎只想叹气，是真的累。

忽然，她的手机振动了一下，来了条微信，是锦鲤大王的，他先是发了一张她的朋友圈的截图，然后发了一句：“带你打一局不累的游戏。”

景黎看到这句话，不由得笑了下，问：“有多不累？”

锦鲤大王：“上游戏。”

锦鲤大王拉她打的是5对5的匹配，景黎进入小组队伍的时候，意外发现不是双排，而是三排，另外一个队友是最开始和她打过匹配的金角大王。

景黎有些意外。

锦鲤大王：“金角打野，家里二蓝后留给我。”

金角大王：“小徒弟好，你可以喊我师叔。”

是锦鲤啊：“师叔好。”

金角大王：“哈哈哈哈哈哈。”

锦鲤大王：“不是师叔。”

是锦鲤啊：“啊？”

锦鲤大王：“别理他。”

是锦鲤啊：“哦哦，师父不打野那玩什么？”

锦鲤大王：“百里守约。”

百里守约在《王者荣耀》里是个手很长的英雄，他的二技能能远程狙击敌人，一技能又能放视野，玩得好的百里守约堪称神枪手，人见人怕。景黎知道这个英雄，也见别人玩过，但还是第一次见锦鲤大王玩。

游戏一开局，本应该走下路的锦鲤大王跟着景黎的王昭君一块儿来了中路，给了她两边草丛的视野。

《王者荣耀》这款游戏里，但凡谁躲进草丛里了，别人就见不到自己了，同理，自己也见不到敌人。景黎平时自己玩的时候，在中路打小兵的时候经常会提心吊胆的，就怕左边草丛或者右边草丛中跑出一个敌人来，现在有了师父给的视野，她全程都可以安心地清兵线。

果然打得不累，她完全不担心有人会从草丛里跑出来阴她。

景黎没和师父开语音，于是她在频道里打了句：“谢谢师父。”

锦鲤大王没回她。

景黎瞄了眼，发现锦鲤大王在自家蓝爸爸的野区打蓝，还有一点儿血的时候，频道里冒出一句话。

锦鲤大王：“徒弟过来，拿蓝。”

是锦鲤啊：“什么？”

锦鲤大王：“蓝给你。”

然后他站着不动让蓝爸爸打，直到景黎的王昭君过来后，他才退了点儿距离，而景黎普通攻击了一下，蓝爸爸就到手了。平时景黎自己打蓝buff，前期一二技能都要打好久，现在的蓝buff简直就像在路边捡的一样。

而且百里守约手长，他密切关注着王昭君，近王昭君身的敌人全都被打成了残血，王昭君压根儿不用二技能预判敌人走位，随随便便一个一技能就往敌人脸上砸，一砸就死一个。

景黎打得前所未有地轻松，好像残血的人头总是不经意间就送到自己面前，而且蓝buff一出现，师父就在频道里打字。

锦鲤大王：“过来。”

锦鲤大王：“拿蓝。”

锦鲤大王：“来。”

金角大王：“为什么我从来没有过这样的待遇？”

锦鲤大王：“你是我的徒弟吗？”

金角大王：“师父！”

锦鲤大王：“滚，我只有一个徒弟。”

打完一局游戏后，景黎的王昭君拿了全场最多的人头。她高兴坏了，兴冲冲地将战绩截图在微信里给锦鲤大王看，一激动连文字都不发了，直接发了语音。

“师父，对面有两个王者、三个钻石！我居然拿了十八个人头！我方辅助还给我点赞了！”

锦鲤大王回的仍然是文字：“嗯，你的王昭君又有进步了。”

景黎：“哈哈哈，好开心！谢谢师父！果然一点儿都不累，本来我今天挺心累的，现在一点儿也不累了！等我这几天把工作忙完，师父，我准备给你送新出的英雄皮肤！”

锦鲤大王：“怎么老爱给我送东西？”

景黎：“一片孝心！”

景黎：“师父你不要吗？”

锦鲤大王：“行吧。”

景黎：“那我先去工作啦。”

锦鲤大王：“嗯。”

两人结束了聊天。

沈以原重新点了一遍自己的徒弟的语音，声音里充满了愉悦和满满的元气，和前不久见到的垂头丧气的她截然不同，而且倒数第二句的语音，还带了几分软软的撒娇。

沈以原又摁了几下。

“师父你不要吗？”

“师父你不要吗？”

“师父你不要吗？”

他的小徒弟果然可爱到爆炸。

周六中午十二点，简鹏敲响了沈以原家的门。

门一开，沈以原就见到室友拎着两大袋食物站在门口，白色的塑料袋子里依稀能见到各式各样的点心，视线再往上一挪，是室友笑得狗腿的脸。

“老大，我给你买了午餐，中式、西式，麦当劳、肯德基都有。”

“不吃。”

“我特地给你买的！”

“无事献殷勤非奸即盗。”沈以原要关门，简鹏一个侧身滑了进来，利落地把两大袋食物都放在厨房的小吧台上，转了转眼珠子，说：“哎，老大，你这屋子多少天没扫了？衣服也很久没洗了吧？厨房多脏啊……”他一顿，又拍胸口表示，“但是这些都不是问题，包在你的室友身上。”

他撸起袖子就去找扫把。

沈以原：“你瞎了？你能在我的屋子里找到一点儿灰尘算我输。”

简鹏又哎了声，说：“老大，您今天有什么需要我跑腿的事吗？您尽管说，不论是什么事情，上刀山下油锅，我简鹏在所不辞。”

沈以原：“说吧，什么事？”

简鹏说：“老大，您可不可以抽一个下午的时间，就一个下午和我三排？不是高端局，就是低端局。”

沈以原听出了关键词，眯起眼睛说：“带妹？”

“唷，我们家老大果然料事如神，就是上次上公共课时坐在你前面的妹子，给我们安利她的男神，打《英雄联盟》的那个。我后来不是和她互加微信了吗？我把她拉进《王者荣耀》的坑了，我虽然上了王者，但都是老大你带上去的，带妹子打星耀局始终有点儿吃力，所以老大你能不能帮我这个忙？”

沈以原拒绝了。

简鹏又说：“妹子也不拖后腿，玩得还可以的！老大，求带啊！我保证这个妹子比你的徒弟水平高！”话音未落，简鹏就见眼前的老大面无表情地看了他一眼，说：“我徒弟玩得好不好，轮不到你说。”

简鹏从这句话里嗅到了什么不得了的东西，手一缩，极快地抽了一袋食物出来。

“说起来，我都没拜访过老大你的邻居，正好午餐你也吃不完，我拿一袋东西过去，顺便好好聊一聊《王者荣耀》……”脚往后一退，他还没到门边，就听到沈以原的声音传来：“滚回来。”

“滚回来做什么？”

沈以原：“半个月的早餐。”

简鹏：“成交。”过了会儿，他又十分好奇地问，“老大，你为什么不肯让我接近你的小徒弟？”

沈以原懒得理他，说：“吃完午饭开始排位，差几局？”

简鹏：“六局。”

沈以原看了眼时间，说：“十二点半开始打，两点半结束。”

疯狂给简鹏安利原神的妹子叫作安倩，《王者荣耀》的账号叫作倩倩在等原神。

三个人在游戏里开了麦，打排位的时候由沈以原指挥。安倩是个很热情又自来熟的女孩儿，开麦的时候话贼多，而且三句里两句不离自己的男神。

简鹏时不时还附和妹子几句，沈以原则极少说话，即便说，也是很简单的几个字，比如“法师支援上路”“辅助跟我”之类的。

打了两局后，趁游戏加载的时间，简鹏问身边的沈以原：“老大，你平时和我们打排位时说话挺多的啊，就跟你直播时的风格一样，怎么有个妹子在，你就变了风格？”

沈以原说：“今天不想说话。”

简鹏：“……”

于是，简鹏只好私下里悄悄地跟倩倩妹子解释，说：“你别误会啊，我们老大没有针对你的意思，他这人在妹子面前就是害羞，哈哈哈哈……”

安倩说：“哦哦，我没误会，只是……”

简鹏问：“只是什么？”

安倩停顿了好一会儿，才说：“你的室友的声音和我家男神的真的有七八分像，他说什么很过分的话，我都可以谅解……”

简鹏觉得自己无法理解迷恋“爱豆”的少女了，只好尴尬地发了一串“哈哈哈”，转头一看微垂着头的沈以原，这会儿正好午后的阳光穿过窗子投射进来，沈以原的轮廓仿佛被镀了一层光。

简鹏内心：长得好看、声音好听即是正义！

忽然，沈以原抬了下头，看了眼墙壁上的时钟，眉头微不可见地皱了下。简鹏顺着他的视线望去，除了见到时间显示十三点十五分之外，其余什么都没见到。

他问：“老大，怎么了？”

沈以原说：“没怎么。”

然而话是这么说，接下来的第五场游戏简鹏发现老大有点儿走神，好几次明明可以追击敌人，乘胜追击将其击杀掉的，老大都放过对方了，有一次还险些被反杀。没沈以原带节奏，水平本就不在星耀局的妹子以及勉强够得着星耀局的简鹏，就打得十分吃力了，以至于第三局一个没留神，打了三十分钟，还输了。

倩倩妹子很内疚，说：“都是我不好，拖累了你们。”

简鹏：“是我不好！”

说着，他偷瞄了沈以原一眼，沈以原未表态，仍旧轻蹙眉头，仿佛心事重重的模样。简鹏问：“老大，你是有什么急事吗？有的话，我们可以下次再约的。”

沈以原却问了他一个问题："两点了，一般人都该开始吃午饭了吧？"

简鹏说："是啊，两点都能喝下午茶了，可是老大我们一个小时前才吃了午饭啊……"

简鹏发现自家老大的表情更加深不可测了，然后听到老大说："先休息十五分钟，等会儿再排位。"简鹏自然不敢有意见，跑去和倩倩妹子说了，转过头来的时候又见到老大在沉思，仿佛在思考什么人生大事。

简鹏不敢打扰自家老大。

过了五分钟，简鹏见到自家老大打开外卖App挑了一家麻辣烫，然后开始一样一样地挑食物，最后挑选口味的时候，还选择了微辣！

简鹏和沈以原一块儿住了两年多，知道他是个无辣不欢的人，能往死里添辣椒就绝不手软。

所以……微辣？

然后更让他震惊的事情来了，外卖下完单后，有外卖小哥接了单，老大拨打了外卖小哥的电话，说："外卖送到对门，把外卖订单撕掉，和对面的女孩儿说老板知道上次送错外卖后过意不去今天特地补一份，完成后我给你一百块钱，明白了吗？"

挂掉电话后，沈以原转头对简鹏说："来打排位吧，输了一场，等于还有三场，速战速决。"

简鹏傻傻地说："哦……哦……"

接下来的三场游戏，他们十分幸运，排到的队友都不坑，而且沈以原如同被杀伐果断的战神附身，打得十分凶狠，几乎一开局就把对方杀得措手不及，经济滚雪球一样发展，不到八分钟就和对方拉开了极大的差距。有一场游戏对面七分钟就投降了，三场游戏下来，花的时间不到半个小时。

沈以原迅速把尚在星耀段位的倩倩妹子带上了王者段位。

他果断关掉了游戏，对简鹏说："你可以走了，把我的门带上。"

正好这会儿，门铃响了，沈以原从钱夹里抽了一百块钱给了外卖小哥，还压低声音问了个问题："她说什么了吗？"

外卖小哥笑眯眯地说："没有，先生您下次要是还需要这样的服务记得找我。”

沈以原嗯了声，说：“可以。”

门一关，花了半个钟头终于找回自己的声音的简鹏，结结巴巴地问：“老、老大，你、你……在……干、干什么？”

沈以原说：“我的小徒弟工作繁忙，可能忘记吃饭了。”

“所以你给人家送外卖？”

沈以原反问：“不行？我是她的师父，关心她是理所当然的。”

简鹏说：“没有，可以可以。”他离开的时候，整个人仍有些蒙，直到下了楼，才立马拉了个室友小团体群，里面还有老三和老四，群名叫“老大可能是个戏精”。

简鹏花了五分钟把今天发生的事情的来龙去脉说了一遍。

老四：“你的意思是老大的邻居并不知道自己的师父是自己的邻居？”

简鹏：“虽然有点儿绕，但是的。”

老三：“还有重点是邻居妹子泡老大，老大上了钩，并乐在其中，且不自知，现在和妹子玩双重身份play（扮演）？”

简鹏：“总结满分！”

第三章

横飞的醋意

他平静的眉眼间多了两分景黎看不懂的复杂情绪，声音仍旧不急不缓的：“平时多谢你照顾我了。”

景黎觉得自己运气贼棒！

她忙着码字，忘记吃午饭，结果经常点外卖的那家老板居然给她送了一份免费的麻辣烫。吃完麻辣烫后，景黎还拍了张空碗的照片发到了朋友圈里，配图文字是：“今天忘记吃饭，结果麻辣烫小天使来拯救我了。”

景黎有发完朋友圈的五分钟内频繁刷朋友圈的习惯，不到两分钟就刷到锦鲤大王发了一条新的朋友圈，没有任何文字，也没有任何图片，只有一个微笑表情。

要晓得在目前的网络氛围里，系统自带的微笑表情在年轻人的对话里出现时往往具有嘲讽的意思。

景黎见到这个表情的时候愣了下，正好刚吃饱也不想工作，于是在锦鲤大王的朋友圈留了一条评论——

“师父怎么啦？”

锦鲤大王几乎是秒回：“没事。”

锦鲤好奇地问：“那为什么发这个表情？”

锦鲤大王依旧秒回：“微微一笑，深藏功与名的意思。”

景黎看不太懂，只以为她师父遇到什么事情了，也没多想，又回复了一个乖巧的卖萌文字表情当作结束语，之后专心地投入工作当中。又过了两天，闭关数日的景黎终于把最终版的大纲和人设交给了毒哥。

因为已经临近和金主爸爸约定的交稿日，毒哥放下手中一切要事，花了两个小时把景黎新写的大纲和人设看了一遍，之后又给身边的编辑、编剧以及导演浏览了一遍，内容获得了一致好评。

景黎彻底松了口气。

她在家里待了好几天，压根儿没出过门，头也没洗，就坐在电脑前码字，遮光窗帘一直拉着，过得昏天暗地的，甚至连《王者荣耀》都没怎么上过！

而今天，她总算暂时解放了！

景黎去浴室洗了个澡，顺带洗了个头，出来的时候毒哥给她打了个电话。

“作为奖励，有个惊喜给你。”

景黎问：“什么惊喜？”

毒哥：“晚上六点，翡冷翠餐厅，我订了包间，你报我的手机号，餐费公司报销。”

翡冷翠是一家意大利菜餐厅，蛮正式的。

景黎去过几次，只知价格不菲，也不知毒哥要给她什么惊喜。她稍微打扮了一番，将近五点半的时候出了门。下楼的时候在电梯里碰到了邻居小哥哥，她弯眉打了个招呼：“晚上好呀。”

邻居小哥哥打量了她几眼。

经过几次接触，景黎大致摸清了邻居小哥哥的性格，因此也预料到邻居小哥哥最多冷淡地点一下头作为回应，未料邻居小哥哥在打量她后，出乎意料地蹦出一句话：“出去吃晚饭？”

景黎有些意外，点了点头，又说：“这几天工作有点儿忙，今天算是暂时忙完了，所以打算出去吃顿好吃的。”

“哦……”

景黎礼尚往来，问道：“你刚从学校回来吗？”

沈以原：“嗯。”

景黎找不到其他话题，只好说：“改天有空的话，我们一起打游戏呀。我虽然打得不是很好，但我师父很厉害，他拿了好几个国服，荣耀王者局也能轻松carry（游戏里常指掌控全场游戏节奏）。”

景黎停顿了一下，不知是不是她的错觉，总觉得邻居小哥哥的嘴角露出了难得的笑容，再仔细看时又不见了，相反，倒是有一丝克制。

景黎觉得自己想太多了，正好电梯到了，便挥挥手和邻居小哥哥告别。

她到达翡冷翠餐厅后，服务员领着她到了一个幽静的包间里。

包间里空无一人。

景黎有些蒙，难道毒哥让她一个人独享大餐？她正这么想的时候，包间外又有脚步声响起，不过须臾，包间的小木门被推开，一道修长又陌生的身影出现在景黎面前。

来人是一位男性，准确点儿形容，是一个男孩儿，年龄可能只有二十岁左右，长得眉清目秀。他穿着简单的卫衣加牛仔裤，整个人看起来很阳光，高挺的鼻梁下是扬着笑意的薄唇。

“锦鲤小姐姐？”

景黎可以很确定自己不认识他，愣了愣，问：“你是？”

男孩儿似乎也很意外，问：“毒哥没告诉你吗？”

也是巧，他的话音刚落，毒哥的电话就来了。

“见到人了吗？”

“啊？”

“之前我不是给你提过吗？金主爸爸那边有不少打职业赛的选手，你写得好的话，作为奖励我给你介绍，让他带你玩。他是清风战队的费桦，全能型选手，尤其擅长玩露娜，还有个绰号叫飞花。”

景黎的眼睛瞬间就亮了。

沈以原今天打算六点开始直播，这样晚上十点就可以下播，顺便带小徒弟打游戏。他吃过晚饭后上楼，就差不多六点了。他开直播前有先打开自己的游戏账号的习惯，以免在直播间出现什么不该有的信息。

他打开游戏账号后，正好就见到他的小徒弟游戏状态显示“游戏中”，而上面还有可观战的图标。

他顿了下，决定还是晚点儿开播，看看小徒弟几天没玩游戏有没有进步。

于是，他进去观战了。

小徒弟还是选了王昭君，好几天没玩，倒也没退步，相反还在中路的草丛处拿了两个人头。可渐渐地，沈以原就察觉到不对劲了。小徒弟这一局里有个打野露娜。露娜是个极其依靠操作的英雄，但凡打得好的人，是完全可以在王者峡谷里一打五的。而小徒弟这边阵营的露娜显然是个高手，对血量和月光标记的把握极其精准。

沈以原本来在专心地看小徒弟的游戏角色，后来分了一丝心思在露娜身上。

小徒弟的段位刚到黄金，他们打的仍然是低端局，匹配的队友段位不会太高，而这个露娜从操作和意识来看，显然是王者段位以上的玩家。

看着看着，沈以原蹙了下眉头。

这个露娜为什么一直帮中路的王昭君？上路和下路明明更需要露娜的帮助，露娜却一个劲地去帮中路。整局游戏下来，在露娜带领的节奏之下，对方毫无还手之力，小徒弟这方几乎是碾压性地获得胜利。

沈以原点开小徒弟的最新战绩，又点进队友露娜的资料，性别男，游戏ID叫作我无敌你随意，总共打了十场，果然如他所料，是个小号。

此时，小徒弟又开始了第二局游戏。

沈以原又点进去，意外地发现第一局的我无敌你随意也在。

沈以原一愣，重新退出观战界面再看战绩才发现自己漏看了，小徒弟不是单排玩游戏，而是和别人双排。

这一局，我无敌你随意又打露娜，依旧孜孜不倦地保护中路的小徒弟，最终依旧轻轻松松地获得胜利。几乎没有间断，两人又开了第三局游戏，还是双排。

没多久，沈以原在微信里刷到了景黎的朋友圈，配图是游戏战绩的截图。

文字是："嗷呜，露娜太帅了！"

七点整，锦鲤大王开播。

弹幕一如既往地热闹。

"祝贺大王拿下王昭君国服！"

"大王今天打什么？新赛季了，大王要打排位上王者吗？"

"李白李白李白李白李白李白！专业爱李白一百年。"

"想看娜可露露。"

"安琪拉！"

"大王今天最帅！"

"咦，有没有人觉得大王今天话有点儿少啊？大王你是不是不开心啊？"

《王者荣耀》有段位继承机制，每三个月一个赛季，新赛季的时候玩家上赛季的段位就会掉下来，王者段位的星星越多，掉的段位就越低，比如王者五十星的玩家新赛季掉段后就是星耀，五颗星的话就是钻石。

今天正好是新赛季的第一天，锦鲤大王的游戏段位变成了至尊星耀V。

直播间里，锦鲤大王已经进入排位，在一楼。

BP（全称Ban-Pick，Ban就是禁止使用，Pick就是选取的意思，BP规则是先禁止完英雄再选英雄）环节结束后，锦鲤大王毫不犹豫地锁定了一个英雄——露娜。

锦鲤大王的粉丝们惊呆了，弹幕瞬间疯狂地刷了起来。

"好像从来没见过大王打露娜？"

"啊啊啊啊啊，露娜是我的本命！"

"有生之年终于见到大王打露娜！"

"太激动了，不行，我要缓一缓。等等，我真的没有眼花吗？"

"对，你没有眼花，大王终于打露娜了！"

此刻，锦鲤大王轻描淡写地说了一句：

“冲个露娜国服玩玩吧。”

景黎亲眼见识到了何为专业的神级操作，也明白了为什么费桦会有“飞花”的绰号。

因为费小弟弟的露娜在王者峡谷里真的会飞！

他打露娜的时候就坐在自己旁边，她亲眼见到他的露娜以极快的速度穿过了半个王者峡谷的地图，顺便还杀了几个人，游戏屏幕上方不停地显示露娜击杀了敌方的英雄。

景黎不是没见过秀的英雄，好比她师父的李白，一样能在王者峡谷里来无影去无踪；喵喵的貂蝉在盛开的法阵里也舞姿曼妙，三杀、四杀宛如家常便饭。可是这两个英雄在此刻的景黎看来，都及不上露娜的英姿，穿着紫霞仙子皮肤的露娜手持月光剑，配上独特的旁白和音效，五杀的瞬间击中了景黎的心。

景黎以前在微博里见过有人说，在《王者荣耀》里，露娜即信仰。当时她并不懂，只觉得一个虚拟的游戏人物有什么值得信仰的？可就在此时此刻，她忽然有点儿能理解这话了。

一顿晚饭吃了四个小时，十点多的时候，景黎才和费桦离开了翡冷翠餐厅。

“我送小姐姐回去，我开了车过来的。”

景黎狐疑地看着他问道：“你……成年了吗？”

费桦顿了一下，低头找钱包，从钱夹里拿出了一张身份证递给景黎，又笑道：“小姐姐检查一下。”

景黎其实就是开一下玩笑，没想到他居然把身份证拿出来了，连忙摆手说：“我信你我信你。”

他又笑着说：“小姐姐真的不看一下吗？我的身份证照拍得很好看。”男孩儿笑起来分外阳光，仿佛带着感染力，景黎无法拒绝，瞄了一眼，点头说：“哇，拍得真不错。”

费桦认真地说：“大家都喊我少年版的电竞古天乐。”

景黎忍俊不禁地说：“真的吗？”

费桦说：“真的，他也是我喜欢的偶像之一。”

景黎问："还有谁？"

费桦问："你玩《英雄联盟》吗？"

景黎摇头。

费桦说："《英雄联盟》里有个战队叫DO，第一任队长原神是我最初进入电竞圈的动力。"

景黎并不了解这些，她打小就不怎么玩游戏，端游也好，手游也好，几乎不怎么接触，更别提沉迷。《王者荣耀》这款手游能让她沉迷，已经是相当神奇的事情了，因此听费桦提起《英雄联盟》，她不太感兴趣，礼貌性地附和了几句。

"电竞古天乐"去停车场开了车过来，两人在路上相谈甚欢，三句里两句不离《王者荣耀》。

车子到小区楼下的时候，费桦还下车给景黎开了车门。

景黎再度表示："你的露娜真的好厉害，我在餐厅里看得眼睛都不眨的！"

费桦说："我可以教你玩。"

景黎说："好的呀！"

费桦又说："露娜是个很吃铭文的英雄，我看你的号只有一小部分法师铭文，练露娜的话不太容易。正好我有个满铭文的小号，不如送给你？"

景黎连忙摇头，说："啊，不行，那多不好意思，不用不用，我也有个小号，里面好像有露娜的铭文。"

费桦："也行。"

将近晚上十一点时，沈以原准备下播。

他的直播间里弹幕如潮水般滚动着。

"今天大王的露娜太秀了！"

"岂止是太秀，天秀都无法形容了，今晚可以称之为王者峡谷的血雨腥风。"

"是不是我的错觉？我总觉得今天的大王打得比以往都要凶残。"

"不是觉得，是真的很凶。"

“我知道大王的英雄池深不可测，没想到如此深。”

“露娜四级，从此就是大王的天下了。”

“还是那句老话，我觉得大王今天不开心，而且还有点儿心不在焉……”

沈以原在无数弹幕里见到最后一句，面无表情地看了眼时间，说了句：“下播了，明天见。”然后他关掉了直播间。不过他没有下游戏，而是点开了小徒弟的游戏账号。

他拉下战绩那一栏，数不清的排位，全是双排，用的都是露娜，没有一场是失败的，小徒弟的段位也从黄金升到了铂金，最后一场的排位时间是二十二点十二分。

看着每一场都是mvp的露娜，沈以原不屑地勾了下唇。

就在此时，门外响起电梯的声响。

沈以原走到门边，在猫眼那儿看了下，见到小徒弟单手在包里掏钥匙，另一只手还握着正在用充电宝充电的手机。

沈以原冷笑了一声。

呵！她打了三个多小时的游戏，难怪手机要充电。

他板着张脸重新回到客厅，把还在游戏上的账号退出，接着又在沙发上坐了一会儿，什么也没干，仿佛在和空气对峙。又过了一会儿，他重新登录游戏，发现小徒弟又在线了。

他盯着小徒弟在线的账号三秒钟，决定今晚不带小徒弟打游戏。

他也不退出游戏，就在游戏上挂着，然后起身去浴室洗澡。

沈以原进入浴室，拧开了花洒。

万一小徒弟找他打游戏怎么办?

万一小徒弟在游戏里被欺负了怎么办?

不到十秒钟，花洒又被关掉，沈以原重新回到客厅里，瞄了眼游戏。

小徒弟的账号显示正在游戏，他点进去观战了一下，小徒弟在打露娜，只有她一个人，并没有那个“我无敌你随意”的账号。

沈以原没来由地有点儿生气。

他那么显眼地在线，小徒弟居然没看到？她居然不邀请他打游戏？她居然一个人打游戏？呵，女孩子真是容易见异思迁的生物！他的露娜才是无敌好吗？哪里来的垃圾露娜敢自称无敌？

一气之下，沈以原退出了游戏账号。

然而十秒钟后，他又重新登录游戏。

可能小徒弟没见到他在线吧。

他再等一等吧……先去洗澡算了……

于是，保持着游戏在线状态的沈以原拿着手机再次进入浴室。

景黎回到家后实在有点儿手痒，今天晚上和费桦打了十几场游戏，她相当迫切地想去打一场露娜。她也不敢去打排位，于是开了一场匹配，结果自然是死得很惨。

露娜这种极其讲究操作和意识还有眼力的英雄，并不适合她这种仍然处于新人阶段的新手。

景黎叹了口气，去浴室卸妆洗澡。

洗了澡出来后已经是十二点钟，她又上了游戏，发现她师父还在线。

她猛地想起之前说忙完后要给师父送新英雄皮肤的事情。

随着新赛季的到来，《王者荣耀》新出了一个英雄，是个男英雄，名字叫作狂铁。

这不是漂亮的小姐姐，景黎没多大兴趣，但说不定师父会喜欢。

景黎想了想，购买了点券，然后点击了“赠送礼物”，还留了言——

“给师父孝敬的新皮肤。”

沙发上，在游戏里干等了半个小时的沈以原满满一腔的不悦情绪。

小徒弟眼里没他这个师父了。

她不是喜欢他吗？他都在线半个小时了，收到了无数别人的游戏邀请。

女人心海底针。

他再给她十分钟的时间，她再不找他他就下游戏睡觉去。

他再给五分钟……再给十分钟。

下次和她打游戏，别人抓她，他不救她了，让她死在他面前……

忽然，游戏账号里来了一条消息提醒，显示有人给他赠送了礼物。他点开一看，是小徒弟的头像，还有一句留言，刹那间，满腔不悦消失得无影无踪。

沈以原完全没注意到自己的嘴角已微微翘起。

他冷哼了一声，在微信里戳小徒弟。

锦鲤大王："上线，师父带你打游戏。"

两人在微信里开了语音。

景黎已做好准备，等着师父邀请她进去打游戏。今天她打了好多场王昭君，在费小弟弟的指导下，自认进步了不少。等会儿打起游戏来，师父一定会夸她的。

她美滋滋地想着，自己好歹也是职业选手亲自教的呢。

等了好几分钟，一直显示在线的师父却迟迟没有邀请她进入游戏。景黎有些疑惑，仔细一听，耳机里能听到对方在操作游戏页面，也不知在摁些什么。

忽然，锦鲤大王问她："你贵族8了？"

景黎说："对的，刚开始玩的时候充了钱把能买的英雄和皮肤都买了……"

《王者荣耀》这款游戏里根据玩家充钱多少划分了贵族等级，在游戏加载的时候会有贵族图标。景黎并不差钱，也懒得做任务攒金币买英雄，为了省时间索性花钱买了。

锦鲤大王又问："新英雄狂铁也买了？"

景黎说："对，新英雄也有……"

锦鲤大王沉默了一下，说："进游戏，我拉你。"

景黎照旧选了王昭君，锦鲤大王选择了新英雄狂铁，走打野的位置。

一开局，景黎就有些困惑，其他三位队友都奔赴各自的位置，唯独锦鲤大王在泉水里打转。景黎本来走了几步的，见师父卡了又回来，问："师父，你的网络卡了吗？"

"没有。"

景黎微怔，问："难道这是这个新英雄的什么技能吗？"

锦鲤大王沉默，半晌才吐出两个字：“不是。”

然后，锦鲤大王奔赴属于自己的野区。

景黎也没将这个小插曲放在心上。

渐渐地，景黎察觉到一些奇怪现象。王者峡谷的地图并不大，好几次师父明明可以走近路过去支援队友，可他每次都非要从她面前经过，经过的时候还停顿那么一两秒，也不动，就站在她面前。

景黎：“师父？”

锦鲤大王：“怎么？”

景黎咽了口唾沫，问：“你能不能告诉我，你为什么每次都要从我面前经过？”

锦鲤大王又沉默了。

就在景黎以为师父不会回答自己的时候，耳机里飘来一个略微得意的低沉嗓音：“我徒弟给我买了新衣服，我给你秀一下。”尾音轻飘飘地上扬着。

那一瞬间，景黎哭笑不得的同时，又觉得她师父真的好萌。

她要被萌哭了啊喂！

虽然是新英雄，但是显然她师父极有游戏天赋，即便是新出来没怎么使用过的英雄，甚至他还分了心神在她面前晃悠，可是该有的节奏还是有，带领着队友们轻轻松松地获得了胜利。

一局结束后，景黎说：“师父的狂铁也好厉害，不比李白差。”

锦鲤大王轻哼了声，说：“我会的英雄不少，”他顿了下，嗓音里若有若无地带着强调的意味，“露娜打得也还可以。”此刻，耳机另一边却传来窸窣的声音，没一会儿砰的一声响起，只听小徒弟轻轻地叫了一声。

锦鲤大王问：“发生什么事了？”

“没、没事……”耳机那边的声音听起来有几分可怜，“平板电脑砸脸上了……不过我习惯了。”

锦鲤大王：“你用平板电脑上的微信？”

景黎说：“是呀，我用平板电脑和你连麦，用手机打游戏，可能是在床上的原因，所以容易摔。”说着说着，锦鲤大王的耳机里又响起窸窣的声音。

先前沈以原不知道是什么声音，现在听景黎一说，脑海里立马浮现了穿着睡裙的小徒弟躺在被窝里的模样，窸窣的声响许是肌肤和被子摩擦的声音……

景黎毫不自知，放正平板电脑，索性趴在了床上，大抵是洗过澡的缘故，此刻她特别放松，声音也懒洋洋的。

“师父、师父，我今天自己打了一把露娜，死得好惨哦。”

女孩儿的嗓音带着几分慵懒之意，尾音还带着一丝撒娇的意味，活脱脱一只小懒猫眨着乌溜溜的眼睛委屈巴巴又可怜兮兮的样子。

沈以原咽了口唾沫，本来想说露娜不适合她玩，可话到嘴边又变了：“我教你。”

景黎说：“我觉得你应该教不好我，今天我朋友给我介绍了个打职业赛的小弟弟，清风战队的费桦，师父你知道吗？我不是很关注职业赛，不过他的露娜超级牛的！今天我和他吃饭的时候，他带我打排位，一场都没有输过。”

景黎趴得有点儿不舒服，又换了个姿势，正想再说些什么时，耳机那边的师父声音骤冷：“我带你打，输过吗？

“你见过我的露娜吗？

“有你师父教不好的人吗？”

三连发的反问，令景黎瞬间呆住。

她好像就稍微夸了下费桦？

沈以原发出三连问后，实则也有些后悔，不该太凶的。

小徒弟是小仙女来着，她的读者都很宠着她的。

等她给他一个台阶下……嗯，下了他再温柔一点儿。

露娜学不好，他就慢慢教她，总能教好的。

他的小徒弟不需要其他人教。

然而就在这个时候，景黎的手机响起。

景黎瞄了眼来电显示，又有些愣怔，随后连忙对锦鲤大王说：“师父我没这个意思，我现在有个电话进来了，我先接个电话，很快的，三分钟。”

说着，她也不等锦鲤大王回复就匆匆摘下了耳机。

锦鲤大王此时此刻已经踩上了小徒弟给予的台阶，很顺畅地下来了。

他甚至还担心小徒弟听不明白他即将说的教程，改成书写的方式，在微信的对话框里一个字一个字地敲。

“露娜是个很吃手速的英雄，也吃铭文，普遍戴的有12攻速、26攻速、32攻速。你是新手，可以先试试32攻速的铭文。我上次送你的账号，里面是满铭文的，你可以拿它来试，露娜的基础连招是1323aaa3，或者是1a32a3a3……”

沈以原正想着要怎么更简单地给小徒弟讲解时，耳麦那边响起了小徒弟很小很小的声音。

虽然离得远，但他仍然听清楚了。

“对，刚刚在和我师父打游戏。

“哇，你们战队都是夜猫子啊。我可以去参观你们的基地吗？真的吗？

“是呀，我今天自己打了一场露娜，当然没你打得好。

“后天中午吗？我应该有空。

“好的呀。”

景黎挂了电话，顺带看了眼时间，还好还好，聊得不长，三分钟不到。

她重新戴上耳机：“师父？”

没人应她。

“师父，你还在吗？”她瞄了眼平板电脑，上面语音仍然在线，她又说，“师父，刚刚有朋友给我打电话了。我要先说明一声，我没有师父你打得不好的意思，只是觉得我是个新手，我也知道露娜很考验操作和意识，所以才担心自己学不好……”

耳机那边仍旧是一片安静。

过了片刻，景黎发现语音断了。

没多久，微信有信息进来。

锦鲤大王："困了，睡了。"

大概是前面几天脑子太过劳累，景黎第二天下午一点才起来。

她慢悠悠地刷了牙洗了脸，又点了份外卖。

吃外卖的时候，她点开了弹幕网找视频下饭。景黎平时一个人在家吃饭的时候，总喜欢看点儿下饭的视频，有时候看个二十来分钟的美剧，或是看个吃播视频之类的。

不过打从她开始玩《王者荣耀》这款游戏后，每天下饭的都是锦鲤大王的游戏视频。

毕竟游戏一局快则七八分钟，慢则二三十分钟，一顿饭的时间刚刚好。锦鲤大王有许多真爱粉，每天都会在凌晨固定上传当天的直播视频，还会起标题，点明是玩什么英雄。

景黎习惯性地输入"锦鲤大王"四个字，然后点击最新视频排序，意外地发现昨天师父打了许多场露娜，而且视频的标题很威风凛凛。

【锦鲤大王】大王说我的露娜随随便便拿五杀

【锦鲤大王】飞大半个地图追上开大的哪吒的露娜见过吗

【锦鲤大王】只有五杀才能维持现在的生活

【锦鲤大王】四杀都侮辱了我的露娜

要知道在《王者荣耀》这款游戏里，五杀是可遇不可求的事。

景黎点开第一个视频，边咬糖醋排骨边看，看着看着她连骨头都忘记吐了。如果说费小弟弟的露娜是天秀，那么她师父的露娜是秀得无法形容，连清个兵线也能秀出花样来，更不要说跑到敌人家的泉水秀操作这种事了。

她一连看完四个视频，然后狼吞虎咽地把外卖吃完，点开了锦鲤大王的微信。

景黎："师父！我刚刚看了你的露娜录屏！真的太厉害了！"

锦鲤大王："嗯。"

景黎："师父，你的手速好快啊，在泉水秒换装备！"

锦鲤大王："嗯。"

景黎正在九宫格输入消息的手指此刻顿了下，表情凝重起来。

今天简鹏有计算机专业的课程，老师布置了课堂作业，他做得快，不到三十分钟就提交了作业。他原以为自己是最快的，刷新了下作业系统，发现他前面已经有一个人提交了，"沈以原"三个字无比显眼。

简鹏见状，扭头想调侃一下沈以原，"老大"两个字还未说出口，就见到戴着耳机的老大眉头紧锁。

他瞄了眼电脑屏幕，登时一愣，打开小团体的三人小群"老大今天又在玩双重身份play吗"。

简鹏："说来你们不信，你们知道老大在看什么吗？"

老三："如何扮演双重身份？"

简鹏："他、他、他在看费桦的直播啊！就是清风战队的费桦！难以置信，老大从不看别人的直播！"

老四："这也挺正常的，老大不是要冲露娜国服吗？费桦的露娜打得好，学习学习。"

简鹏："不！重点不是这个！你们默数三秒，然后扭头看老大。"

老三、老四："费桦欠老大的钱吗？真可怕。为什么老大要边看视频边冷笑？"

简鹏："不知道。"

沈以原面无表情地关掉直播间，又打开手机的微信，和小徒弟的最后一条聊天记录是他发的。

她居然不回他了。

认识职业选手后，她对他也不热情了。

职业选手很了不起吗？

她知道他开直播以来，多少《王者荣耀》的战队给他抛来橄榄枝吗？

呵，女人。

沈以原打开微博，搜景黎的名字，很快就发现景黎转发了一条安利韩剧的微博。韩剧讲的是一个漂亮姐姐经常请小奶狗吃饭的故事，吃着吃着两个人就在一起了。

景黎的转发评论只有两个字：好甜。

沈以原点开这条转发微博下面的评论。

勤奋的奈奈酱："我没有眼花吧？我粉的两个不同圈子的大大有交集？"

甜甜圈是我的真爱："啊啊啊，我们家飞花也是小奶狗啊！"

每天都想打死貂蝉："飞花你不要调戏我们家小仙女好吧！"

沈以原微微一怔，点开转发那一栏，才发现费桦转发了他的小徒弟的微博——

"请问小姐姐可以请我吃饭吗？"

沈以原："……"

"老大今天又在玩双重身份play吗"的聊天群里。

简鹏："好……可……怕……"

老三："是……的……"

老四："老……大……的……脸……黑……了……"

忽然，沈以原的手机振动了一下，来了条短信："方便接电话吗？"

沈以原关掉电脑，和身边的室友打了个招呼，从后门离开了教室。今天的计算机课本来交完课堂作业就能离开了，但他鬼使神差地又顺手点进了清风费桦的直播间。

沈以原在教室外拨了电话，那边的人几乎是秒接。

"原哥，你有八百年没和我聊过天了，我和我家小可爱都很想你。你究竟在哪所大学念书？你告诉我，我和我家小可爱保证不去骚扰你。"

熟悉的嗓音传来，沈以原哼笑了声："滚。"

"原哥，你这么凶是找不着媳妇的。"那边的人顿了一下，声音逐渐认真起来，"我今天是有正事和你说。说真的，打从你离开DO战队后，我对LPL比赛也不感兴趣了，这几年来LPL上再也没有像你一样的选手。你现在念大三对吧？你毕业后有什么打算？"

沈以原："东辰，什么正事？"

解东辰笑了声道："你有没有兴趣重回LPL？"

沈以原："我二十六岁了。"

解东辰说："我知道，我物色了好几个优秀的年轻选手，他们需要你这样的教练。"

沈以原："没兴趣。"

解东辰似乎想说些什么，然而话到嘴边，又咽了下去，只余一声轻叹。半晌，他才说："对了，你玩《王者荣耀》吗？我看你的微信号好像创建账号了？但没怎么玩的样子……"

沈以原说："嗯，是没怎么玩。"

解东辰笑着说："《王者荣耀》这边也有职业赛，里面有个战队叫清风战队，战队里有个你的真爱粉。我不当解说员后不是在五角场那边开了家餐厅吗？他经常过来光顾，每次碰见我的时候都要找我打听你的下落。他明天七点还要过来吃晚饭，今天和我预约了，说要带个妹子过来约会，特地订了我家餐厅风景最好的位置。"

解东辰顿住了，觉得自己说得有点儿多，沈以原对这些事向来不感兴趣的。

未料，沈以原却问他："叫什么名字？"

解东辰怔住。

沈以原问："我的真爱粉叫什么名字？"

解东辰说："费桦。"

沈以原："哦……"

"老大今天又在玩双重身份play吗"的聊天群里。

老三："老大昨晚的直播你们看了吗？"

老四："露娜厉害。"

老三："以我们同居多年对他的了解，老大昨晚不开心，鬼话都没说几句。"

简鹏："我昨晚上荣耀助手看老大的游戏记录，老大好像很久没跟他的小徒弟打游戏了，就昨天半夜打了一局。"

老三："真搞不懂闷骚戏精boy（男孩）的想法。"

老四："同。"

简鹏：“嘘，别说了，老大回来了！”

三人齐刷刷地关掉了对话框。

沈以原坐下来，问道：“明晚七点请你们吃饭，来不来？”

三人：“去！”

沈以原说：“五角场那边，餐厅的地址等会儿发你们定位。”

景黎从清风战队的基地里走出来时，已经将近傍晚六点。

她问费桦：“咦，你们的其他队员不一起来吃饭吗？”

费桦笑眯眯地说：“他们没空，下次有空我们可以一起约。小姐姐你等我一会儿，我去车库里把车开出来。”

景黎点了点头，费桦去取车的时候，她等得有些无聊，索性拿手机出来刷微信，这一刷无意间又见到了那天师父和她的聊天记录。两人最后的聊天停在了那个没有带标点符号的“嗯”字上。

手指微微一顿，景黎点开了师父的聊天对话框，往上拉了拉，很快又翻到那天的聊天记录——她说喵喵的貂蝉把她揍得毫无还手之力，而师父说没有人可以欺负她。

“没有人可以欺负我的徒弟，让她来找我单挑。”

景黎的目光停留在这句话上面。

没多久，她又往下拉，视线在那两个“嗯”字上徘徊。

费桦从车库里取了车，开出来时正好见到这样一幅画面——

女孩儿站在小区里盛开的樱花树下，低头看着手机，也不知在看些什么内容，似有些出神。正巧傍晚起了微风，花枝轻颤，女孩儿梦幻蓝的裙摆也随之飞扬，显得亭亭玉立。

费桦露出微笑来。

起码过了五分钟，他才把车开过去，缓缓摁下车窗。他正要喊她一声时，却又噤声，从这个角度，他能清楚地见到她轻蹙的眉头，仿佛在烦恼什么事情，甚至都没发现他已经把车开了过来。

“小姐姐？”

景黎回过神，弯眉笑了下，随即坐在副驾驶座上。她系好安全带后，余光一瞥，只见费桦没有启动车辆。她扭头望去，碰上费桦深沉的目光，不由得微微一怔。

她问："我脸上有什么东西吗？"

费桦说："没有，我就是觉得小姐姐长得真好看，一点儿也不像二十六岁，像比我还小的姑娘。"

景黎哭笑不得地说："现在的年轻人嘴巴都这么甜的吗？"

费桦说："不是，我是见到小姐姐嘴巴才这么甜的。"

年轻的男孩儿眼神无比真诚。

景黎还是没有忍住笑了笑，被小年轻夸得心里美滋滋的。

费桦又问："小姐姐刚刚是在和男朋友发信息吗？"

景黎说："不是，我还是个单身狗。"

费桦不动声色地问："哦，那是和喜欢的人发信息吗？刚刚我看你的表情，像是和心上人吵架了。"

景黎险些被呛着，咳了几声，说："不是，只是一个朋友，"顿了下，她想了想，觉得这个定义也不准确，又说，"是游戏里认识的师父，他也玩《王者荣耀》，在狼腾做直播，锦鲤大王你知道吗？"

费桦说："略有耳闻。"

他们打职业赛的选手，都有固定的直播平台，比如他们清风战队就打包和狼腾直播签了约。锦鲤大王是最近的新秀，排位费桦倒是没遇到过，不过偶尔刷微博的时候能收到锦鲤大王的五杀精彩瞬间推送。费桦点进去看过一两次，对方确实是个有实力的主播，只不过在《王者荣耀》游戏主播里还算不上红的。

景黎眼里溢出笑意。

她说："我师父的露娜也很厉害哦，昨晚他冲露娜国服，单排上分，拿了好几个五杀……"她微微歪着脑袋，在算，"之前他还拿了好几个英雄的国服，李白是最有名的，还有娜可露露、鲁班、王昭君……我的王昭君就是跟我师父学的，他的走位和预判简直一流。你也知道王昭君这个英雄很靠队友的，但我师父就是能王昭君单排上国服……"

景黎说得滔滔不绝，每多说一句，眼里的光亮就多一分，彻彻底底的小迷妹模样。

话音落下，景黎才发现费小弟弟有些沉默：“哎？我是不是说得有点儿多？”

费桦反问她：“我的露娜不厉害吗？”

“厉害啊……”

“你师父厉害，还是我厉害？”紧接着，费桦又来了一句。

景黎愣在原地。

这有什么好比的？

她这副呆呆愣愣的模样取悦了费桦，他低笑一声，又笑眯眯地说：“小姐姐，你在我面前夸其他男人我会吃醋的。”

景黎如梦初醒。

师父难道就因为她夸了费桦从而吃醋，所以生气了？所以师父才发“嗯”也不带标点符号？

她认真地讨教道：“吃醋的点在哪里？”

费桦没想到她会来一句反问，略微思考后说：“事关男人的尊严问题。”

景黎扑哧一声笑了，说：“你才二十岁，还是个男孩儿。”

费桦反驳：“小姐姐，我成年了！”

景黎笑了下，却没搭话。

费桦不着痕迹地打量着她，将她若有所思的模样收入眼底，与此同时，眸色也变深了。

餐厅在商场的八楼，是一家很地道的粤菜餐厅，走的是高档路线，每一样餐点都小而精致，连餐盘也做了固定的搭配。费桦很喜欢这里的厨师，来过许多次，自然也知道这里最佳的观景位置是东边靠落地窗的四人桌，入了夜后，瑰丽的夜景一览无余。

他也找毒哥打听过，锦鲤小姐姐很喜欢吃粤菜。

费桦递了菜单过去：“小姐姐你看看你想吃什么？”

景黎接过菜单，随意地说了句：“人还蛮多的。”

“嗯，这家餐厅人气不错，不预订的话基本上需要等位。我和老板认识。老板姓解，以前是LPL比赛的解说员，还挺有名气的。”一提起LPL，费桦就有些按捺不住，说，“我粉的原神和东辰哥也是好朋友。”

景黎问：“原神现在不打比赛了吗？”

“退役好几年了，原神是个很低调的人，至今鲜少有人知道他长什么样。他打比赛的时候也不露面，戴着一个特制的面具。早些年，他的微博粉丝比LPL官方微博的粉丝还多，是最具实力和商业价值的选手，谁也没想到他退役退得这么突然……”

景黎说：“看来你真的很喜欢原神。”

费桦颔首道：“希望有生之年我能见原神一面。”他又笑说，“不说原神了，你看看想吃什么，今天说好了，我请小姐姐吃饭。小姐姐去年改编的电影我看了好几次，能请自己的女神吃饭，请小姐姐不要剥夺我这样的机会。吃完饭，我教你打露娜？”

景黎说：“好的呀。”

与此同时，餐厅门口。

简鹏看着餐厅的名字，万分不解：“为什么无辣不欢的老大会请我们吃清淡的粤菜？”

老三：“我更关心的是老大有没有预订位置。”

老四：“我比较关心老大现在人在哪里。”

简鹏说：“我打电话问问。”他正要拿手机拨沈以原的电话号码时，有人拍了拍他的肩膀。

简鹏扭头一望，登时一惊：“老、老大……”

老三和老四一扭头，也愣住了：“老、老、老大是你吗？”

沈以原皱眉，说道：“怎么不是我了？几个小时没见，你们就认不出我了？”

简鹏咽了口唾沫，说：“不是，就是……从来没见过老大你穿得这么正式……”像他们这种计算机系的宅男，打扮自然是怎么轻松方便怎么来，T恤加宽松短裤，踩一双人字拖，在教室、食堂、寝室间随意穿梭。今天老大说请吃饭，他们都特地换了人字拖，穿了球鞋出来的。

反观老大……上面是整洁的白衬衫，白衬衫显然是烫过的，半点儿褶皱都找不出来，而下半身是深灰色的西裤，配上老大本来就出挑的高瘦身材……简鹏以及老三、老四只想问一句：老大你真的不是来走秀的吗？

沈以原淡淡地说：“哦，我就随便穿穿，进去吧。”

“先生晚上好，请问预订位置了吗？”

餐厅门口的服务员亲切地问道，说话间，又不着痕迹地打量了一下眼前气质出挑的帅气男人，面上的笑容越发灿烂。

沈以原说：“我朋友已经到了。”

服务员问：“需要我带您进去吗？”

“不用。”

沈以原略一点头，便带着三位室友进入餐厅。正巧经过一面镜子墙，他便停下脚步，微微侧身。

三位室友见到自家老大慢条斯理地整理了一下压根儿找不到半分褶皱的白衬衫，还在鬓发那儿拍了拍，沉稳犀利的眼里写着一句话——敌军还有五秒到达战场。

简鹏小声地和老三说：“我咋觉得老大不像是来吃饭的，像来砸场子的？”

老三：“对……”

沈以原瞥了两人一眼。

简鹏重咳一声，连忙说：“老大，你是不是发横财了？我刚刚看了一下菜单，这里起码人均消费五百。”顿了顿，他又狗腿似的说，“刚刚我们老三还在担心老大你有没有预订位置，我就和他说了，我们老大办事向来靠谱，跟着老大走有肉吃！”

老三嫌弃地看了眼简鹏：“我只是说假设。”

忽然，沈以原说：“不是假设。”

三人一脸蒙。

沈以原表示：“我没订位，等会儿我说什么，你们只点头附和，其他的不必多说，听我指挥。”

三人：什么？

“要一份脆瑶海鲜蛋白炒饭、火山石煎雪花牛肉，还有招牌乳鸽，甜品的话，想吃天鹅酥和杨枝甘露……”景黎把菜单递给费桦，笑着说，“其他的你可以看着点，这几个菜我都蛮想尝尝的。”

费桦问：“你吃得多吗？”

景黎说：“吃得不多，我是不是叫得有点儿多了？”

费桦说：“你和我的口味相差不大，我平时过来也喜欢点这几个菜，尤其是他们的招牌乳鸽，香而不腻……”他微微一笑，又说，“小姐姐应该多和我出来吃饭，这样正好不会浪费，吃完我们还可以打游戏。我的英雄池深，你想学其他的我都可以教你。毒哥和你说过吗？我是你的书粉。”

景黎有些意外。

“除了《勇敢的少女》之外，我以前的书都是言情小说，给小姑娘看的，你也看过？”

费桦说：“男孩子不能看言情小说吗？”

景黎失笑：“不是不可以……”

费桦说：“看了我才知道你们女孩子心里在想什么……”

景黎哈哈地笑了几声，说：“我很会撩妹的，费小弟弟以后想追哪个女孩子，我可以给你出谋划策。”

费桦等了半天，等的就是景黎的这句话。

他坐直身子，撩妹金句即将出口时，却见景黎露出一脸诧异和意外的表情。他顺着景黎的视线望去，目光落在了为首的穿着白衬衣的男人身上。

颀长的身影、过于出色的五官，令男人成为鹤立鸡群一般的存在。

费桦几乎是第一时间就迸发出了对同性的排斥以及莫名的危机感，他问景黎：“你认识的人？”

景黎说：“我的邻居。”

她此刻有些犹豫，要不要站起来打个招呼？可是根据以往的相处经验，她知道邻居小哥哥是个不太喜欢和人说话的人，他身后的人应该是他的室友，先前她去F大开讲座的时候和他们有过一面之缘。

所以，他应该是和室友来吃饭的？

就在这个时候，景黎的视线和沈以原对上了，她只好站起来，客套地问："小哥哥，你们也是来吃饭的吗？"

沈以原微微颔首。

按照正常的套路，这个时候邻居小哥哥就该转身去他的座位了，属于邻居之间的客套也就结束了，然而邻居小哥哥没有挪动的意思，站在桌前直勾勾地看着她。

景黎莫名有点儿紧张。

忽然，他问："你们两个人？"

景黎点头。

他说："方便拼桌吗？"

景黎愣了下，视线却挪到他身后的三位室友身上，虽然这是一张四人桌，但坐六个人……有点儿勉强吧？

沈以原望了几个室友一眼。

发蒙三人组里，老三第一个反应过来："我们可以挤一挤的！"

简鹏第二个反应过来，说："啊，你是清风战队的费桦吧？我看过你的比赛和视频，没想到居然可以在这里碰上偶像。你的露娜打得贼厉害！真的可以拼桌吗？"手肘不着痕迹地推了推老四。

老四说："请偶像务必给我一个签名！太感谢偶像了，我老早就想来这家餐厅吃饭了，怪我这脑子，忘记提醒我们家老大订位……"

简鹏："老四，偶像还没答应拼桌呢。我知道你有不定时吃晚饭就容易进医院的毛病，你忍一忍，不要在这里晕倒了，不行的话，我们还能去外面的其他餐厅吃饭。"

老四："你不说还好，一说我就真的有点儿晕……"

景黎一听，再看了看他的脸色，还真的带了几分苍白，连忙说："要不你们先坐下来再说吧？"

"小姐姐你人真好，谢谢。"

老四一屁股就在费桦身边坐了下来。

沈以原紧皱着眉头，却问景黎："不会打扰你们吧？"

费桦内心简直似有一万匹羊驼飞奔而过，脑子里有一万个为什么——

这群不要脸的人到底是从哪里冒出来的？

然而，他只能微笑道："小姐姐的邻居也就是朋友，小姐姐的朋友也就是我的朋友，我喊服务员再加两把椅子吧，人多吃饭也热闹，再说也没想到这么巧，居然能在这里遇到我的粉丝。”

沈以原淡定地在景黎身边坐下，望向费桦，再度颔首：“多谢了。”

“老大今天又在玩双重身份play吗”聊天群里。

简鹏：“老大的小徒弟是锦鲤啊！那天开讲座的作家啊！”

老三：“你们觉不觉得老大刚刚说‘多谢了’三个字的表情，十足像残血把人家满血干掉的得意？”

老四：“我终于明白老大为什么要看着飞花的视频冷笑了，原来那是对情敌的冷笑！”

老三：“今天老大果然是来砸场子的……”

简鹏：“兄弟们，为了人均消费五百的尊严，今天誓死捍卫老大的师徒情！”

老三、老四：“没问题！”

费桦真的挺郁闷的。

他今天原本是想着和漂亮小姐姐吃饭，然后和漂亮小姐姐打游戏。结果不知道哪里冒出一群抠脚大汉……于是就变成了和抠脚大汉吃饭，和抠脚大汉打游戏，偏偏他在漂亮小姐姐面前还要维持形象，不得不硬着头皮和那几个抠脚大汉打游戏。

打游戏就算了，他们还非得三排。

每次他想和漂亮小姐姐说句话时，剩余没打游戏的那个人就眼巴巴地凑上来，他完全没有说话的机会。

而漂亮小姐姐和令费桦危机感十足且不玩《王者荣耀》的邻居则安安静静地吃饭，安安静静地看着外面的夜景，明明是一张四人桌，他们俩硬是坐出了情侣桌的氛围。

两局游戏终于结束，费桦松了口气，望向景黎。

景黎笑吟吟地问他：“你们赢了吗？”

费桦找回场子，故作轻描淡写地说：“我排位胜率不低，星耀局鲜少失手，等你……”话还未说完，他隔壁的抠脚大汉又插了进来：“小姐姐什么段位呀？来加个微信好友可以吗？”

抠脚大汉二号：“小姐姐是我们家老大的邻居，平时一定没少照顾我们家老大。”

抠脚大汉三号：“小姐姐也加我一个好友吧，我们老大一个人住，我们几个都特别不放心，以后如果有什么需要帮助的地方，还要麻烦小姐姐你。毕竟近水楼台……”

抠脚大汉一号、二号：“对、对、对，近水楼台啊。”

景黎心想：这个成语好像不是这么用的吧……

沈以原淡淡地哼笑道：“别乱用成语。”说着，他又起身说道，“我上个洗手间，你们聊。”

景黎加了邻居小哥哥的三个室友的微信。

简鹏说：“小姐姐以后有空一起打排位吗？我打得还不错，可以带你……”蓦地，他低头看手机，故作惊讶地说，“等一下，小姐姐这个头像很眼熟，我好像在锦鲤大王的微博上见过！”

老三狂点头。

老四：“难道你是锦鲤大王的徒弟？”

景黎意外地问：“这么巧，你们也是锦鲤大王的粉丝？”

简鹏说：“我是！”

老三：“我也是！”

老四：“我也是！”

费桦：“……”

老四轻咳一声，说：“我粉很多人的，锦鲤大王是一个，飞花也是一个。锦鲤大王是我最近才粉上的，他的英雄池深不可测，秀得一手国服李白。”

老三：“还有国服鲁班。”

简鹏：“国服王昭君、国服娜可露露，最近他在冲国服露娜。”

费桦：“……”

五分钟后，费桦对这个餐厅有心理阴影了。这几个抠脚大汉真的是他的粉丝吗？他怎么越听越像锦鲤大王的粉丝来砸场子？偏偏他还半句话都插不进去！明明是美好的双人约会，结果变成了锦鲤大王的粉丝交流会？

费桦忍不住了，招手喊服务员过来买单。

服务员说："费先生，你们这一桌已经结过账了。"

费桦怔住。

此时，沈以原慢悠悠地走过来，对费桦说道："今晚我的几个室友给你添麻烦了，这顿饭算我聊表谢意吧。"说着，他又望向景黎，平静的眉眼间多了两分景黎看不懂的复杂情绪，声音仍旧不急不缓的，"平时多谢你照顾我了。"

"老大今天又在玩双重身份play吗"聊天群里。

简鹏："团灭！"

老三："干得漂亮！"

老四："五连绝世！"

景黎前脚刚进家门，后脚喵喵就来了电话。

"等一下……"景黎开了扬声器，拎着手机去了厨房，拧开水龙头洗着小番茄，又顺手吃了一个，小番茄酸酸甜甜的滋味入口，她幸福地说，"圣女果真的很好吃啊。"

喵喵说："别转移话题，记得我们打的赌吗？"

景黎说："风太大，我听不清你说话！"

喵喵说："哦，那看来是我说对了，你在家里哪里来的风，脑子漏出来的吗？"

景黎关掉水龙头，沥干篮子里的水，把小番茄放进一个巨大的玻璃碗里，然后再抱着碗往客厅里走去，边吃小番茄边说："别这么凶嘛，行、行、行，你说对了。"

她往沙发上一坐，叹了口气，说道："真搞不懂现在的小年轻想什么，我比他大六岁哎！六岁！也就是说，我念六年级的时候，他还在幼儿园里念书！我念高三，他才上初一！"

喵喵哼了声，说："我看人向来很准。我就说了费桦想撩你，你还不信！不撩你，谁在公众微博上发这么暧昧的话啊？难不成你家毒哥还想给你凑个姐弟恋CP？顺便乘一波小奶狗的车？"

景黎被呛着了，猛地咳了几声，才说：“毒哥虽然很严格，也很懂得审时度势，但是我签约的时候说好了，一切营销手段不包括私人感情。再说了，我又不是明星，费桦虽然也是个小有名气的职业选手，但这种绯闻没什么意思啊。”

似是想起什么，景黎又叹了一声，说道：“不过现在的小年轻呀，见面才两次就开始撩妹了……我本来还想见招拆招的，但你猜我们吃饭的时候遇着什么人了？”

喵喵说：“不知道！不想猜！快说！”

“我的邻居和他的三个室友，幸好有他们在，不然费小弟弟要是整顿晚饭都在撩我，我可能会很尴尬……尤其是他还想用我书里的话来撩我。”

喵喵说：“其实六岁差距也不大，我还可以接受，而且我看费桦长得也不错，阳光小奶狗类型。你不考虑以后的话，倒是可以考虑谈一场小恋爱，跟小奶狗谈恋爱感觉应该不错。你年纪也不小了，单身这么多年，该谈场恋爱了……你的喜好太缥缈了，人家都有一个喜欢的类型，你呢，只有最扯淡的三个字——看感觉。”

景黎撇嘴，说：“感情这种事情，哪里是三言两语说得清楚的？对方年纪太小，我是接受不了的。”

她又吃了几个小番茄，顺手用支付宝把一百块钱转给了喵喵。

“哪，愿赌服输。”

喵喵说：“你可以再跟我打几次赌，说不定等到你结婚的时候，礼金我都不用出了。”

景黎：“哼哼哼。”

喵喵笑，这会儿又听见手机那头传来《王者荣耀》游戏的声音，问：“你最近是不是沉迷过度了？”

“没有，我在看直播！我家师父的！”景黎说，“我觉得我师父生我的气了，他可能年龄也很小吧，居然因为我夸了句费桦的露娜厉害就不理我了，最后回我的一句话，是一个‘嗯’字，还不带标点符号的。你知道吗？昨天他直播结束过后都没找我打游戏！哇，真的不是一般小气啊！我想了两天……”

喵喵问："所以呢？"

景黎说："我觉得我要给师父道歉，他或许年龄比我小很多，所以我要包容我的师父！我要宠着我的师父！我认的师父，他要是小气，我也没办法是吧！喵喵，喵喵，我先不和你说了啊，我师父要开始打露娜了。"

景黎挂掉了电话。

老三、老四都是本地人，家里离学校也近，晚饭结束后索性直接回了家。只有简鹏是外地人，于是跟着沈以原一块儿回了家。沈以原晚上要开直播，回家后就把简鹏一个人关在了客厅里。

简鹏也没事干，坐在沙发上边看直播边和安倩聊天。

简鹏觉得自己脱单有望，自己和倩倩妹子很有共同话题，她给他安利她的原神，他给她安利锦鲤大王。倩倩妹子去看了一次锦鲤大王的直播后，就彻底粉上了锦鲤大王，如今每天晚上都和简鹏一起看直播。

嗯，四舍五入，等于两人约会。

如果不是老大三令五申不许透露他在做直播，简鹏是相当想告诉倩倩妹子实情的。

今晚老大的直播间依旧热闹，弹幕多得让人眼花缭乱，刷礼物的粉丝也很多，价值一块钱人民币的小礼物更是数不胜数，四五百块的礼物比较少见，但也不是没有。

其实比起看老大的直播，简鹏更想和妹子聊天，然而倩倩妹子似乎不是很热衷于和他聊天，看直播的时候半个小时才回他一条信息。

简鹏叹了声，觉得自己给妹子安利锦鲤大王似乎是个错误的决定。

忽然，倩倩妹子给他发了条信息："给大王送挖掘机的是他徒弟吗？"

挖掘机是狼腾直播里的一个礼物小道具，价值人民币一百出头。

这个小道具在众"土豪"粉丝里并不算显眼，但是账号叫作是锦鲤啊。于锦鲤大王的众死忠粉而言，这个名字可以说是如雷贯耳。很快，其他粉丝也发现了。

"送挖掘机的人是大王的徒弟吗？"

“哇，第一次见到大王的徒弟现身啊！”

“师姐你好，我是你的师妹。”

“师妹滚，人家大王才收了一个徒弟好吗？小徒弟，喊我师母，谢谢。”

“我才是正牌夫人，大王现在在我床上做直播。”

直播间的弹幕因为这个疑似小徒弟的账号掀起了一阵别样的热潮，但账号主人没有表态，送了一个挖掘机后就开始神隐了。很快，锦鲤大王打完第二场露娜，这个账号又冒泡了，又送了一个挖掘机。

接着，这个账号送了第三个、第四个……

直播间里有一群人的目光都被疑似小徒弟的账号给吸引了，已经有人在打赌下一场这个账号会不会再送一个挖掘机。

锦鲤大王的第五场露娜打完，是锦鲤啊不负众望地送了第五个挖掘机。

锦鲤大王终于开口，问：“小徒弟？”

弹幕里飘过一句话：

“师父的露娜超棒的！”

直播间忽然黑屏了。

砰的一下，房门被打开，沈以原疾步走出来，对简鹏说：“看到没有？我小徒弟夸我的露娜超棒。”

简鹏：“……”

沈以原：“她果然还是喜欢我的。”

简鹏：“……”

沈以原：“她之前夸费桦，那是没见识过我的露娜。费桦算哪根葱？居然想泡我的小徒弟？居然还敢约我的小徒弟出去吃饭？”

简鹏说：“老大，我觉得你的小徒弟可能是觉得泡不上你所以才有了转移目标的想法……”

沈以原正色道：“谁说她泡不上我？”

简鹏想回老家了，能不能别大半夜给他塞“狗粮”了？

第四章

笨拙的情意

他一米八二的身高，还有六块腹肌，以前还拿过LPL的冠军，不知多少女孩子想追他啊，现在直播间里也一堆人喊他老公。她是不是眼瞎？这么可爱的女孩子怎么就这么眼瞎！

直播间的粉丝们翘首以待，根据以往的经验，直播间黑屏最多一两分钟就能调好。毕竟直播受网络影响，网络不好的话，主播也没办法。但渐渐地，锦鲤大王的粉丝们觉得有点儿不对劲了。

这次的直播故障时间是不是有点儿久？

足足过了十分钟，直播间才恢复画面和声音。

锦鲤大王回归，面不改色地说：“家里突然停电，继续直播吧，再打两场露娜就下播。”说完，他却迟迟没有开始游戏。

“欢迎大王回来！今天的露娜依旧帅呆！”

“嗷呜，这么快下播吗？好吧，我原谅我老公。”

“都怪停电！哼！”

“话说大王为什么还不开始游戏呀？大王的游戏画面咋没什么动静？

卡了吗？”

“大王你是不是在看弹幕？”

忽然，锦鲤大王说：“不要再给我送挖掘机了，好好看着，别浪费钱。”

游戏画面又停顿了很久，锦鲤大王依旧没开始游戏。

房管很识趣地给是锦鲤啊颁了一个显眼的小牌牌，也是这个时候，顶着显眼的小牌牌的是锦鲤啊发了句弹幕——

“听师父的！”

直播间里本就弹幕众多，但眼尖的人一眼就发现了这条弹幕，并且有许多小粉丝重复了这句话，一时间，直播间里被这句话刷了屏。锦鲤大王轻轻地笑了声，开始了游戏。

“等一下，我是不是察觉到什么不对劲的地方了？”

“我也……”

“我也……”

“啊啊啊啊——大王的笑声好迷人！”

“咋办，我也想当大王的徒弟！我也想大王这么对我笑！”

“弱弱地说一下，我怎么觉得好像被喂了一吨师徒‘狗粮’？”

很快，锦鲤大王进入了今晚直播的倒数第二场游戏。

他打的依旧是露娜。

锦鲤大王的直播风格是鬼话贼多，打个蓝buff也能喋喋不休地说个不停，但他的鬼话大多是和游戏有关的，一般是《王者荣耀》里的游戏梗。只要玩过这个游戏，并对其有一定了解的人，都能会心一笑。

然而，停了十分钟的电后的锦鲤大王，有了那么一点点不一样，鬼话还是很多，却和以往不太一样。

比如，锦鲤大王的露娜打野怪的时候，大多数人是打完一个再打下一个，锦鲤大王是用螺旋飘的打法，在三角区的野怪上秀一波鬼操作，然后感慨一句：“真不愧是单身多年的手速。”

又比如，他打的露娜穿的是紫霞仙子的皮肤，这个皮肤是配了音效的，其中有一句经典台词：“姻缘呢，上天安排的最大。”在这句台词出来后，锦鲤大王先是跟着念了一遍，然后说：“大王我现在没有姻缘，但不排斥来一段。”

再比如，紫霞仙子说：“我的意中人是个盖世英雄，有一天，他会踩着七色云彩来娶我。”

锦鲤大王嗯了声，说：“行、行、行，娶你。”

弹幕上一堆问号刷屏。

“大家可不可以不要刷问号了？我只想问一句，大王你怎么了？”

客厅里的简鹏要笑疯了。

实际上，他是真的捧腹大笑了，在沙发上笑得停不下来。

他抖着手戳开了室友三人聊天小群。

简鹏：“不行了，我要笑疯了，你们快去看直播间里的开屏孔雀。我给你们解释一下。真不愧是单身多年的手速——我没谈过恋爱，我很好泡。大王我现在没有姻缘，但不排斥来一段——小徒弟快来泡我。行、行、行，娶你——你来泡我，我就答应你。”

老三：“发生了什么事？”

简鹏：“事情是这样的，老大意识到自己也喜欢小徒弟，现在傲娇又别扭，想要小徒弟主动来泡他，然后他踩着台阶答应。我刚才和他说，要有点儿表示，男孩子要主动一点儿，没想到老大居然搞了一波这样的无敌操作，要笑死我了，哈哈哈哈！”

老四：“小徒弟看得懂吗？”

简鹏：“老实说，跟老大的电波相同的人才看得懂。”

老三：“为小徒弟默哀十分钟。”

简鹏：“不行，真的好好笑，这个事我能笑一年，哈哈哈哈！”

景黎觉得金钱真的是万能的！

她花了五百出头，就把小气且吃醋的师父给哄回来了。瞧瞧他给她发的微信：“下播后带你玩游戏，别再花钱。”后面还很难得地多了一个表情包。

这回复比起上一句不带标点符号的“嗯”字，简直是一个天一个地。

于是，景黎在直播间里回了“听师父的”之后就安心地去洗澡了，洗澡回来后，再看直播间，锦鲤大王已经下播了，不过游戏还在线。

景黎还洗了头，头发还是湿淋淋的，担心师父觉得自己怠慢他，又先戳开了锦鲤大王的微信。

锦鲤：“师父、师父，我刚洗了头，等我吹一下头发再打游戏好吗？”

发完微信后，景黎就去吹头发了。

吹到一半的时候，她总觉得屋外有动静，停了会儿再仔细一听，动静好像又没了。

景黎的头发又长又多，吹干头发后她还习惯抹精油护理一下，一系列流程下来，约莫二十分钟。等她弄好头发后再拿起手机时，登时愣住。微信上的师父破天荒地给她发了七条信息！

锦鲤大王：“洗完头发后要立马吹干，不然老了容易得风湿。你慢慢来，师父不着急，师父等你。”

锦鲤大王：“师父在百度上给你找了洗头不立马吹干的十大危害，你有空了解一下。”

锦鲤大王：“以后不要再给我送挖掘机。”

锦鲤大王：“你花了钱，我还要和网站对半分，有那个钱自己留着，你的心意我了解了。”

锦鲤大王：“你的心意我真的了解了。”

锦鲤大王：“是、真、的、了、解、了。”

隔了五分钟。

锦鲤大王：“你吹头发怎么这么久？是不是发生什么事情了？”

景黎彻底蒙了。

她师父莫不是被电傻了吧？他怎么突然这么关心她？她做了什么？她只送了五百块钱的打赏道具呀。

锦鲤：“师、师父？”

锦鲤大王直接弹了语音过来。

他问：“头发吹干了吗？”

景黎说："呃……吹干了……"

锦鲤大王问："后面两场的直播你看了吗？"

景黎说："我后来洗澡去了，没看呢。呃，我现在去看？"

锦鲤大王说："算了，没什么好看的。我带你打游戏吧。"顿了下，他又说，"我以前没有单独带过其他女孩子打游戏，你是第一个。"又顿了下，他问，"你现在在想什么？"

其实，景黎此时此刻正在发呆。

她满脑子的问号。

师父究竟怎么了？

她结结巴巴地问："师、师父，你是不是遇到什么高兴的事情了？"

"嗯，今晚是挺高兴的。"顿了下，锦鲤大王又问，"小徒弟，你有什么愿望吗？"

景黎想了想，说："有一个吧。"

她希望金主爸爸那边的合作可以顺顺利利，不要老让她修改内容。

语音那边忽然响起了一声轻笑，不知怎么的，仿佛带了几分意味深长："小徒弟，你想要的都能实现，对自己有信心一点儿。"

那天毒哥把大纲和人设提交给金主爸爸那边后，金主爸爸很满意，给了景黎三个月的写稿时间，根据大纲的情节，大致能写三十万字。景黎算了算，只要每天写三千字，三个月后就可以准时交稿。

五月中旬的时候，喵喵要来S市参加一个漫展签售的活动。

景黎好几个月没见喵喵，心里高兴坏了，提前好几天把该写的稿子写好，打算等喵喵来的时候就不写稿子了，专心带喵喵在S市玩！

景黎顺口和自己的妈妈提了这件事。

廖女士说："你的猪圈该打扫了。"

景黎："妈！我的房子一点儿都不脏好吧！我是个爱干净的女孩儿！虽然东西有点儿乱，但乱中有序，乱得有层次感！我要找什么，都能第一时间找到的！"

廖女士说："我每次看到你那乱糟糟的客厅就头疼。喵喵什么时候来？"

景黎说："明天早上的飞机，不过她后天才过来。"她嘟囔道，"妈，你不用过来帮我打扫，喵喵都习惯我家里这个样子啦。"

廖女士念叨她："你瞧瞧你这个德行，就因为不爱收拾东西现在还嫁不出去。我们的邻居老林的女儿，比你还小两岁，下个月就要摆酒结婚了。我们楼下的老王的儿子和你同样的年龄，孩子上个月都出生了。你呢？现在连个对象都没有，我送出去的礼金何年何月才能收回来？钱是赚不完的，找个对象才是正经事，你知道你今年多大了吗？……"

四舍五入三十！

"四舍五入三十……"

让你相亲你不去！

"让你相亲你不去……"

景黎默默地把电话放在一边，然后开了扬声器，嘴里乖巧地应和着，抱着平板电脑开始刷微博、刷朋友圈。根据她以往的经验，母上大人不念叨上半个钟头不会罢休。

她要不要看个直播？现在才七点不到，师父应该没这么快开始直播。

她要不要戴上耳机看师父的录播？

说曹操曹操就到。

平板电脑的微信上，师父冒了出来，给她发了一个表情包，是一个兔斯基的表情包，大意是"get（接收到）到你的点"。打从那天师父忽然变得很关心她后，就相当喜欢给她发这个表情包，几乎开场白都是这个，结束语也要发个三遍。

锦鲤："师父晚上好。"

锦鲤大王："稿子写完了吗？晚饭吃了吗？下播后带你打游戏。你想看师父打什么？"

锦鲤："写完啦，后面几天的工作任务都完成了，也吃过晚饭了。"

景黎在思考最后一个问题。

打从她迷恋上露娜后，师父每天都会带她打露娜，当然也会教她怎么打。但她没有打露娜的手速，而且月光印记也运用得不好，更别提打团的时候一紧张就断大。有一回，师父陪她打露娜，她用露娜打野，师父打边路李白，也禁不住她的巨坑，虽然后面师父力挽狂澜，并且告诉队友露娜送一个人头他就打死对面两个，最后游戏也赢了，但是她的战绩惨不忍睹，后面还被人举报了，系统判定她故意送人头，扣了她好几分。

以至于现在她对打露娜都有心理阴影了。

但不可否认的是，露娜真的太帅了，依旧是她的信仰！信仰摆在神台上就好了！

她倒是可以考虑练其他英雄。

那么……她练什么呢？

景黎很犹豫。

猛地，微信弹出了语聊页面！

锦鲤大王发起了语音聊天。

“什么声音？”仍在念叨小锦鲤的景黎妈声音一顿，问道。

景黎万万没想到师父突然就给她弹语音了，登时被吓了一跳，加上母上大人的质问，她没来由地就有些手忙脚乱，本是要摁掉语音通话的，结果摁了接受语音通话。

“小徒弟？”锦鲤大王的声音响起。

“男人？”景黎妈拔高声音说道，“景黎！你身边有男人？”

景黎瞬间吓疯了，一时半会儿竟不知该先处理哪一边的状况。偏偏这个时候，锦鲤大王的声音也拔高了：“什么？小徒弟你身边有男人？”

景黎要哭了。

她身边没有男人啊！没有啊！

景黎妈：“景黎她爸，闺女带男人回家了！”

锦鲤大王：“你带什么男人回家？”

景黎爸：“闺女，哪里的男人？做什么的？多大？家里条件怎么样？”

景黎：“……”

此时此刻，仿佛有无数只蚊子在她耳边嗡嗡嗡地叫！

景黎深吸一口气，再深吸一口气，终于冷静下来。

她觉得自己应该先挂断师父的语音，再和爸妈解释，最后再跟师父解释一通。可是她师父年纪小，又很小气的样子，哄师父好艰难的啊。

景黎想了想，迅速给锦鲤大王发了一条文字信息：“师父，我爸妈在和我聊电话。”

这样她先挂断语音通话的话，师父也能理解的吧？一般人都能理解的啊！

然而，就在景黎准备挂断微信语音的时候，锦鲤大王冷不防地说道：“伯父、伯母，你们好，我是锦鲤的师父，目前在直播公司当主播。我今年二十六岁，家里条件还可以。”

景黎：“……”

等一下，他这么一板一眼地回答问题是几个意思？

景黎张大嘴巴，想说些什么，然而好像已经没有她插嘴的机会了。

她的爸妈和她的师父，通过手机和平板电脑两个不同的通信工具，热络地聊了起来。

双方聊……了……起……来？

“爸……

“妈……

“师……师父……”

嗷呜，真的没人理她。

足足过了十分钟，修罗场般的通话才结束了，是她爸妈那边主动挂掉电话的。她的母上大人仿佛误会了什么，前所未有地和蔼可亲，并让她要好好与锦鲤大王多多相处。

她艰难地回忆了一下，刚刚他们似乎也就只在聊自由职业这个话题？

她是自由职业者，师父也算是。

为什么剧情似乎往奇怪的方向发展了？

景黎静默半晌，才对语音里的锦鲤大王说：“师、师父……”

锦鲤大王说：“我能理解你的。”

景黎说：“呃，谢谢师父。”

锦鲤大王问：“你家里现在只有你一个人？”

景黎说：“是、是的。”

锦鲤大王：“嗯，很好。”

很好？

离锦鲤大王开播的时间还有十五分钟，沈以原春风满面地给简鹏打了个电话。

"老二。"

"啥？"

"小徒弟让我见家长了，她真的很喜欢我，已经到见家长的地步了。虽然速度有点儿快，但我也不是不可以接受。我知道很多人喜欢我，但还是第一次遇到这么喜欢我的人，所以我就勉为其难地满足她的心愿吧。"

沈以原哼笑了一声。

"老大牛！"

"她现在住的这个小区还可以，绿化不错，也很安全，但是有一点不好。"沈以原顿了下，才又说，"不是学区房，以后我们的孩子上学不方便。"

"哈？"

"所以我得想想办法多赚点儿钱，以后换一套好点儿的学区房。"

简鹏结结巴巴地说："老大，您是不是想得有点儿远了？"

沈以原正色道："她写稿子很辛苦的，都是脑力活动，我做直播轻松一些，反正就是打游戏，上直播是打，下播也是打。我多做点儿直播，以后她就可以少写一点儿稿子。"

他叹气道："真心疼我的小徒弟。我的小徒弟和我语音时，声音软软甜甜的，超可爱。"

简鹏直接挂了电话。

沉浸在爱河里的男人真可怕！

锦鲤大王："路上小心。"

坐在出租车上的景黎看着这条微信，有些愣怔，然后回了一条："好的。"手指往上一滑，再上面的微信是早上七点多师父发过来的，问她起床了没有。

昨天晚上她和师父打游戏的时候顺口提了句要早点儿休息，明天早上七八点就要起来了，她有个好友来S市了，她要去陪朋友玩。

景黎的生物钟导致她向来是在中午十二点起床的，除非有要紧事或是当天有约，她一般起不来。本来她还挺担心自己起不来的，特地调了五六个相隔一两分钟的闹钟，未料全都没用上。

早上是她师父把她喊起来的，他连着发了好几条微信，一条是问她起来了没有，剩下的都是兔斯基的表情包。

手指在手机屏幕上又顿了顿，景黎总觉得有些不对劲。

她师父最近是不是太过关心她了？

她是不是忽略了什么？

半个小时后，景黎下了出租车，到达S市的一个繁华商圈，进入了一家酒店。

景黎本来和喵喵约了早上一块儿吃小杨生煎的，不过喵喵说自己参加活动的公司给她订的酒店早餐不错。景黎问了酒店名字，果断抛弃了小杨生煎，去蹭早餐了。

景黎蛮喜欢某些五星酒店的早餐的，水准一流。

她对喵喵感慨道："漫展方真是'土豪'，居然给你订这家酒店，难怪你不来和我睡，换我也不来了。你晚上上顶层看夜景了吗？那儿有个露天的吧台，昨天晚上天气挺好的，你上去的话应该能看到东方明珠塔，还有夜晚的黄浦江。"

喵喵说："没有，昨晚忙着呢。"

景黎又问："你确定今天真的不住我家吗？"说着，她拿着西餐刀切开了班尼迪克蛋，拿叉子戳了一块送进嘴里，吞下后整张脸都绽放出光亮来，埋头又吃下第二块、第三块……

她口齿不清地说："这家酒店的班尼迪克蛋是我吃过的最好吃的了！配上鲜虾牛油果，绝配！我要再吃一份。"

她抬手喊来服务员，又叫了一份，顺带又要了杯鲜榨橙汁，然后才抬头问喵喵："你刚刚说什么来着？"

喵喵张了张嘴，似是想说些什么，可最终笑了笑，说："没有，我说公司这边临时多了几个活动，酒店这边房间也续订了，我就不去你家那边了。"

景黎说："哇，真是'土豪'！那我可以每天过来蹭早餐吗？"

"去你的，你缺这点儿早餐的钱吗？你家金主爸爸给的稿费都够你在这里住一年了。再说，你起得来吗？"喵喵横了她一眼。

景黎说："也是哦，大老远跑来吃早餐还不如睡觉呢。"

说话间，服务员把景黎刚点的早餐送了过来。

喵喵说："快吃吧，吃完我们去周围逛逛，下午你就不用陪我了。我不是有本书快上市了吗？出版社让我过去签五千份的扉页签名。我估计一整个下午都要耗在出版社那儿了。"

景黎问："晚上呢？"

喵喵说："可能要和出版社的编辑还有几个负责人吃饭……"

正巧这会儿景黎的手机振动了一下，来了条微信，她瞅了眼，把尚未开动的早餐拍了张照片发送过去。喵喵看了她一眼，说："我疑似嗅到了奇怪的气息……"

景黎说："什么奇怪的气息啦，我师父问我是不是在吃早餐，我就给他发张照片。"

喵喵若有所思地看她一眼，半晌却露出一个古怪的表情来。

景黎如临大敌地说："你不要瞎想一些乱七八糟的东西，我和我师父是纯洁的师徒关系。你听说过一句话吗？一日为师终身为父！和师父一起就是乱伦！"

喵喵嗤笑道："乱伦个头，现在这个时代游戏里的师徒关系都是两人谈恋爱前的情趣。"

下午两点左右，景黎才跟喵喵分开。

景黎出来的时候，还背了她的小本本出来。她的小本本不大，A4纸大小，比平板mini电脑稍微重一些，不带电源也能撑上三四个小时。本来她今天的打算之一是如果喵喵觉得天气炎热的话，她们就索性在商场里找家咖啡厅坐下来码字。像她们全职写文的人，同城好友相聚，也是经常相约一块儿码字的。

景黎今早花了一个半小时的时间打扮，这会儿也不想这么早回去了。

她在附近找了家清静的咖啡厅，准备码一两千字再回去。

咖啡厅环境清幽，她点了一杯香草拿铁和一盘冰激凌华夫饼，坐在落地窗旁，抬眼望去正好能见到外面来来往往的行人。景黎平时也喜欢这样的位置，有时候坐在落地窗前能发呆一整个下午，看着匆匆走过的行人，总能生出无数灵感。

然而在她解决了一盘华夫饼后，却在落地窗外意外地见到了一个熟人——喵喵，准确点儿来说，是喵喵和一个男人。

男人约莫一米八，从景黎的这个角度望去，她见不到男人的正脸，只能感觉出来男人很年轻，而且关键不是这个，是喵喵和男人举止亲密，看起来两人关系不一般。

景黎是知道的，喵喵跟她一样是个单身狗，如果有新的感情状况，喵喵不可能不告诉她的。

所以……这个男人是谁?

喵喵不是说去出版社那儿签扉页吗?

景黎去问了虫草花和小桑葚，两人也是一无所知。

与此同时，喵喵和那个男人进了咖啡厅。

景黎目视着两人牵着手进入一个小包间，而从头到尾，喵喵都没发现景黎的存在，眼里仿佛只有那个男人。

这是景黎从未见过的喵喵。

景黎彻底愣住了。

忽然，手机振动了一下，来了微信。

她低头一看，是师父的。

锦鲤大王："我晚上可以带你和你的朋友一起玩游戏。"

锦鲤大王："她的貂蝉一直欺负你?"

锦鲤大王："我让她见识一下你师父的厉害。"

景黎心里挺纳闷的，想和虫草花还有小桑葚八卦一下，然而两人都很忙。她想戳开闺密宋纱纱的对话框，转眼一想她闺密纱纱的老公周哥占有欲强得可怕，他们谈恋爱那会儿，周哥还经常吃景黎的醋。

今天是周末，说不定两人在过二人世界。

如此一想，景黎就放弃了。

师父还在给她发兔斯基表情包。

景黎看了看，又想了想，没有忍住，开始倾诉。

今天是周末，沈以原哪儿也没去，就在家里待着。

他早上起来直播了两个小时，下午又直播了两个小时，晚上准备再从七点开始直播。毕竟他是个以后要买学区房的男人，S市寸土寸金，他查过了，好的学区房很贵的。

所以他要更加努力地工作。

白天直播之后，他已经有些疲倦了，然后给小徒弟发了信息。等小徒弟回复信息期间，他也没有闲着，把锦鲤的备注改了好几遍。

从“锦鲤小徒弟”，变成“可爱的女朋友”，又变成“一起努力的对象”，最后他还是觉得太过，改成了“可爱的小徒弟”。

景黎的信息发过来时，就变成了——

可爱的小徒弟：“师父，我问你一个问题。我的好朋友明明说今天下午有事，要去出版社签扉页，可是我现在发现她骗了我。她在和一个男人约会，而我完全不知情。我们是有什么感情状况都会互相倾诉的，可是这一次她什么都没和我说。这是为什么呢？”

沈以原的眼里多了几分笑意，他正想认真地给小徒弟解决烦恼的时候，小徒弟又发来几条微信。

可爱的小徒弟：“啊，我在好朋友的微博里找到了蛛丝马迹！”

可爱的小徒弟：“师父！我的好朋友居然跟一个素未谋面的网友谈恋爱了！”

可爱的小徒弟：“师父，我有点儿难过，好朋友网恋了却没有告诉我。”

沈以原看着小徒弟委屈巴巴的文字，贼想揉揉她的脑袋，然后骂她的好朋友一句：怎么可以让我的小徒弟难过！不知道她的师父很护短的吗？

但是具体问题具体分析，沈以原准备从旁观者的角度给景黎一个分析时，小徒弟又发来信息了。

可爱的小徒弟：“我其实一直不太懂为什么有人会选择网恋。师父你想想呀，现在用变声器的人这么多，隔着屏幕都不知道对面的人是男是女，怎么会安心地产生男女感情呢？”

可爱的小徒弟：“啊，不对，我不能这么说。每个人都有自己选择对象的权利，我没有立场也没有资格说喵喵的选择不好。我就是有点儿难过，喵喵网恋了没告诉我。”

可爱的小徒弟：“但是，在我身上，这是一定不会发生的事情！”

沈以原嘴角的笑僵住了。

晚上七点整，锦鲤大王准时开播。

先是直播间的左下角冒出熟悉的锦鲤大王形象，然后是《王者荣耀》的游戏界面，接着是进入排位的页面。这一切都和以往没什么差别，直到两分钟后，直播间里的小粉粉们终于感到困惑了。

“大王为啥不说话呀？”

“大王你怎么了？”

“大王大王？是你本人在直播吗？你可不可以说句话？”

“为什么这么安静？今天早上和下午的直播大王都不是这样的！”

锦鲤大王：“不想说话。”

锦鲤大王的小粉粉们都很体贴。

“好嘛好嘛，大王你不想说话就不说，我们陪你。”

“狼腾不倒，陪你到老。”

“我就是来看操作的，大王你不说话也完全OK！”

“对、对、对，可以理解。”

“大王你怎么开心怎么来！”

锦鲤大王无声地直播着，无声地打着游戏。

他打的仍然是露娜，秀翻天的打法是本人无疑，只是……比起白天的露娜而言，现在打法要凶残得多。一到四级，信号一发，他就带着队友越塔直接强杀，打到后期，队友都不禁在频道里说了句：“幸好我不在对面，我方露娜太猛了。”

锦鲤大王没有任何反应，他的露娜宛如一位暴君，肆虐着王者峡谷的所有活物。

直播间里安静了一个小时，王者峡谷也遭受了一个小时的摧残。

八点整的时候，一直没吭声的锦鲤大王忽然叹了口气，紧接着直播间的画风又变了。锦鲤大王依旧不开口说话，但是开了音乐播放器，一首接一首的歌伴随着排位的节奏响了起来。

而歌单……很古怪。

《我们怎么了》《你不在》《独唱情歌》《突然好想你》《遥不可及的你》《爱走了心碎了》《放弃我是你的错》《失恋万岁》……

尤其是有一场游戏，锦鲤大王的露娜被对方群殴到死，倒下那一瞬间，背景音乐响起了一句歌词："而事到如今，终于明白我命里没你。"

沉默良久的锦鲤大王再度发出一声："唉……"

弹幕上又在刷一堆问号。

"弱弱地问一句，大王是不是失恋了？"

"可是大王不是前几天才说自己单身吗？不可能几天就失恋吧？是不是他在生活里遇到什么不开心的事情了？"

弹幕里众说纷纭。

锦鲤大王并没有看弹幕，自顾自地开着直播，打着游戏，听悲伤的歌。十一点左右，他关掉直播间，去浴室里洗了个澡。出来后，他坐在沙发上，整个人面无表情，也不知他在想些什么。

过了几分钟，木头人般的人动了一下，拿起手机开始翻看微信。

他点开了"可爱的小徒弟"的对话框，手指往上翻了好久，翻到最开始的聊天记录。他一条一条地往下翻，语音也一条一条地摁出来听，如此重复了三四遍后，他的面色更加不好看了，还隐隐有几分苍白。

朋友圈有信息，他见到了锦鲤的头像。他冷冷地看着她的头像，仿佛盯着令他苦大仇深的人。

然而，五分钟后，他还是点开了朋友圈。

"小龙虾真好吃！我居然不知道楼下有一家这么好吃的小龙虾！"

这条朋友圈的配图是一大盆小龙虾。

小区楼下有一条美食街，入夜后特别热闹，各种夜宵比比皆是，有几家生意爆棚的店外面还搭了个小棚子。景黎和喵喵去得晚，坐在棚子的最外桌。

“真可惜我吃不了重辣，重辣的小龙虾应该很好吃，微辣我已经觉得很不错了。”景黎瞅了眼喵喵盆里的重辣小龙虾，有点儿跃跃欲试，刚伸出手，就被喵喵啪的一下打了回来。

喵喵说：“吃不了辣就别吃，吃了你肯定要闹肚子。”

景黎说：“你别凶我！哼！今天某人和男朋友约会都被我撞见了，还骗我说要去出版社签扉页，来S市也不和我一起睡！哇呜，有了男朋友，你的女朋友就没地位了吗？连一晚你都不分给我！现在你还凶我！我想吃你盆里的小龙虾都不给我吃！我还没和你计较你没告诉我你谈恋爱的事情呢！”

喵喵说：“行、行、行，你吃。”

她把自己面前的小龙虾推到景黎面前，一副“你敢吃我跟你姓”的模样。

景黎还真的不敢吃。

她的肠胃不是特别好，她一吃辣的东西，或是喝多了碳酸饮料肚子就会疼。

她假装伸手去拿，果不其然被喵喵横了一眼。喵喵又把小龙虾拿了回去：“吃什么吃，不许吃，别任性，别闹。”顿了顿，她又叹气，说，“锦鲤仙女，你赢了，我和我男朋友的事情，我事无巨细地告诉你行不行？”

景黎心满意足，缩回手道：“说吧。”

喵喵和她的网恋男友的故事其实很简单，一个偶然的机会下，两人在微博上因为一个话题吵了起来。正所谓不打不相识，两人认识后发现共同话题和爱好巨多，每个白天和晚上都聊天，每天晚上必以互道晚安结束，长久下来想不产生感情也难。

而这一次，是两人第一次见面。

喵喵说：“嗯，我挺喜欢他的。”

景黎说：“如果你们修成正果，你是不是要嫁到S市来了？这也不错！”

喵喵忍俊不禁道："你是不是想太远了？先谈着吧，虽然我们是异地恋，但和他谈恋爱的感觉还可以。我和你一样，以前也不信网恋的，但是当你真的遇上那个人时，你会发现你的种种要求、喜好，都只剩下一个字，那就是他。"

景黎顿时觉得浑身起了鸡皮疙瘩。

"谈恋爱的喵喵真可怕。"说话间，她又吃了一个微辣的小龙虾，还喝了小半杯西瓜汁，然后才说，"既然你这么喜欢他，那我也勉为其难地接受吧，反正我住在S市，他要是对不起你，我拿着刀去砍他，哼！"

喵喵失笑道："你那点儿连瓶盖都拧不开的力气，蚂蚁都砍不死。"说着，她却顿了一下，微微皱起眉头，问，"你认识那个人吗？我发现那个人从十分钟前就一直看着你……"

景黎愣了下，顺着喵喵的视线望去，正好就见到了在隔壁吃烧烤的邻居小哥哥。视线一碰触，她准备打招呼时，邻居小哥哥却直接扭过头，仿佛并没有见到她。

景黎百思不得其解。

明明上次他们在粤菜馆里吃饭时，邻居小哥哥看起来和她已经有点儿熟络了。

她对喵喵说："那是我的邻居，我和你提过的！纱纱和周哥去B市定居后，把房子租给了这个小哥哥。我上次还跟他打过一次游戏呢，他的王昭君贼菜！"

喵喵问："你是不是做什么对不起别人的事情了？"

景黎："啊？"

喵喵："他脸上写着'你是负心汉'五个字。"

景黎悄悄地扭头望去，又恰巧碰上了邻居小哥哥的视线。虽然两人隔得有些远，烧烤店和小龙虾夜宵店也闹哄哄的，她却感觉到了那一道视线里莫名其妙的深沉以及说不清道不明的五味杂陈。

景黎有点儿愣怔，不由得扪心自问：她是不是真的做了什么对不起邻居小哥哥的事情？

她摸了摸自己的脸，没有吧？

简鹏给沈以原打电话，说："老大，今晚我没看你直播，想问你一下，你的国服露娜还差多少分？"

电话那头的气压分外压抑。

"简鹏，你有个毛病要改一改，以后不要再随便说谁喜欢谁，脑补多了是病。"

简鹏一头雾水地问："什么意思？"

沈以原："你自己理解。"

简鹏理解不了，索性不理解，问："那下周你还去不去看楼盘？"

"看个屁！"

电话被挂断了。

景黎最近觉得锦鲤大王对自己很冷淡，而且不是错觉，是相当明显的表现。

她掰着手指头算了算，这个样子大概有半个月了。

她现在无比认同一句话——男人心海底针。这个和她同龄的师父就是这种类型的人。以前她只在面对她闺密的老公周哥时有过这样的感觉，没想到现在一样的感觉再次来临了。

先前他是莫名其妙地关心她，现在冷不防地变成冷淡，冷淡得很莫名其妙，她完全搞不懂师父在想什么。

她翻了翻两人的聊天记录，发生质变的那一天正是她向师父倾诉有关喵喵的烦恼。那一天师父早上还叫她起床来着，还关心她有没有吃早餐、午饭，然后……就变了。

后来她打开直播间的录屏瞅了眼，那天的师父在直播间里也很不对劲，一直在听失恋的情歌。

景黎还去问了一句："师父，你是失恋了吗？"

锦鲤大王过了两三天才回她："最近很忙。"

四个字，冷冷冰冰的。

景黎回了一句："好的，等师父不忙之后，我们再一起打游戏！"

之后，两人再也没有对话过。

景黎起初是真的想不通，但半个月后想通了。

师父毕竟是二次元认识的人，两人的联系仅仅维持在《王者荣耀》这款游戏上，她甚至不知道锦鲤大王长什么样子，更不知道他真正的声音是什么样的。他每次和她语音，声音都跟直播间里的一样。而直播间的声音是经过处理的，小粉粉们都知道。

没有了连接的媒介，二次元的感情真的是说断就断。

景黎为此还伤感了好几天。她挺舍不得锦鲤大王的，不是游戏操作上的舍不得，而是他是她第一个在游戏里遇到的师父，而且两人一起度过那么多的半夜时光，她和他一起玩游戏的时候是真的特别开心。

于她而言，这个师父的意义始终不一样。

不过也许锦鲤大王在三次元里是真的遇到什么很难过的事情了吧？

因为连续半个月的直播，他都话不多，不像以前那样鬼话连篇了，一天比一天沉默。而直播间的背景音乐的歌单也有了变化，从悲伤情歌变成爱情滚一边去的励志歌曲，再变成一个人也能好好过的经典曲目……

景黎上直播间仔细听了一下。

大半个月后的一天，背景音乐变成了钱才最重要的主题歌单，还循环了一首叫《买房子》的魔性歌曲。

景黎真觉得师父失恋了。

她想了想，最好的表示应该是付诸行动，用钱财支持师父。她充值了两千块，买了一个道具，给直播即将结束的师父打赏了，然后还发了弹幕："祝师父早日买房。"

"哇，小徒弟好大方！"

"请问小徒弟还缺师父吗？我也可以当你的师父！四舍五入我就是大王的同门了！"

"前面的臭不要脸！滚开。"

"原来大王想买房啊，难怪最近直播这么勤快。"

"可是我觉得大王一天比一天消沉了啊……"

"现在连小徒弟送两千块的道具都没任何反应了。"

锦鲤大王下了播。

简鹏跑进沈以原的房间里，说："邻居的小姐姐真是'土豪'，难怪当初说商务合作价格都好说，是真的有钱。”他话音一落，就被沈以原冷冷地瞥了一眼。

简鹏知道自家老大失恋还是倩倩妹子和他说的。

女孩子嘛，比较细腻敏感，倩倩说感觉锦鲤大王最近失恋了，可能被人甩了。加上最近老大的表现，简鹏和两位室友一揣摩，都觉得老大很可能被邻居小姐姐甩了，但转念一想，两人都不算在一起过！

然后，三个臭皮匠赛过诸葛亮。

三人觉得好像发现了不得了的事情，比如，会不会是老大会错意了？毕竟从头到尾都是老大单方面的说辞。有没有可能邻居小姐姐其实根本不喜欢他呢？

三人密切观察了几天，发现还真的是这样。

三人担心自家老大跨不过还没有恋爱就失恋的这道天沟般的坎，于是派了简鹏过来对其进行引导疏通。毕竟这对他们老大而言是大事，老大都想到买学区房了啊！虽然没说，但说不定孩子的名字、上哪个幼儿园老大都想好了啊。

这么四舍五入地一算，岂不是等于老大遭遇了离婚后的重创？

如此一想，简鹏就有点儿后悔刚刚提起邻居小姐姐了。

“你怎么还在我家里？滚回你的学校去。”

简鹏说：“老大冷静，别因为小姐姐给了两千块钱你就暴躁了。”

沈以原冷眼看着他。

简鹏又说：“哎，老大，其实按我说，你不要觉得没面子啊。邻居小姐姐都不知道你们网恋过，也不知道你是锦鲤大王，你要真喜欢人家，可以从邻居小哥哥做起，等于一切重新来过！女孩子于你而言，很好追的。”

沈以原淡淡地说：“我不追女孩子，只有女孩子追我。”

简鹏说：“老大你就傲娇吧！”

沈以原哼了一声。

简鹏没眼看，索性离开。等简鹏离开后，沈以原习惯性地打开《王者荣耀》助手，换上自己的一个青铜小号，暗暗地点进了锦鲤的游戏页面。《王者荣耀》助手是一款助手App，里面有详细的战绩浏览，前几天沈以原发现景黎屏蔽了《王者荣耀》战绩，几经折腾，才找到这个看战绩的方法。

而青铜小号去看战绩的话，是不会留下浏览记录的。

沈以原翻了一下，见景黎没有跟费桦那乳臭未干的小子一起玩游戏，才稍微松了口气，其余时间她要么单排，要么和她的好友喵喵一起玩。她的好友喵喵还算有实力，把他的小徒弟带到了永恒钻石的段位。

沈以原检查完后，如同一天的任务彻底结束，安心地放下了手机。

他晚上没怎么吃饱，打算下去吃个夜宵，未料正想出门的时候下起了雨，于是索性点了麻辣烫的外卖。虽然天气恶劣，但外卖小哥来得不慢，不到二十分钟他家的电话门铃就响了，门口的保安问是不是他点了外卖。

沈以原应了一声，开了半扇门等着外卖小哥。

等待期间，他的视线若有若无地飘向了对门，脑子里简鹏的话变得格外掷地有声。

“哎，老大，其实按我说，你不要觉得没面子啊。邻居小姐姐都不知道你们网恋过，也不知道你是锦鲤大王，你要真喜欢人家，可以从邻居小哥哥做起，等于一切重新来过！女孩子于你而言，很好追的……”

沈以原眉眼微动，最后还是轻飘飘地哼了一声。

忽然，对面的门也开了，探出半个脑袋，见到他时，景黎仿佛也很意外，轻轻地啊了一声，问：“小哥哥你也点了外卖吗？”说话间，她才彻底把门打开。

她光着脚丫子站在门口，穿着一件长棉T恤，长发随意地扎成了丸子头，松松垮垮的，额头两边还有稀疏垂下来的长刘海。

她弯着眉，笑吟吟地问他：“你也是点了那一家的麻辣烫吗？那家的麻辣烫真的超好吃的，我最近发现他们家的午餐肉也很好吃。”

她说话的嗓音真的很软很甜，带着一股子酥麻的味儿。

沈以原看着她，没有说话，心里想的却是——

她真是没心没肺的女孩子啊。

他都想给她买学区房了啊。

她怎么就这么没眼光？瞧不上锦鲤大王，她好歹瞧上自己的邻居啊！

他一米八二的身高，还有六块腹肌，以前还拿过LPL的冠军，不知多少女孩子想追他啊，现在直播间里也一堆人喊他老公。她是不是眼瞎？这么可爱的女孩子怎么就这么眼瞎！

外卖小哥上来了，把两人的外卖各自送到。

景黎说了句：“辛苦啦，谢谢。”

外卖小哥直勾勾地看着她。

冷不防地，有一道身影不着痕迹地挡在她面前，沈以原神色冷漠地说道：“你可以离开了。”等外卖小哥离开后，沈以原皱着眉头看着景黎。

景黎说：“小哥哥，上次你请我吃饭，我怪不好意思的，下次有机会的话，我请你吃回来啊。这家麻辣烫的实体店好像离我们小区不是很远……下次一起去吃？”

沈以原说：“可以，明天行不行？”

景黎愣了下，似是有些意外，好一会儿才说：“呃，可以，晚上？”

“行。”

算了。

哼，小徒弟还是得由他护着，追就追吧。

景黎吃过麻辣烫后已经将近午夜，依旧精神奕奕，丝毫没有睡意。全职写书的人大多是夜猫子，半夜两三点在全职群里喊一声，出来冒泡的人数不胜数，跟大白天一样。

她刷了下企鹅群的聊天消息，又刷了下朋友圈和微博。

一轮下来，半个小时已经过去，她仍旧没有睡意。

她干脆上游戏，准备打一局睡觉，然而上了游戏后瞧见在线的锦鲤大王时，又不想打了。

今天她给师父送了礼物，师父并没有理她。她很确定师父见到她送礼物了，毕竟她送的不是小数目，而且她的账号在直播间里很有名，更不要说其他小粉粉在她送了礼物后，还疯狂刷弹幕说“大王你的徒弟来了”。

师父不可能见不到这些，只可能是见到了不想搭理她。

景黎戳了下喵喵的企鹅对话框。

锦鲤：“喵喵，你说为什么我师父不理我？就算三次元发生再难过的事情，在二次元他也不能和我说一声吗？虽然我们也称不上多熟悉，但好歹是师徒关系，他理我一下要死啊。”

喵喵：“你白天才和我说，你要理解你师父，毕竟大家只是萍水相逢的陌生人，不理你你也觉得不要紧。”

锦鲤：“女孩子怎么知道自己在想什么呢？我白天一个想法，晚上就是另一个好吧！”

喵喵：“我建议你主动去问一下，问你师父为什么不理你。”

景黎看着喵喵的这句话发起呆来。

足足十分钟后，她才幽幽地自言自语了一句：“我为什么要在意一个素未谋面的网友不理我呀……”

景黎觉得自己的想法有点儿危险，拍了拍脸，不想了。大抵是心里有事，她躺在床上时翻来覆去睡不着，最后不知过了多久才迷迷糊糊地睡着了。

她做了个梦，梦里有师父，师父跟她讲不要破费给他送礼物，钱要和网站对半分的，有那点儿钱还不如给自己买衣服、化妆品什么的。她笑得格外甜，心里美滋滋的，然后和师父说，其实她也不是很差钱。

梦醒的时候，景黎有那么一瞬间分不清这是梦还是现实。

等她清醒过来时，自个儿失笑了。

师父怎么可能会说衣服、化妆品这些东西，果然她是在做梦。

醒来后，景黎睡不着了，上了游戏，想打一两次匹配消遣时光。未料上了游戏后，她发现师父的状态显示在线。她瞄了眼时间，凌晨三点二十五分。

她又默默地看了眼师父的头像，然后进入了游戏。

她放弃露娜后，也没有再玩王昭君，而是挑了一个新英雄来练，是一个女英雄，名字叫公孙离，撑着伞的漂亮小姐姐。这是一个位移超多的英雄，她见过其他主播打公孙离，多段位移和后期爆炸性伤害使她成了一个可以秀翻天的英雄。

景黎打了几次后，发现意外地适合自己。

一局结束，她刚退出战绩的页面，手机振动了一下，来了一条微信。

她懒懒地看了一眼，忽然就坐直了。

景黎有些难以置信，还擦了擦眼睛，确认无误后才捧起手机。

锦鲤大王："一起打游戏吗？"

锦鲤："师父你还没睡吗？"

锦鲤大王："睡不着。"

锦鲤："那来打一局？"

锦鲤："我好久好久好久没和师父一起打游戏了啦。"

锦鲤大王："开语音。"

景黎看到熟悉的语音请求界面弹出来时，刹那间有种恍如隔世的感觉。一时半会儿，她又有些陌生的感觉，竟不知该怎么开口说第一句话。

最后是锦鲤大王先开的口："你想玩什么？"声音带着几分沙哑，透过手机的扬声器传来，宛如低音炮一般，轰轰轰地袭击着景黎的耳朵。

景黎说："我最近玩了一个新英雄。"

"公孙离？"

景黎愣了愣，问道："咦，师父你怎么知道？"

锦鲤大王很淡定地说："关注过你的战绩。"

景黎倒是有些不好意思了，说："我玩得很菜……"

锦鲤大王："你玩得还是少，玩多了好上手。我看你走的都是下路位置，其实公孙离更适合在野区发育。她太过脆皮，走下路容易被抓。二技能可以抵挡飞行物，你遇见干将莫邪的时候不要怕，二技能可以挡掉他的技能，上去跟他硬拼。"

听着听着，景黎就愣住了。

这些已经不是他关注战绩能知道的事情了吧？

她之前打游戏的时候好几局碰上干将莫邪，干将莫邪是个手长英雄，好几次她直接被他的一套技能带走，以至于她见到干将莫邪就绕路走。除非是观战了，不然他不可能知道这些的。

景黎忽然有点儿欢喜。

她师父还是很关心她的啊。

她内心的陌生感顿时消失得无影无踪，本来她还想客套几句的，此刻全然没有这个想法了，说："师父，那我们来打一局匹配好不啦？我用公孙离打野，带全场节奏。师父你要玩中单法师吗？”

“不，我打辅助，你太脆了，我保护你。”他顿了顿，又说，“我全程保护你，谁想杀我的徒弟得先从我的尸体上踩过去。”

景黎笑眯眯地说：“好的呀！”

景黎其实不爱玩打野的位置，打野位置要带起全场的节奏，还要时时刻刻关注全局的动向，什么时候抓人，什么时候打龙，什么时候带线，打野要耳听八方，一局下来特别累。

而且还有最重要的一点，打野的人带不好节奏，容易翻车，锅也容易被甩到打野身上。景黎就见过好几次自家打野被队友无脑喷，打野直接心态爆炸。所以她很少玩打野位置的英雄。

但是现在不一样，她有无敌的师父在，具有百分之两百的安全感。

她打野不知道怎么带节奏，没关系啊，有师父指挥；别人来切她，也没关系啊，有师父在呢。他说能保护好她，那就一定保护得了她。

她对锦鲤大王有着莫名的信任，而师父也确确实实没有辜负她的信任。

透过微信平板电脑的语音，师父有条不紊地指挥着她，而且他这个辅助十分贴心，前期帮她打野怪，让她迅速升到四级，然后带着她去抓人。他选择了太乙真人当辅助，这个英雄是个蹦蹦跳跳的小短腿，能控人，能爆炸，而且还能抗一点儿伤害，最关键的是他的大招可以复活队友或是自己。

她这个打野打得美滋滋的，前期经济（游戏术语，指游戏角色获得的金钱）一起来，加上太乙真人的辅助，简直是遇神杀神遇佛杀佛，只有中后期出过一次差错。

而出这差错不怪师父，怪她。

她当时被对方的中单法师控住了，一套带走，师父把他的大招给了她，复活了她，说了句：“我的命给你。”

他说这句话时，声音自带宠溺，嗡嗡嗡地在她耳边炸响。

对面的中单法师用光一套技能，压根儿挡不住她的爆炸性输出伤害，可是因为这句话她愣在了原地，最后又活生生地被对面过来支援的人打死了。

最后他们的这一局还是获得了胜利，战绩那儿，她是金牌打野，师父是金牌辅助，mvp给的是师父。

锦鲤大王问："还想玩吗？"

景黎说："那、那再来一局？"

一局复一局，师徒俩玩到了天亮。在游戏里相处得多，就越发熟络，到后面两人也不玩了，开着游戏聊起天来。景黎不敢再提师父之前是不是失恋的话题，只问："今天师父你直播的时候有没有看到我给你送的礼物？"

锦鲤大王的声音一下子严肃起来："别再给我送礼物了，我要和网站对半分，有那点儿钱你还不如买其他东西。"

景黎忍俊不禁地说："师父你知道吗？我今晚睡觉的时候做了个梦，也梦见你说了这句话……不过我梦见的是，你说还不如买衣服和化妆品呢。"

"梦见我？"

景黎有点儿委屈地说："因为师父你好几天没理我啊，我有点儿难过，以为我做错什么惹你生气了。师父，我是不是做了什么让你不高兴的事情？"

沈以原一下子就心疼了。

他的小徒弟难过了，而且还是他的锅。

景黎将近八点才睡的，原以为能睡到下午四五点，然后洗漱收拾一下，差不多就可以出去和邻居小哥哥吃晚饭了。邻居小哥哥上次破费请她吃饭，她没有请回去，老觉得欠了别人的人情，这一次请他吃麻辣烫就当补回一点点吧。

然而她没有想到的是，昨夜几乎没怎么睡的自己今天格外精神，还难得打破了生物钟，不到上午十一点就起来了。

她第一时间点开了微信。

然而，并没有人找她。

她翻了下昨晚和师父的聊天记录，自个儿乐呵呵地笑了一下，一个翻身，趴在了床上，在半空中晃着两条纤细的小腿，给师父发了条微信。

景黎：“师父不要忘记了啊！说好今天告诉我为什么之前不理我的！”

锦鲤大王：“没有忘记。”

师父的秒回令她的眉间染上了几分欣喜之色，眉眼彻底弯了起来。昨天晚上她问师父是不是她做什么惹他不高兴了，师父说没有，但就是发生了一些不太愉快的事情，说是今天再告诉她。

景黎：“师父居然起得这么早！”

锦鲤大王：“出去买东西。”

此时此刻的锦鲤大王位于S市最繁华的商城一楼。

一楼是化妆品和护肤品的柜台，各大牌子的专柜比比皆是，商品琳琅满目，有不少穿着靓丽的女孩子在专柜前流连忘返。而这些对沈以原来说，就是一些不同颜色的瓶瓶罐罐而已。

他仿佛遇到了一个巨大无比的难题，站在商场中央，有些无所适从。

当然，我们的锦鲤大王掩饰得很好，面无表情，如同来巡查的商场领导，不过他身边的简鹏显得拘束得多。

简鹏搓着手道：“老大，你不是不追小徒弟的吗？”

沈以原：“此一时彼一时。”

简鹏说：“我听倩倩妹子说，给女孩子送化妆品很复杂的，每个女孩子肤质不一样，那个叫什么粉什么液的，色号不一样，买错了等于浪费。”

沈以原说：“我做过功课，口红不容易错，我的小徒弟说梦见我给她买化妆品和衣服，我不能让她失望。”

简鹏说：“那等什么？去买口红啊！我问问倩倩妹子，给女孩子送什么口红比较好。”说完，他立即行动。倩倩妹子回答得迅速，给他推荐了几支热门的口红和牌子。

沈以原接受了推荐，带着简鹏找到了T开头的牌子。

柜姐难得见到两个男孩子逛化妆品专柜，暧昧的眼神在两人身上打转。

简鹏对这个很敏感，连忙说：“想送女孩子口红，有这个色号吗？”他忙把倩倩妹子安利的微信拿给柜姐看。

柜姐说：“有的。”

柜姐去拿货时，简鹏顺便瞄了眼口红的价格，不由得咋舌：“我去，女孩子用的东西怎么这么贵？这么小一支口红都要四五百了。”简鹏这么一说，沈以原也望了眼价格，发现是挺贵的。

简鹏又说：“我听说有些女孩子喜欢一买就买好几支，放家里囤着，真搞不懂为什么要囤这么多。我看它们的颜色也差不多，涂上了并没有什么区别。唉，现在的一些女孩子真的很败家，我看微博上总有一些女孩子要求男朋友给她们买口红。”

拿了货过来的柜姐正巧听到这句话，笑眯眯地说：“女人没有不喜欢口红的，喜欢她就给她买口红。”她又问，“先生，您还要再多看几支吗？我们这里还有一些热门的色号，比如这两款都是剩最后一支了。以我多年的销售经验来看，没有女孩子不喜欢这两个色号。”

沈以原问：“一支口红能用多久？”

柜姐说：“看情况，用得勤快一两个月。”

沈以原想了想，小徒弟似乎不常出门，用得应该不勤快，再看了眼价格，还是觉得有些小贵，不能理解的那种小贵。

就拇指大小的颜料而已。

他说：“不用，先买一支。”

简鹏说：“我也觉得买一支就够了，倩倩妹子说有个新上市的口红礼盒要好几千，我听到的时候完全不能理解。她们是有十张嘴吗？买这么多口红有什么用？”

沈以原表示赞同。

等待结账的时候，他顺手给小徒弟发了条信息。

锦鲤大王：“你们女孩子都很喜欢买口红吗？买这么多用得完吗？”

可爱的徒弟：“为什么这么问？”

锦鲤大王：“刷微博刷到的。”

可爱的徒弟：“是啊！喜欢啊！超喜欢！看着很多很多的口红就有一种无法言喻的满足感！有时候心情难过，换一支口红的颜色涂一涂，又会觉得是新的一天！我的人生梦想之一，就是把专柜里的口红都带回家！”

沈以原无声地目测了一下专柜的口红数量以及柜台。

柜姐问：“先生，请问怎么支付？”

沈以原问：“你们这里有个口红礼盒？”

柜姐说：“是的，白管五支，黑管五支，都是不同色号。”

沈以原：“给我拿一个。”

柜姐笑得合不拢嘴，说：“好的，请您稍等。”

简鹏彻底愣住了，半晌才说：“老大，你疯了！买这么多口红十年都用不完！”

沈以原给他看微信。

简鹏没明白。

沈以原说：“我的小徒弟的梦想，是把所有口红带回家，我要满足她的梦想。”似是想起什么，他又有些惆怅，但转瞬即逝，说，“房子里还得准备一个衣帽间，这么大的柜台不能摆在房间里……”

又不知想到了什么，他的表情变得异常凝重。

简鹏以为他想通了，说：“我刚刚问了倩倩妹子，倩倩妹子说第一次见女孩子就送这么贵重的礼物，女孩子可能会有心理负担。”

完全没听进去的锦鲤大王再度惆怅地说：“果然还是要努力工作啊，要买有衣帽间的学区房。”

第五章

在峡谷约会

屏幕后的景黎看着喵喵的那句话——一股恋爱的酸臭味，心跳没来由地有点儿加速，怦怦的，仿佛里面住了一只蹦跳的小鹿。

景黎在导航上搜了搜那家麻辣烫店。说真的，她吃了这么久的麻辣烫外卖，还从没去过实体店。导航上显示从家里过去步行一点五公里，约莫十五分钟，打车的话，也就是几分钟的事情。

她在犹豫一件事。她跟邻居小哥哥约了吃麻辣烫，那么是在麻辣烫店里等呢，还是两个人一起过去？今天是周末，邻居小哥哥应该不用上课。而且前不久，就在四点五十分左右，她听到了邻居关门的声音。

两个人一起走过去，十五分钟的行程，说些什么好？万一气氛很尴尬怎么办？

虽然两个人是邻居，但是基本没什么交流。所以……她还是在麻辣烫店等吧。

景黎还是很犹豫，又有点儿想和邻居小哥哥搞好关系，毕竟她的闺密纱纱去B市定居前把房子的各种事宜托付给她了。

她还是努力试一试好了，不行的话，她还有《王者荣耀》社交！尴尬的话，那她就全程讲游戏和打游戏！虽然说她现在的钻石段位是好友喵喵带上去的，但在她家师父的亲自教导之下，她带还是青铜水平的邻居小哥哥，问题不大。

不对！

她想了这么久，万一人家小哥哥压根儿不想和她一起走过去呢？

景黎思考再三，决定给邻居小哥哥发条微信，将主动权交给他。

景黎："小哥哥，晚上我们怎么过去呀？"

邻居小哥哥秒回——"五点半我去接你。"

这回答有些令景黎意外。

是她的错觉吗？

为什么她会有好像是去麻辣烫店约会的感觉？

五点半的时候，景黎已经收拾完毕，包包里备了一个两万毫安的充电宝，还有一支D家的变色润唇膏。由于是去吃麻辣烫，她打扮得很休闲，穿了一件小露肩的白T恤和牛仔短裤，出门前还洗了头，把头发扎了起来。

她正想着要什么时候过去敲邻居小哥哥的门时，家里的门铃就响了。

一开门，她发现邻居小哥哥也穿得蛮休闲的，白色衬衫加牛仔裤，跟她一样搭配了球鞋，身后还背了一个黑色双肩包，相当有大学生的朝气。

她笑眯眯地打招呼："晚上好呀。"

他的目光在她身上停留了一小会儿，也不知是不是她的错觉，她疑似在他眼里见到了一闪而过的窃喜？或许她形容得不太准确，也像是意味深长的小雀跃……

她说："小哥哥，我们今天真是心有灵犀，穿得好搭啊，哈哈哈。"

他又认真地上下打量她几眼，用无比赞同的语气认真地说："嗯，是很搭。"

不知道要怎么接话题了，景黎只好说："我们走路过去，还是打车？"

他看着她说："我想和你走路过去。"

“呃，好的呀。”

坐电梯的时候，景黎担心尴尬，一直在问邻居小哥哥有关学校的问题。小哥哥虽然有点儿寡言，看她的眼神隔三岔五会夹杂一点儿复杂的情绪，但好歹有问必答，就是答得仿佛话题终结者一般。

他答完后，景黎又要想新的话题来提问。

终于，景黎艰难地熬到了天桥前。

只要下了天桥，他们再走个几百米就到了那家麻辣烫店。这会儿天还是亮的，但太阳的余热已经消失，傍晚的微风拂来时，很是惬意怡人。

景黎绞尽脑汁地又想了个话题，目前还没提《王者荣耀》，担心吃饭的时候没话题聊，所以先把重头戏留着，正要开口时，沈以原忽然问：“你是不是觉得我挺无趣的？”

景黎啊了声，说：“没、没有……”

沈以原说：“我很少和女孩子单独相处，第一次单独相处我可能有点儿紧张。”

本来景黎确实觉得邻居小哥哥有点儿无趣，但现在他这么挑明了，坦坦荡荡地说自己紧张，没来由地，景黎觉得他有几分可爱，登时忍俊不禁地说：“哇，原来你也紧张啊，我也是！我怕不知和你聊什么，来之前还想了很多话题呢，刚刚问完学校的了，都不知道要再问什么好了。”

沈以原说：“你想问什么都可以，我会认真回答你。”

景黎开玩笑地问：“真的什么都可以吗？”

“嗯，真的。”

景黎问：“我有个问题还真的挺好奇的，你是不是挺晚念书的？”

两人往天桥上走去。

“大一的时候办了休学手续，去打《英雄联盟》的职业赛，后来打完了才回来重新念书。”

景黎一愣，惊诧地说：“好厉害！职业赛的水平一定都很厉害！”顿了下，她察觉到了一丝不对劲，说，“那你打《王者荣耀》为什么好像……”

她在犹豫用哪个词语来形容菜才比较不伤人时，前方走来一个西装革履的人，递来一份传单。

“先生、小姐，新开的楼盘有兴趣了解一下吗？”

景黎正要说“不用”，邻居小哥哥却接过了传单，问：“有什么好的学区房推荐一下吗？”

哎？

哎哎哎？邻居小哥哥居然跟房地产的人聊起来了？

她有些愣怔。

“你觉得呢？”

景黎回神，问：“什、什么？”

沈以原不动声色地问：“你觉得他说的这个楼盘怎么样？”说着，他还让房地产的小哥把手机里的样板房给她看。

景黎有点儿迷迷糊糊地看了几眼，发表了自己的意见：“是几个人住？如果是一家子的话，像现在的小年轻夫妻还不错。不过地理位置的话，就我个人而言不太喜欢，不够繁华热闹。”

“哦？你喜欢热闹一点儿的？”

“是的呀，你看我们现在的那个小区就很热闹啊，虽然不是学区房，但是很适合年轻人住呢，出行方便，周遭外卖种类也多。至于以后的事情，我倒是没怎么想过……”

他忽然接了句：“我想得比较长远。”说这话时眼神幽深。

房地产小哥看出了微妙之处，问：“我这里还有个适合你们年轻小夫妻的楼盘，有兴趣了解一下吗？哥，加个微信？”

“我们……”

“不是年轻小夫妻”这几个字景黎还没来得及说出来，沈以原就扫了别人的二维码，深沉地说：“有好的楼盘可以发我。”

等房地产小哥离开后，景黎仿佛找到了正确的和邻居小哥哥聊天的方式。

她真是万万没想到邻居小哥哥对楼市如此感兴趣，还有装修方面，甚至未来小孩上学的问题都考虑到了！景黎是个没有对象的人，未来这么遥远她并没怎么想过，但是这些话题她也是感兴趣的。

“我以前在一中念书，一中氛围还行，公立学校有优点也有缺点……”景黎吃着她的微辣肥牛，喝着从隔壁奶茶铺买来的养乐多绿，说道，“你是在哪所中学念的书？”

“X大附中知道吗？”

景黎点头：“知道知道，离我们一中还蛮远的，但附近有家甜品铺子的草莓奶油蛋糕特别好吃！我念书的时候经常和我的闺密宋纱纱过去。我的闺密高中毕业后出国念书了，我当时还蛮羡慕的。出国念书花钱，虽然我家里环境还行，也负担得起出国的费用，但我总觉得不能给家里人那么大的压力。我以后生孩子前，一定要努力码更多的字，先赚够给孩子出国的钱，让孩子以后有更多的选择机会。”

她又喝了口养乐多绿，抬起眼时却见邻居小哥哥若有所思地点头。

她笑吟吟地问：“你也是这么觉得的吗？”

他微微蹙眉，低头打开几个手机银行App，查看了一下里面的存款，又仔细地想了一下现有的财产，半晌才郑重地回答：“可以的。”

景黎弯眉笑起来。

沈以原心里忽然间就变得分外温暖。

他的小徒弟真好看。

回去的路上，景黎有些心不在焉。她师父说今天要告诉她之前发生了什么不愉快的事情，然而一整天过去了，两人最后的聊天记录是他问口红的事情。

而眼下都快七点了，再过一会儿师父都得开始直播了。

等电梯的时候，她低头给师父发了条消息。

景黎：“师父师父。”

锦鲤大王没回她。

景黎只好作罢，一抬头却见邻居小哥哥目光幽深地看着她。她不由得一愣，问：“我、我脸上有什么吗？”

他说：“没有。”

两人进了电梯，沈以原摁了楼层。电梯到达后，两人又出来，景黎在自己家门口说：“小哥哥，那我先回家了啊，下次有机会再一起吃饭……”

说完，她便拿钥匙开门。

门打开的时候，冷不防地，沈以原说："等一下。"

她微微一怔，接下来怀里就被塞了个礼袋。T家的牌子如此显眼，钟情于口红的景黎第一时间就认出了是T家的十支口红套装。她惊呆了："这、这、这……"

沈以原说："送你的。"

景黎："啊？不、不行，这太贵重了……"

沈以原说："你不是说梦见我给你买化妆品吗？你就当我圆了你的梦。"接着他又板着脸说，"以后你再给我打赏道具，我就给你送几倍价格以上的东西。"

她发蒙的模样实在是太可爱了。

沈以原实在没有忍住，伸手摸了下她的脑袋。

"小徒弟，晚安。"

咻的一下，他以迅雷不及掩耳之势回了自己的屋子，背脊贴在门板上，故作镇定的脸上渐渐泛出一丝无法抑制的笑容。

他摸到她的脑袋了！

九点整，锦鲤大王的直播已经开始一个小时了，弹幕依旧在疯狂地刷屏。

"是我的错觉吗？大王今天好像打了鸡血一样。"

"嗷，是的！不仅仅打了鸡血，而且大王好像兴奋过度了！"

"前阵子跟失恋一样的大王难道是我的错觉？"

"唯一不变的是他还喜欢放《买房子》这首歌？"

今晚的锦鲤大王依旧在冲露娜国服，一个小时下来已经打了三场，比起前几天的沉默是金，今天的锦鲤大王话多得可怕，而且听得出来他的心情相当愉悦。

尽管锦鲤大王没有露脸，可是光听他的声音都能想象出他眉飞色舞的模样。

一般人在排位里遇到"演员"掉分或者挂机时，心情都不会太愉快，但今晚的锦鲤大王不一样。有一把遇到队友是"演员"，那人一直跟着他在野区瞎逛，蹭他的经验，抢他的蓝、红buff，抢完还去给对面送人头，且专门害他空大。

要是换了别的人，可能早就生气骂人了。

而锦鲤大王并没有生气，相反脾气还很好，一边帅气地用露娜清兵线，一边还笑着说："这局一打六，卧底而已，秀不过我。

"哟，小兄弟，抢蓝是抢不过我的，只有蓝buff才能维持现在的生活。

"行吧，你挂机吧，也挺好的，上路兵线就是我的了。

"上路兵线加两个野区的经济，美滋滋。

"你咋不演了呢？不信我吗？我真的可以一打六。"

那局锦鲤大王打得十分艰难，本来高端局里最讲究的就是队友配合、团队合作，我方少了一个人，前期又不停地给对面送人头，好几次差点儿被推了水晶，但幸好锦鲤大王有着超高水准和秀翻天的操作，加上他对兵线运营的把控，打了足足三十六分钟，力挽狂澜，终于获得胜利。

弹幕里的粉丝都气疯了，在不停地骂那个"演员"，心疼自家大王打得辛苦。

而锦鲤大王依旧不以为意，轻飘飘地说："今晚满二十万订阅，抽个奖吧，奖品是五百元现金，或者一支T家口红。"

粉丝们听到"口红"两个字都愣了下，很快有人抛出疑问。

锦鲤大王说："哦，今天买的，听说你们女孩子喜欢口红。"

沈以原边说边瞄了眼直播间里的在线粉丝。

他的小徒弟是锦鲤啊的名字赫然在前列。

他又说："抽奖方式是在评论里向锦鲤表白，谁文采好就抽谁。"

登时，评论里一大片花式向锦鲤大王表白的话，看得人眼花缭乱。

也有少数几条察觉到奇怪的弹幕。

"为什么是向锦鲤表白？我们不都是喊大王的吗？"

"对啊，大王的徒弟不是叫'是锦鲤啊'吗？"

"隐隐觉得是一波师徒'狗粮'？"

然而，表白的人太多，这几条弹幕瞬间就被刷了下去，而这会儿锦鲤大王已经开始了新的一局游戏。

景黎此刻坐在沙发上，捧着手机在看锦鲤大王的直播。

她回家已经有一个小时了。

如果是按照她往常的习惯，回家的第一件事必然是摘隐形眼镜，然后卸妆，换上舒适的家居服，她才会再开始做其他事情。而今天的她打从大脑一片空白地进了屋子后，就在沙发上傻傻呆呆地发愣了半个小时。

她脑子里全是邻居小哥哥的那几句话。

“你不是说梦见我给你买化妆品吗？你就当我圆了你的梦。

“以后你再给我打赏道具，我就给你送几倍价格以上的东西。

“小徒弟，晚安。”

景黎不是没想过锦鲤大王在三次元是什么样子的。

更确切地说，她知道锦鲤大王就住在她这个小区里，最初锦鲤大王拉附近的人匹配，上面是显示了距离的，小于一百米，显然是在她这个小区。

但是景黎没想过要和对方见面，总觉得时机不够成熟。

在她的想象中，锦鲤大王可以是个大叔，也可以是个年轻的男孩儿，但是她真没想过有朝一日，锦鲤大王和邻居小哥哥这两个完全搭不上边的人会扯在一起，而且就是同一个人。

同、同一个人？

她仍旧没法回过神来，只好打开了直播。

直播里的锦鲤大王在打露娜，鬼话连篇，声音经过了处理，和邻居小哥哥的一点儿都不像，两个形象反差得有点儿大。

景黎内心完全无法平静下来。

她决定去摘掉隐形眼镜，卸妆洗把脸，换掉衣服，好让自己清醒一下。约莫过了十分钟，从浴室回来的景黎已经平静些许，脑子里可以思考这个等式——

师父=邻居小哥哥。

她在沙发上坐下，望向直播间。

一看到评论区，她又蒙了。

吱吱的狼狗真菜：“锦鲤我爱你。”

大王的小板凳：“如果可以选择的话，锦鲤我想爱你一万年。”

貂蝉带我上王者：“我真的很喜欢锦鲤啊，就像我玩射手你玩坦克，我也舍不得让别人打你半点儿血。”

不需要：“表白表白，锦鲤超级棒。”

你像风在我怀里：“疯狂给锦鲤打call，你是我的宝贝。”

景黎内心：“……”

她不就去卸了个妆？回来后怎么师父的直播间画风都变了？

她刚刚才平静些许的心情，瞬间又不淡定了。

景黎等到锦鲤大王下播后，才给他发了条微信。

她在锦鲤大王和邻居小哥哥两个账号间犹豫了很久，最终还是选择了锦鲤大王。

景黎：“师、师父？”

锦鲤大王：“嗯？”

景黎看着这个“嗯”字，一时半会儿竟不知该说些什么。也是这个时候，锦鲤大王那边弹了语音过来，她接了后，那边响起了一个清晰又低沉的嗓音。

“小徒弟。”

这是景黎第一次在语音里听到锦鲤大王的真实声音，和邻居小哥哥……果然一模一样。也是此时此刻，她才能把两个八竿子打不着的人联系在一块儿。

她的师父锦鲤大王就是邻居小哥哥。

她张了张嘴，想像平时那样说些俏皮话，可是发现说不出来。师父的脸和邻居小哥哥一对上，她觉得有些陌生且生疏，相处起来也不太自在了。

“呃……”

她犹豫的时候，沈以原忽然问：“洗过澡了吗？”

“洗、洗过了。”

“打游戏吗？”

“呃……好的呀。”

沈以原说："你等我一会儿，我换个号，我今天的号满上线时间了。"

景黎乖巧地说："好的。"

她上了游戏。

她知道师父有很多个号，不同的微信号，不同的企鹅号，都绑定了《王者荣耀》的账号。师父的好几个国服账号都是微信区的。平时师父带她打游戏，也经常换账号，一般也就几分钟的时间。

但今晚似乎有点儿久，她瞄了眼时间，已经过了五分钟。两个人的语音仍旧开着，她能听到师父那边《王者荣耀》的背景音乐声。

她喊了声："师父？"

话音未落，她就听到师父那边有点击确认的音效响起。

他说："我给小号改了个名字，加你的账号了。"

景黎低头一看，申请好友消息那一栏里多了条消息，账号名字是"是锦鲤大王啊"，和她的账号"是锦鲤啊"格式一模一样。她通过了好友申请，很快，锦鲤大王向她发起了排位邀请。

他这个账号是和景黎一模一样的段位，都是永恒钻石。钻石局是个小分水岭，而且也开启了征兆模式，玩家上了钻石段位后，开局前挑选英雄多了个BP环节，双方可以各禁掉两个英雄，并且挑选英雄是从上到下依次选择，而不是像铂金、黄金、白银、青铜局那样一起挑英雄。

景黎的钻石段位是喵喵带上去的，上了钻石段位后，她都不太敢一个人打排位了，怕自己水平不好拖累队友。喵喵最近忙着谈恋爱，根本没时间和她打排位，所以景黎也很久没玩过排位赛了。

她的师父现在发来一个钻石段位的排位邀请，她顿时就有点儿紧张了。

一投入到游戏里，景黎就渐渐忘记先前因为邻居小哥哥生出来的生疏感，说："师父，我们怎么打？你要打野吗？"

沈以原问："你想玩什么？"

景黎说："公孙离！可是我打野的话，节奏崩了很难救回来。"

语音里响起一声低笑："怕什么？我一打五。"

此时此刻，语音里这稍显陌生的声音，和平日里在直播间听到的锦鲤大王的声音逐渐重合，她可以无比肯定地确认，在王者峡谷里，没有人能比她师父更自信。

最后景黎还是选择了公孙离这个英雄，不过没有选择打野的位置，而是走下路。打野的位置还是由锦鲤大王来负责，他挑了一个前期格外强势的英雄裴擒虎。

公孙离是个射手，极其需要发育。

而锦鲤大王充分考虑到了这一点，给景黎的公孙离创造了极佳的发育条件，家里的红buff和半个野区全让给了景黎，他则去对面反野、反红。强势如锦鲤大王，对面的野区仿佛就是他的家，他简直来去自由。

一局游戏下来，不到十分钟对面的高地塔就被破了。

队友问："公孙离和裴擒虎是情侣？"

是锦鲤大王啊："是。"

景黎的心跳漏了一拍，她登时就愣了下，游戏里的角色差点儿被打死，幸好师父过来支援，救了她一命。景黎回城补状态，看看频道聊天记录里那一个"是"字，又看看仍然在王者峡谷里像是一阵风一样的师父，终于没有忍住，问："啊？"

锦鲤大王反问："不是吗？"

景黎："什么？"

锦鲤大王说："公孙离和裴擒虎是CP。"

《王者荣耀》这款游戏里有许多英雄CP，比如李白和王昭君，又比如貂蝉和吕布，再比如虞姬和项羽。这些英雄CP在峡谷里遇上的时候，还会触发特殊的语音台词。

景黎听着这句话，耳朵莫名地有点儿发烫。

接下来，两人又打了许多场游戏，除了排位之外，还有匹配以及各种各样的娱乐模式。

《王者荣耀》里的娱乐模式有无限乱斗、深渊大乱斗、契约之战、五军之战等，地图都不大一样，不过一场游戏的时间基本上能控制在十分钟左右，很适合放松与休闲。

景黎从不知道自己能在半夜如此精神，不知不觉就玩到了凌晨三四点，游戏系统强制她休息时，她才依依不舍地离开游戏。

一整夜下来，景黎彻底找回了与师父自然相处的正确方式，最初的不适感已经消失。虽然不玩游戏了，但两人的语音还没关，景黎躺在床上和师父聊着天。

她嘟囔着说："师父，我跟你讲哦，你有时候说话很容易让人误会的！今天我就离开了一会儿，回来的时候见到直播间全是向锦鲤表白的话，还以为是我打开直播的方式不正确。我也是锦鲤啊，我的笔名就是锦鲤！真的把我吓死啦。"

语音里又响起一阵低低的笑声。

景黎一听到他笑，就莫名觉得耳朵发烫，从不知自己原来也是个声控。

她的师父、邻居小哥哥的声音真的很好听啊。

"因为要抽奖。"

"哈？"

他一本正经地说："我要给粉丝送礼物，粉丝反正都要表白的，你是我的徒弟，一起受表白不浪费。"

景黎没想到她师父还有这样一层想法……

因为他们是师徒，所以连表白也可以一起受吗？

忽然，她似是想起什么，又问："师父，你昨天说要跟我讲的不愉快的事情是什么？"大抵是觉得两人熟了点儿，她鼓起勇气试探地问，"师父，你之前是不是失恋了啊？"

在她的印象中，邻居沈以原小哥哥是个单身狗，从未有过异性朋友来访……

语音那边的人蓦地沉默下来。

景黎登时感觉有些忐忑，认为自己似乎试探得有点儿过了，正想要道歉时，沈以原说："因为你。"

景黎张大了嘴："什、什么？"

沈以原说："我以前没收过徒弟，也不知道要怎么跟徒弟相处，所以一直在想怎么跟你坦白我是你师父的事情，怕你觉得我不诚实，也担心你觉得我故意欺骗你。”

“所、所以你才这么久不理我？”

那边的人沉默半晌，才说：“是，不会有下一次了，让你难过，我也挺难过的。”

景黎万万没想到会是这个原因，登时觉得自己的师父真是一股清流，那么与众不同！她说：“没事的啊，我也不是特别难过，师父你也不要难过啊，说清楚就好了。师父、师父，我准备睡啦，晚安。”

“晚安。”

挂断语音之后，沈以原望了眼墙上的时钟。

凌晨四点二十分。

因丝毫没有睡意，精神奕奕到可以自燃自爆，他在寝室群里发了信息。

沈以原：“有人没睡吗？”

沈以原：“我的小徒弟真是温柔体贴又可爱。”

沈以原：“刚和我的小徒弟在王者峡谷约完会。”

沈以原：“明天也要努力挣钱！”

喵喵最近发现在企鹅上见到自家好友的次数越来越少了，以前她们俩是每天都会聊天的，杂七杂八的事情能聊很久。也正因为如此，两人在企鹅上都有了友谊小船的标志。

但最近……她在企鹅上戳景黎，景黎要隔上很久很久才回她。

喵喵不禁反思，是不是自己最近谈恋爱了，有点儿忽略自己身边的好友，所以景黎有点儿生气了？

思及此，喵喵决定去关心一下自己的好友。她清楚地知道自己家好友的生物钟，白天十二点之前是绝对找不着人的，所以最好的聊天时间是下午两点左右。

这个时间点，她家好友大概吃过午饭了，正对着电脑里的文档发呆。

喵喵：“戳。”

喵喵：“小锦鲤，来打一盘游戏吗？我玩貂蝉带你躺赢。”

锦鲤：“不打了，我现在白天都不打游戏了。”

喵喵：“码字？”

锦鲤：“哦，不，字是要码的，但游戏半夜打。”

喵喵：“半夜也行……”

锦鲤：“不，半夜我要和我师父打！白天我要少上游戏，不然晚上在线时间长会被禁赛的！我要节省时间。”

喵喵看着这句话，顿时陷入了沉思。

也是此时，电脑企鹅那边的景黎开始疯狂地给她发消息，还都是一大片一大片的文字。

锦鲤：“嗷，我和你讲哦！我现在的公孙离可牛啦！前几天我打公孙离，我师父打大乔辅助，我们俩配合得天衣无缝。我师父还说在他面前，没有人伤害得了我，哈哈哈哈哈！”

锦鲤：“还有还有！我们玩1对1，我拿我的本命英雄公孙离和他打，他故意给我放水，最后我赢了，哈哈哈哈哈！”

锦鲤：“哦对！那天我玩明世隐辅助，他玩射手，我全程跟着他，他伤害爆炸！超厉害的！打完后，他跟我说，‘小徒弟，我也想当你的辅助，只奶你一个人’。”

锦鲤：“还有还有！我师父把我带上王者段位啦，我的技术已经大有进步了，王者局也可以打了呢。”

锦鲤：“我师父真的超级好，如果我打法师，他一定会努力制造让我发育的环境，连蓝都会帮我打呢，剩丝血了再让我过去拿。”

锦鲤：“我师父现在又多了一个国服！他昨晚还问我下一个想看他冲什么国服，我说公孙离，哈哈哈哈哈！他说拿我的号去冲，要送我一个国服公孙离的称号。”

喵喵粗略地扫了一眼，满屏的“我师父”。

喵喵：“一股恋爱的酸臭味。”

锦鲤：“没有啦、没有啦，我们就是正常的师徒关系。”

屏幕后的景黎看着喵喵的那句话——一股恋爱的酸臭味，心跳没来由地有点儿加速，怦怦怦的，仿佛里面住了一只蹦跳的小鹿。

景黎今天的码字任务还有三千字，细纲也早已列好，她一点儿也不卡文，此时此刻却毫无码字的心思。文档上一片空白，双手放在键盘上，她无意识地打了几个字，又删掉了。

如此重复了几回，她又开始走神。

她打开《王者荣耀》助手App，一场一场地查看昨天的战绩。每一场游戏的战绩都不一样，她选的英雄也不大相同，唯一相同的是双排上的两个账号——是锦鲤啊、是锦鲤大王啊。

她看着看着，心底仿佛生出了一朵花来，觉得真美好。

半晌，景黎回过神，似乎意识到了什么，心又开始怦怦怦地跳。

她戳开师父的微信对话框——

“师父，你在上课吗？”

这句话打出来后，她又删掉了。

她觉得自己有千言万语想和师父说，可是说出来的那一刻又有些忐忑。她思来想去，最后还是关掉了对话框。万一师父在上课的话，打扰师父上课多不好啊。

景黎去刷微博，正巧刷到了最近上映的电影的影评。

她的目光在上面停留了十秒，接着她将其转发到了朋友圈，配的文字是——“好像好好看的样子。”

大约过了五分钟，她的微信来了一条消息。

师父：“我也刷到这条微博了。”

刹那间，景黎心花怒放，嘴角的笑意无法掩饰：“好像好好看的样子哦。”

师父：“想看吗？”

景黎：“好的呀。”

师父：“你什么时候有空？”

景黎：“都可以的呀。”

师父：“周六下午？”

景黎：“师父不用直播吗？”

师父：“我早上补回来。”

景黎：“好的！”

放下手机后的景黎捧着脸轻轻地尖叫了一声，如果说先前还是一只小鹿在心里蹦跳，那么现在她的心情就是一群小鹿在心里蹦跳，她快要高兴坏了。

周五那天，景黎接到宋纱纱的电话，问她要不要一起吃午饭。

宋纱纱是景黎的闺密，两人是在读书时认识的，感情相当好。后来宋纱纱因为工作和她家周哥定居在B市，两人的来往才逐渐变少，但感情依旧没变。

每次宋纱纱回来S市，都会找景黎吃饭。

两人约在景黎家附近的一家商场见面。

景黎接到电话的时候刚起床，听到自家闺密的声音，登时睡意全无，匆匆忙忙地洗漱完，用最快的速度画了眉毛，涂了口红，又随便抓了件休闲的T恤和短裤穿上，就打车冲向了商场。

她到达约定地点的时候，宋纱纱早就到了，坐在餐桌前朝她招手，弯弯的眉眼里是温婉的笑意。

景黎坐下来，喝了小半杯柠檬水，才说：“纱纱，你和周哥结婚后气质一天比一天温婉，现在像是一个温柔到极致的少妇。”说着，她瞧了眼宋纱纱的肚子，问，“有消息了吗？”

宋纱纱说：“还没。”

她给景黎的水杯又倒了水，说：“我按照你的口味点了几个菜，知道你刚起床，都是温和的食物，另外还点了一杯鲜榨橙汁。你看看还要喝些什么？”

景黎说：“不用啦，橙汁就可以了。你这次回来怎么不提前和我说？你看我出来的时候可匆忙了，眉毛都没画好，幸好我戴了墨镜出来。要是我家毒哥，她就该说我了。”

宋纱纱温柔地说：“单位那边是临时让我过来出差的，三天的时间，今天正好有空就来找你吃个饭。我看你最近似乎睡得挺晚的，好几次见到你在凌晨四五点的时候发微博，”说着，她仔细看了看景黎，说，“好像都有黑眼圈了。”

“啊？有吗？”景黎拿出镜子一看，果真眼圈下有淡淡的一圈黑，说，“我最近沉迷游戏，《王者荣耀》知道吗？有点儿上瘾，每天玩得挺晚的……我最近接了个活儿，也跟这款游戏有关系……”

宋纱纱笑道：“我还以为你谈恋爱了。”

“没、没有！”景黎一下子红了脸。

接下来闺密俩又聊了下近况，景黎倒是没什么可以说的，想了想，自己最近的生活不是码字就是玩游戏。闺密俩吃完饭，出了餐厅后，景黎说：“纱纱，要不你和我去逛街看看衣服吧？”

宋纱纱说：“好。”

景黎很久没来商场买衣服了。她其实有点儿宅，能在家里解决的事就不爱出门，现在快递淘宝这么方便，还有代购，完全可以长时间不出门。不过景黎对自己的喜好倒是很清楚，拉着宋纱纱就直奔自己喜欢的牌子，在导购的帮忙下，挑了七八条裙子进试衣间。

她夏天的衣服很多，然而这几天看来看去都不觉得适合明天和师父看电影穿。

她家纱纱审美贼好，正好可以帮她挑裙子。

“这条怎么样？”

宋纱纱说：“嗯，很减龄，是你的风格。”

“那这条呢？”

宋纱纱说：“锦鲤你果然很适合穿长裙，腰肢细，穿一双高跟鞋搭配，显得又高又瘦，还有气质。”

景黎觉得自己真的不能和闺密纱纱出来买衣服，对方一夸，她每一件都想买。她回试衣间换回自己的衣服，最后还是决定全买了。她出来的时候，沙发上坐着的纱纱在讲电话。

“对。

“我回S市了，想看一眼。

“就几分钟。”

景黎好奇地问：“谁呀？是你表妹吗？说起你的表妹，你的表妹真是越来越厉害了，开的奶茶铺子每天排队的人都好多。”

宋纱纱说：“不是表妹。”她顿了顿，又说，“是我的租客。我刚才给他打电话，说想去看一眼。之前我们这个小区不是要整修燃气管道吗？我难得回来，正好去看看有什么改动。”

似是想起什么，她问："你要和我一起去看吗？"

景黎说："呃……好的呀。"一转眼，见到试衣镜里今天打扮随便，妆容也不是特别好的自己，她又改了口，"你等我一下，我觉得刚刚那条裙子挺好看的，我穿着回去吧。毒、毒哥好像在附近，我要是这么打扮被她看到，她一定会说我。"她又顿了一下，问，"你身上带补妆的东西了吗？"

宋纱纱把包里的BB霜给了景黎。

景黎说："等我十分钟。"

宋纱纱颔首，等景黎进试衣间后，露出了若有所思的表情。

宋纱纱摁了门铃。

很快，门被打开了，一道颀长的身影出现在宋纱纱面前。她噙着礼貌的微笑，微微点头，说："你好，我是房东，就是很久没回来了想过来看一眼，给你添麻烦了。"

说着，她看了眼自己身边的闺密，又说："我刚好和闺密吃完饭，所以顺道一起上来。平时你有什么需要帮忙的事，可以找我闺密，她可以全权替我做主。"

景黎轻轻地点了下头，然后小声地说："晚上好。"声音里莫名有几分心虚感。

听出来的沈以原不动声色地看了一下两人，侧过身说："请进，我给你们倒杯水。"

算上之前在门口偷瞄过的一次，景黎只来过两次邻居小哥哥的家，像这么光明正大地坐在客厅里打量还是头一回。她的师父租了闺密的房子好几个月，比起先前闺密家的温馨而言，如今的房子风格就是一位单身的男性喜欢的，摆饰什么的几乎没有，不过出乎意料地洁净。

景黎打量了房子一圈后目光回归，无意间碰上了沈以原飘来的眼神。

两人的目光在空中一碰撞，景黎的心脏又怦怦怦地跳了起来。

她竟、竟然有种偷情的感觉？

景黎你醒醒啊！

他是你师父啊！

此时，坐在景黎旁边的宋纱纱笑着说：“沈先生是一直一个人住吗？”

沈以原说：“嗯，是的。”

他又不着痕迹地看了眼景黎，随即说道：“你们稍等一下，我接个电话。”说着，他起身进了卧室，还关上了门。手机屏幕是黑的，并没有任何人给他打电话。

但是沈以原解锁了屏幕，拨通了一个电话。

他凝着一张脸问道：“我的小徒弟带她的闺密来我家，还装作和我不熟的样子，这是为什么？”

简鹏愣了下：“哎？闺密？”

沈以原：“是我的房东。”

简鹏说：“她会不会是带闺密来考察你的啊？老大，我问过倩倩妹子了，现在的女孩子会在内心给你打分，自己打分就算了，闺密也要打分的！而且闺密的分数的分量不轻！老大，你要好好表现！”

顿了顿，他似是想起什么，又说：“老大，我相信你可以追到小徒弟的！肯每天和你一起打游戏打到凌晨四五点，她绝对对你有好感！”

“景黎，你和沈先生相处得怎么样？”宋纱纱问。

景黎说：“还、还行，你知道的，我中午十二点才起来，生物钟跟别人不太一样，基本上碰不到他。偶、偶尔碰上了，我们也就打个招呼什么的。”

她轻咳了几声。

宋纱纱笑眯眯地说：“哦，这样啊。”

此时，沈以原从卧室里出来了，重新回到沙发上，坐得笔直笔直的，声音也沉了几分，只听他说：“刚刚说到哪里了？”

宋纱纱说：“其实我就是随口一问，房子租给你了，我也挺放心的。沈先生你也知道……”

“不用客气，喊我以原就行。”

话被打断，宋纱纱停顿了一下，却见这位租客神情无比认真，她接了这个话，笑着说：“你也知道的，当房东的就怕租客不负责，不是自己的房子就随便对待，或者带一些狐朋狗友回来开派对，弄得邻里之间乌烟瘴气的。”

“没有。”

宋纱纱说：“所以我租给你，是十万个放心的。”

他又说：“我一直是一个人住，只带过几个好朋友回来，但也是住个一两天就离开了。”顿了一下，他又强调，“都是男性朋友，我从没带过女性朋友回来，我是单身。”

说着，他又起身说：“宋小姐，要参观一下其他地方吗？我没怎么做过改动，除了卧室。我私下里有做直播的习惯，所以擅自改动了卧室，等不租的时候，我会改回来。你可以看看。”

宋纱纱本想说卧室就不用了，参观一个男性的卧室，回去后她老公知道了还不得吃醋上几天？

然而她话还没说完，沈以原已经走向卧室，并且打开了卧室的门。

宋纱纱只好拉上景黎一块儿进去。

以前宋纱纱和唐南周住在这儿的时候，景黎并没有进来过。她一般是在客厅里和纱纱聊天，去人家小夫妻的房间总觉得怪不好意思的。如今她是头一回进来这间卧室。

电脑桌上摆着一台苹果的台式机，周围还有专业的直播工具。

原来师父平时是这样直播的。

她的目光微微一挪，转到了不远处的双人床上，床单是蓝色格子纹的，被子铺得整整齐齐，一丝不苟。

原来师父平时就在这里和她语音。

床上……轰的一下，景黎只觉耳根子发热。她再偷偷地瞄了眼师父，耳根子……似乎更烫了，整颗心像是烧起来似的。

她抓了抓头发，赶紧把双耳盖住。

“我很少让人进我的卧室，从来没有女孩子进过我的卧室……

“我很洁身自好。

“厨房很少碰，一般是点外卖，或者出去吃，会几个拿手菜。

“我学习的天赋很高。

“卫生的话，一般请家政阿姨来做，一周一到两次。

“如果我谈了女朋友，肯定也不会让她做家务的。

“如果她希望我给她做饭，我也是可以学的，洗碗的话也不用她洗，现在不是有洗碗机吗？

“我的生活很简单，白天上课，晚上直播，没有夜生活。

“没去过酒吧，去过一次清吧，是我室友拉我去的，待的时间也不长。”

宋纱纱把房子租给这个房客之前，和他交流的时间也不多，只在签合同那天有过短暂交流。她依稀记得对方是一个不怎么喜欢说话、有点儿内向且高冷的大男孩儿。

她本来只想待个几分钟就走的，没想到他这么能说，待了半个小时，几乎要听完他的各种生活习惯和喜好了。

眼见他还有滔滔不绝地说下去的打算，宋纱纱忙不失礼貌地微笑了一下，打断他说：“我了解了，时候不早了，我明天还有工作，要先回我姑姑家了。把房子租给你，我很放心。”

沈以原微微颔首。

宋纱纱又对景黎说：“你别送我下去了，早点儿休息吧。你这几天这么晚睡，我看黑眼圈都出来了。女孩子还是不要熬夜，不然皮肤不好……”

景黎重重地咳了声，说：“哎，纱纱，我、我送你下去吧。”

大抵是有点儿紧张，她出门的时候不小心被门槛绊了一下，脚下踉跄，正要摔倒之际，猛地有股力道扶住了她。他的手修长有力，牢牢地握住了她的双肩，透过薄薄的夏天衣裙，那股子发烫的炙热倏地包围住了她。

景黎头一回明白“触电”的含义。

那一刹那，仿佛真的有电流从她的肩膀上流出，穿过血液，令她浑身又酥又麻。

“谢、谢谢……”

“不客气，小徒弟。”最后三个字，他刻意压低了声音，只有景黎才听得到，低沉到极致的嗓音宛如低音炮一般在她耳边炸响。

那一瞬间，景黎觉得自己完了。

景黎最后还是送宋纱纱下了楼，看她上了出租车后才折返。

宋纱纱几乎是一上车，手机的电话铃声就响了起来，屏幕上显示着“唐小熊”三个字。她接了电话，手机那头传来熟悉的嗓音：“老婆，吃晚饭了吗？”

“还没有，我刚从锦鲤那儿下来，现在在车上，准备回姑姑家了。”

“定位发我。”

宋纱纱失笑道：“哎，你真是喜欢瞎操心。”话是这么说，她还是把定位发给了自己的老公唐南周。发完后，她又听到他说：“到姑姑家了和我说一声。”似是想起什么，他又问，“房子的事情和沈以原说了吗？他如果不方便，我们可以给他半个月的时间找房子，一个月的押金我们可以赔双倍给他。”

宋纱纱说：“没有说。”

“嗯？”

“房子先不卖了吧。”

“发生什么事了？”

宋纱纱说：“锦鲤喜欢我们的那一位租客，现在两人的感情应该还没有明朗。二十多年来难得见锦鲤有喜欢的人，我身为闺密怎么能不给她创造点儿近水楼台的机会？”

似是想起什么，她又弯眉笑了下道：“两个人都很可爱，很期待他们谈恋爱时的模样。”

电梯里只有景黎一个人。

她对着镜子墙拍脸，想让自己冷静下来。刚刚闺密在，她还能克制一下。现在闺密走了，剩下她一个人的时候，她一想到师父就觉得整颗心都要沸腾了。尤其是一想到刚刚他握住她的双肩，那股男性特有的荷尔蒙散发出来时，她的心已经不是心如鹿撞这么简单了，简直是万马奔腾。

啊，怎么办怎么办？

啊，她要怎么对师父解释她刚刚为什么假装和他不是很熟的样子？

她以前为什么没有发现师父长得很好看?

被师父牵手的话，她应该会感觉很好吧?

啊啊啊啊——她要疯了。

景黎越来越浮想联翩。

身为一个写了多年言情小说的作者，她甚至能脑补后面三十万字的剧情，其中还包括不可描述、脖子以下的片段。

她再度看着电梯里脸蛋红扑扑的自己，再一次感觉自己要完了。

可她转念一想，刚刚在师父的屋子里，他那么啰唆地说了一大堆，是在暗示什么吗？她师父是不是也喜欢她？一想到有这样的可能性，景黎又被自己甜齁了。

电梯门打开，景黎一走出去就见到邻居家的门开着，刚刚自己脑子里想了半天的主角倚在门口，以一种洞察人心的目光审视着她。

她一下子紧张起来："师、师父……"

他皱着眉头，没有回她，而是继续审视着她。

景黎几乎以为自己的小心思被发现了，登时有点儿不自在，正想说话的时候，他忽然说道："我等会儿把我的课程表发给你。"

景黎愣了："啊?"

沈以原说："我以后尽量早点儿直播，晚上九点过后陪你打游戏，你十二点前休息，知道了吗?"

"知、知道。"

"今晚你也早点儿睡觉……"

景黎后知后觉地问："我、我的黑眼圈这么严重吗?"她涂了纱纱的BB霜之后其实已经看不太出来了，难道是掉妆了？她正要拿小镜子出来，沈以原又说："没看到黑眼圈。"

爱美之心人人有之，小锦鲤一下子就慌了，说："师父你是不是觉得我有黑眼圈不好看了?"

沈以原一本正经地说："有黑眼圈的叫国宝，你比国宝还要可爱。"

这话一出，两个人都有点儿脸红。

一个是因为自己说出来的话，一个是听这话听的。

屋门一关，两人各自贴在了门上。

小锦鲤：师父是不是喜欢我？要甜疯了啊！虽然很俗套，但是那话师父说出来怎么就这么撩？要完！要完！要完了！

沈以原：我的小徒弟脸红的模样真可爱！想亲一口。

因为沈以原早上要直播，所以两个人周六那天约的是下午四点的电影，看完电影正好吃个晚饭。景黎那天起得格外早，沈以原八点起来进行直播的时候她已经起来了。

梳妆台上搁着平板电脑，里面是沈以原的直播间。

露娜的国服沈以原已经冲上去了，现在她师父开始冲公孙离的国服了。

嗯……师父用的她的号。

正巧她见到直播间有条弹幕说——“这吨师徒‘狗粮’我可以吃一年。”

景黎一个人傻傻地在梳妆台前笑了十分钟，然后开始纠结下午四点究竟要穿什么衣服。虽然买了新衣服，但是不止一件，她思来想去，还是把新买的裙子都试了一遍，最后决定穿露肩修腰的连衣裙。

她的锁骨很好看，这是她的优点之一，她要努力让师父看到！

决定好穿什么裙子后，景黎去洗了个头，又擦了护发精油，自个儿折腾了半小时，才吹出蓬松又有弧度且光泽亮丽的长鬈发。接着她又喊人上门做指甲，挑了老半天都没挑到满意的样式，最后让美甲师帮忙在指甲上画了一条小锦鲤。

美甲师离开后，景黎又点了外卖，吃完外卖后才开始化妆。

平时的景黎出门前化妆一般半个小时解决，四十分钟顶天了，今儿个她也不知道怎么化的，硬是在镜子前坐了一个半小时，还很小心机地给露出的锁骨打了阴影和高光，还往耳垂、脖子处喷了香水。

一系列流程走完，景黎看着镜子里的自己，觉得自己美疯了！

忽然间，她就极有自信了！

她这么好看！师父怎么可能会不喜欢她！不喜欢她一定是他眼瞎！哼！

这样的自信维持了大半个小时，直到她即将出门时，通通变成了期待与紧张。

门铃被摁响。

景黎踩着新买的小高跟嗒嗒嗒地去开门，手里提着一个链条小黑包，努力地压下心底的紧张，弯了眉眼，说：“师父今天的阿离打得真棒！我……”

她本来想说她的阿离果然进步空间很大，可是目光落在师父的白衬衫上时，不由得咽了口唾沫。

妈耶！这有点儿紧的白衬衫要不要这么诱惑！

沈以原问：“你什么？”

景黎有点儿忘记自己想说什么，只好改口：“我们怎么过去呀？”

沈以原说：“我叫了车在楼下。”

景黎觉得自己大概是心态变了，先前不知道邻居小哥哥是师父的时候，跟他聊天总觉得尴尬。可是现在平淡无奇的一句话，她硬是听得满心欢喜，连标点符号都似带着盛夏草莓的甜味。

她说：“好的！”

小区离看电影的商场不远也不近，小半个钟头的车程。

两人都坐在车后座上，一左一右，中间隔了大老远的位置。景黎发现自己是真的挺喜欢师父的，满脑子都是话题，上了车后就不停地说话，但也算克制，三两句游戏的话题中夹杂着一句带着私人性质的探寻。

师父也很配合她，她问什么他就答什么，一副“你尽管问”的模样。

问到后面，景黎开始纠结一件事。

从下楼到上车，师父似乎都没夸过她今天的打扮怎么样，难道师父不喜欢这样的打扮？

她拿出手机，打开照相机App，妆容满分啊！

冷不防地，镜头里又挤进来一个人，一直坐得老远的师父来到了她身旁，喑哑的嗓音在她耳畔响起：“我们第一次出来看电影，要不要拍照纪念一下？”

“好、好的呀……”

师父身上有股很好闻的味道，他家的沐浴露是薄荷味的，昨天和纱纱一起参观的时候她连他的剃须刀的牌子都看到了。他现在猛地靠近，景黎的心脏又开始扑通扑通地狂跳了。

真好闻……过阵子家里的沐浴露用完了她也换师父家的那款沐浴露吧！

景黎是颤抖着手摁下的自拍键，用的是美颜相机。照片里的两人靠得略近，只可惜她拍的时候笑得有点儿僵硬。景黎并不是很满意这张照片，正想重新再拍一张的时候，师父忽然说："微信发我。"

"啊？"

"拍得好看。"

景黎说："好看吗？我觉得我笑得有点儿僵硬……"

"不会，真的好看，发我。"

景黎把照片发给沈以原，悄悄地深吸了一口气，带着一点点撒娇的嗓音说："师父、师父，你看到我的指甲了吗？上面有一条小锦鲤哦！好看吗？"

"好看！"

景黎微微弯起嘴角，说："那我今天穿得好看不好看呀？"

"好看！"

景黎说："哇，你们直男是不是只会夸好看呀……"

语调轻轻上扬，景黎快要被自己撒娇的音调给嗲死了。

可是她就是忍不住啊，一和喜欢的人说话，巴不得时时刻刻撒娇，想要和他黏黏糊糊的！

沈以原久久没有说话。

景黎微微侧首，见他拧着眉头，仿佛在思考什么，有点儿担心是不是太过为难师父了，正想给个台阶时，他对上她的目光，问："这是让我夸你的意思吗？"

景黎说："是的呀，你平时直播不是很会夸队友嘛！师父、师父，你也夸一下你的小徒弟！"

他很认真地说："今天的你应该放在积分夺宝的荣耀水晶里，抽361次的一百倍才能抽得出来那种好看（王者荣耀里有个积分夺宝机制，小部分英雄和皮肤只能靠积分抽取，六十积分抽一次，也就是人民币六块钱。

抽到荣耀水晶才可以换取英雄或皮肤。而这个机制下，想要抽到荣耀水晶，运气一般的要抽满幸运值361才抽得出来）。”

景黎的心一下子就被甜蜜填满了。

她好想发一条微博，告诉所有人！

她喜欢的男孩子对她说，她是要抽361次的一百倍才能抽出来的荣耀水晶！

啊啊啊啊！

这话甜炸天！

S市的夏季俨然一个蒸笼，尚未到酷暑，已逐渐有炎热的趋势，地面又热又烫，加上好一阵子没有下雨，空气里又闷又热。路上匆匆行走的路人大多挥汗如雨，巴不得立马钻进有空调的商场里解暑。

极其怕热的景黎下了出租车，走路轻飘飘的，热浪袭来的时候，只觉心在发烫。

虽然天气很热，但她觉得很好；虽然地面很烫，但她觉得自己似踩在棉花糖上，软软的，香香的，透露出无处可躲的少女心；虽然周围的人像是被烫熟的培根卷，但是也很好看的！

哇，这个世界怎么这么美好？所有人看起来都超可爱！

进了商场后，两人坐直梯到了电影院所在的楼层。

两人来得有些早，离进场还有三十五分钟，沈以原让景黎坐在休息区，他去取票。沈以原转身去取票机处取票的时候，景黎伸出手摸了摸胸口。

一万只小鹿一直没停过。

她拿出手机，给喵喵发消息。

锦鲤：“救命啊啊啊啊啊！”

喵喵发了一个问号。

锦鲤：“咋办咋办？我会不会因为心跳加速而死？我师父说我是抽361次的一百倍才能抽出来的荣耀水晶！现在我师父去取票了。好紧张好紧张。”

锦鲤：“给你看一下我和我师父的合照，我师父夸我好看呢。”

锦鲤："啊啊啊——甜疯我了，不行我要缓一缓。"

锦鲤："我师父要回来了，你不要回我的信息！我怕我师父看到！我晚上再和你讲！"

锦鲤："还是要再说一句，我师父甜炸天！"

景黎收起手机后，一抬头正好见到沈以原走了过来，手里有两张电影票。

他问："要吃爆米花吗？喝什么？"

景黎觉得自己最近有点儿胖了，爆米花热量太高，吃了太增肥，然而转念一想，又说："好的呀！"她又看了眼时间，说，"要不师父你去买爆米花，我去买喝的，隔壁有星爸爸，有几个人在排队呢。"

沈以原坚持说："你坐着等我，我来买，你想喝什么？"

"我想喝焦糖玛奇朵。"

他把电影票塞给景黎，然后先去了星巴克，等回到爆米花的柜台前时，瞄了一眼。

售货员问："请问需要什么？"

沈以原说："要最小桶的爆米花。"

售货员又说："今天我们有个超值活动，买单人套餐送小桶爆米花，单人套餐里包含中桶爆米花和一杯可乐。"

沈以原毫不犹豫地说："要最小桶的。"

售货员只好作罢，给顾客铲满了一小桶爆米花，递给顾客时随意瞥了一眼，眼尖地发现顾客的耳尖有点儿红。毕竟沈以原生得出挑，售货员是个出社会不久的姑娘，难免多留了点儿心。她再望过去的时候，已经见到出挑的男孩儿抱着爆米花、拎着星爸爸的袋子往休息区走去，走着走着，脚步又加快了几分，然后她见到一个眉清目秀的女孩儿，也不知两人说了什么，两人眼里的笑意就没断过，而且两个人看起来都有几分努力掩饰的紧张。

她瞬间了然，哦……这肯定是刚谈恋爱的小情侣……

难怪男孩儿要买最小桶的爆米花。

电影是一部最近上映的国产片，2D的。

两人进场进得早，几乎没什么人在，位置是最后一排。

景黎本来已经渐渐冷静的心情在看到情侣座位时再度变得不平静，心里仿佛有什么即将跳出来。她飞速地抬眼看了下师父，装作很淡定的模样坐了下来。

沈以原说："你说你喜欢最后一排，我就挑了最后一排的座位。"

景黎说："可、可以，我喜欢坐这里。"她顿时觉得有些口干舌燥，拿起自己的饮料猛地喝了好几口。虽然电影院里开了空调，但是她觉得自己的整张脸都在发烫。

幸好电影很快就开始了，逐渐暗下来的环境掩盖住了她烧起来的脸。

她努力地让自己专注于剧情，小半天才缓过来，侧过首，又顺道将头发拂到耳后，小声地说："我觉得女主角长得真好看，穿着居家服有种温婉的柔美气质。"

沈以原说："还可以，像《王者荣耀》里二十八块钱的限定皮肤。"

景黎立即就想起在出租车上师父说的荣耀水晶了，不由得忍俊不禁，说："师父，你的形容词真有趣。"她悄悄地瞄了眼师父，他的神情认真得很，双眼直勾勾地看着电影，格外专注。

忽然，他坐得更直，也不扭头，就对着电影屏幕，问："吃爆米花吗？"

"好的呀。"

爆米花一直是沈以原拿着，听到她的这句话，他微微挪了过去，将其倾斜到她那边。她伸进桶里，拿了一颗爆米花放进嘴里。爆米花是很神奇的零食，吃了一颗后就会让人再想吃第二颗、第三颗、第四颗……

景黎边看电影边吃，不知不觉中，爆米花桶里就剩一半爆米花了。她也没察觉到，再度伸手，这一伸手无意间碰到了同样伸手进去的师父，两人微烫的手碰到了一块儿，同时停顿了下。

准确点儿来说，两人应该是停顿了五六秒，然后不约而同地缩回了手。

电影里的音效极好，然而此时此刻的景黎只听得到自己的心跳声。

内心如下：啊啊啊啊啊。

沈以原面无表情地“看”着电影。

我碰到她的手了……

小徒弟好香啊。

小徒弟是不是在看我？

刚刚我是不是夸得有点儿过了？我不应该说限定皮肤，应该说二十八块钱的不带特效的皮肤。小徒弟会不会不喜欢我夸别的女人？

小徒弟真的好香，她是香精转世吗？

小徒弟是不是脸红了？

她是不是也喜欢我？是的吧，不然她脸红什么？我就知道没人会不喜欢我。

我现在告白会不会太唐突？

他想牵手，十指相扣那种。

他想当爆米花，被小徒弟吃进去。

两个小时的电影结束，师徒俩一起走出了电影院。

忽然，两人听到路人甲在说：“今天电影院的空调不要钱吗？开得这么冷。”

路人乙回答：“对，我真的要冷死了，刚刚都想裹一床被子了。”

沈以原一听，不由得愣了下，连忙问小徒弟：“你冷吗？”

景黎小声地说：“不冷，我觉得挺热的。”

沈以原：“嗯……我也觉得挺热的。”

景黎说：“可、可能我们俩的体质不怕冷。”

沈以原说：“对。”

景黎说：“电影还挺好看的。”虽然她在中后期根本不知道电影讲了什么。

沈以原颔首附和：“还不错。”

回去他要补一下电影，全程讲了什么，完全不知道。万一小徒弟和他讨论剧情就糟糕了。

两人今天的行程本来是看完电影一起吃晚饭，再一起打一会儿游戏就回家的。然而计划赶不上变化，看完电影没多久，在两个人找餐厅的时候，毒哥给景黎打来电话，让景黎在十二点前准备好一份获奖演讲稿。公司给她推了一个奖项，原本这奖是内定给另外一个作者的，但另外一个作者临时毁约，奖项就落在了景黎头上。

颁奖典礼在G省举行。

毒哥已经给景黎订了明早的机票赶过去。

沈以原知道了，说："工作的事要紧，先回去吧。晚饭下次吃。"

景黎点了点头。

两人回去的时候却遇上了一个难题，晚饭时间点并不好打车，沈以原本来预约了车的，但司机师傅临时有事赶不过来，两个人在商场门口硬是等了半个小时才打到车。

两人最后在家门口告了别，沈以原等景黎进屋后却久久没有进自家的门。

他整个人陷入了沉思。

许久过后，他才回过神来，慢慢进了屋里。

时间是七点整，他又开了直播间，说："今天继续冲国服公孙离。"

"哇，大王最近真的好勤劳啊。"

"是啊是啊，白天都直播过了，现在晚上还准时直播！"

"大王会不会很辛苦啊？"

"大王不要太辛苦哦，我们小粉粉会心疼的。"

锦鲤大王瞄了眼弹幕，说："不辛苦，要努力挣钱。大家有什么车可以推荐的吗？我最近想买车。"

第六章

宇宙爆炸甜

沈以原一字一顿地说：“我怕我来得晚，也怕电话里说得没诚意，所以现在想当面问你一句，你能不能当我的女朋友？”

第二天一早，毒哥来接景黎去机场。

“获奖的演讲稿写得不错，晚上照着背就行。”车上，毒哥又交代了几点颁奖典礼过后的注意事项。景黎打着哈欠，低声应着。毒哥看了她几眼，又说：“昨晚不是让你早点儿睡吗？”

景黎说：“生物钟是十二点起，习惯了，现在才早上七点，我能不困吗？”

说着，她又打了个哈欠。

毒哥说：“你在飞机上可以补眠，但我刚刚说的各种事项一定记住。这个奖项难得，在你的写作履历里会是光鲜的一笔。”

景黎如小鸡啄米般点头：“懂的！”

她不是特别擅长写这种公式化的演讲稿，昨晚折腾到半夜十二点整才给毒哥，毒哥说了没问题后景黎才安心地去卸妆睡觉。本来她还想和师父玩一把游戏再睡的，但实在太困了，毕竟昨天为了约会起得也特别早。

而今天要赶早上的飞机，她六点就被毒哥叫醒了，搁在以往可能刚睡下不久。

景黎又打了个哈欠。

从她家去机场驾车四十分钟，时间不算短，毒哥车技很好，一路上车子平稳行驶，她昏昏欲睡。毒哥和她说话时，她是迷迷糊糊的，嘴里虽然应着，但压根儿不知毒哥说了什么。

忽然，手机振动了一下，来了条微信。

她将眼睛睁开一条缝瞧了下手机，见到“师父”两个字，困意顿时消散了七八分。

师父：“去机场了吗？”

锦鲤：“是的，在去机场的路上，应该还有二十分钟才能到。”

师父：“什么时候回来？”

锦鲤：“还没确定，但G市那边有几个影视合作方，我的公司这边似乎想谈几个合作，我应该要待好几天的样子，回来的机票还没有买。”

师父：“到了告诉我。”

锦鲤：“好的！”

剩下的两三分睡意，随着简短的对话也消失得无影无踪。

她捧着手机，反反复复地看了好几遍两人的对话。

哎呀，这话怎么就这么甜呢？

好像男朋友对女朋友的关心哦。

“最近谈恋爱了？”

冷不防，毒哥问了一句。

景黎被吓了一跳，连忙说：“没有、没有，我天天忙着写文，哪里有时间谈恋爱？”

毒哥看了她一眼。

景黎有种被看透的感觉，轻咳一声，说：“如果我谈恋爱了，会告诉毒哥的。”

毒哥忽然说：“清风战队的费桦对你有意思，找我旁敲侧击了几次。”

景黎说：“他就是个小孩子，我对他没意思。”

毒哥说："费桦是电竞圈里炙手可热的选手，人气火热，不输于现在二线的明星，你要是对他有意思，微博上我给你们搞个公关，可以炒一波热度。"

景黎连忙摇头，说："别、别、别，别炒，我对他没意思。现在粉丝都很可怕的啊，他的微博人气比我高多了，到时候肯定有人说我蹭他的热度，炒煳了就不好了。我认认真真地写文，用实力说话，不想搞娱乐圈的那一套。"

毒哥没说什么。

毒哥不提费桦小弟弟，景黎都差点儿忘记这号人物的存在了。上次吃了饭后两人偶尔微信联系一下，但基本上是出于礼貌一问一答，再后来可能是她表现得有些冷淡，费桦小弟弟便没来找她聊天了。

对费桦小弟弟的印象，她更多的是一个玩露娜贼牛的职业选手。

当然啦，现在在她心里，没有人比得上她师父。

她师父锦鲤大王英雄池深不可测，露娜也很牛！人也很帅！声音很好听！哇！师父真是十全十美的人！

晚上的颁奖典礼很是顺利。

结束后，毒哥带着她和作协的几个领导吃饭。一般这种应酬，景黎保持微笑就可以了，都是由毒哥负责周旋，在恰当的时候把话题抛给她即可。

尽管毒哥出了大半的力，可景黎还是觉得很累。

中途的时候，景黎实在受不住，借着上厕所的理由出去准备喘口气。

吃饭的馆子是一家粤菜餐厅，装修很上档次，不是金碧辉煌的奢华，而是带着几分古朴的曲径通幽，连洗手间也别具一格。她从洗手间出来后，不大想回去，索性在外面摸一小会儿鱼。

她戳开师父的微信。

锦鲤："师父，你看！"

景黎知道师父在直播，估计他不会这么快回消息，未料只隔了几秒钟他就回了她，本来有几分应酬过后的心烦，此刻也消失了，她弯下眉眼，回复。

师父：“粤菜？”

锦鲤：“是的是的！还挺好吃的。师父，我知道S市也有一家连锁店，我下次请你吃这个！”

师父：“下次是什么时候？”

锦鲤：“呃……下周？”

师父：“可以。”

师父：“我准备买车，你有推荐的吗？”

景黎万万没想到话题跳跃得这么快，不由得愣了下。

说实话，景黎对车没什么研究。她今年二十六岁了，还没有考驾照。一来是她太宅，出门的时间不多，即便出门现在打车也很方便。二来是S市的车牌得摇号，且不说车位有多贵了，而且她家里有车，她对车的需求不大。三来景黎是觉得按照现在赚钱的速度，以后请个司机也未尝不可。

现在师父问这个问题，还真的难倒她了。

她回了句：“师父，我也不是很清楚，我去问问毒哥，等她回我了我再和你说。”

再看一眼时间，也觉得差不多该回去了，景黎起身，正要离开时，却见有个人笑望着她，脸上是阳光到极致的笑容。

“小姐姐，晚上好呀，真巧。”

沈以原是个行动派的人，今天就一个人去4S店看车了。

驾照他很早之前就考了，但是一直没买车。

以前他在战队里出入都有保姆车接送，后来离开战队出国游历也懒得买车，毕竟租车方便。再后来他回国念书，生活简单得如同白开水，两点一线外加有点儿宅的生活也没有买车的必要。

他昨晚听小粉粉安利了许多车，今天也去4S店看了一遍。他除了对电子产品有超高的要求之外，其余的一切都没什么要求。如果是他自己买的话，很有可能买辆十万左右的代步车就差不多了。

但今天他在4S店逛了一圈，实在拿不准主意。

万一小徒弟喜欢贵的车呢？

他比较想一步到位。

买学区房的钱可能不够，但买车的钱他还是有的。

如果现在全款买车，三天后就可以提车了，他还能去机场接小徒弟。

沈以原决定等小徒弟回复他了再做决定，反正他对车没有要求，小徒弟喜欢什么就买什么好了。思考间，沈以原顺便去看了眼略贵的车，又算了下好学区房的价格，决定在直播间多说点儿鬼话，多打几场技术好的游戏。

他最近卖力直播，收到的礼物道具打赏要比以前翻了好几倍，人气也比以前高了许多。

下播后，沈以原去看微信，发现小徒弟还没有回复他。

他的小徒弟有把自己的生活分享到朋友圈或者微博的习惯，于是沈以原去朋友圈和微博瞄了眼。

他这一瞄就不得了了！

他的微博虽然没有关注电竞圈的人员，但是他关注了游戏官博和一些游戏相关的博主。一刷微博，他就见到有人转发了那个对他的小徒弟心怀不轨、乳臭未干、打游戏水平一般般的小屁孩儿的微博。

清风战队-费桦：“今天在G市参加战队的商业活动，和吃可爱多长大的小姐姐偶遇了@锦鲤。”

配图：虾饺、萝卜饺、凤爪、肠粉、干蒸烧卖、炒牛河、炒米粉，夜宵合集，以及一个空碗。

空碗旁边有一部手机。

沈以原第一时间就认出了那是他家小徒弟的手机。

“小姐姐多吃点儿啊……”

“我们飞花平时吃得可多了！”

“平时跟我们吃广式早茶，虾饺都不让我们碰的，难得飞花今天一个都不碰，都摆在小姐姐面前了。”

景黎连连摆手说：“我吃得差不多了，平时我也吃得不多，今天已经算是吃很多了。”

毒哥也说：“我们锦鲤平时是吃得不多，你们不用管她，吃你们的，多吃点儿，这一顿我请。真没想到在G市也能遇上明哥，这一顿你真别和我抢。”

景黎也跟着点头，说：“你们多吃一点儿，不要和我们毒哥客气。”

说着，她看了眼手机上的时间，晚上十一点二十分。

等她回到酒店后收拾洗漱一下，估计都要过零点了。本来她还想着能和师父玩一两把游戏的，但现在看来是不可能了。今晚她实在没想到和作协的几位领导吃饭后，会碰上清风战队的人。毒哥和清风战队的教练明哥是老相识，两人一碰头就决定一块儿来吃夜宵，加上清风战队的其他成员，浩浩荡荡的一群人凑在一起，一吃就是几个小时。

这个时间点，师父应该已经下播了。

他估计在洗澡?

景黎瞄了眼微信上的信息，最后一条聊天记录还是师父咨询车的事情，之后就再也没有说过话。景黎又点开微信步数，发现师父今天走了七千多步，显然并没有一直宅在家里，师父下楼吃饭的话，一千步顶天了。

难道师父今天出去了?

他去哪里了?

她不在家的时候，师父会不会有别的野徒弟了?

景黎这么一想，不禁有点儿担心起来，捧着手机有几分坐立不安。正巧这个时候，手机忽然响了。手机屏幕上的来电显示是“师父”两个字，刹那间那几分坐立不安消失殆尽，甚至连那一丝丝眉眼间的疲倦也化作温柔的笑意，她站起来说：“抱歉，我出去接个电话。”

她轻轻点了下头，拿着手机出了包间。

“师父?”语调微微拉长，尾音带着女孩儿的娇嗔。她现在发现了，一和师父说话，只要是单独两个人，自己就忍不住带上撒娇的语气，三分撒娇，三分温柔，又有四分喜悦，里头全是藏不住的满当当的喜欢。

她也不知道为什么会这么喜欢沈以原。

感情的萌发似乎源于无数个半夜里两个人一起语音玩游戏，他的露娜像是一个盖世英雄，将她保护得妥妥当当，给予了她十足的安全感。再后来，两个人边玩游戏边聊天，慢慢地了解了对方，越了解越是在意，积累到一定程度，怦然心动，最后沦陷得无可救药。

她真的很喜欢很喜欢他呀，一听到他的声音，就忍不住弯眉扬唇，开心得想和整个世界分享。

“回酒店了吗？”

“还没呢，在外面和毒哥吃夜宵。清风战队的费桦，哦对了，上次我们还一起吃过饭的，就是正好碰见了清风战队，然后现在我们一块儿在聚餐。”似是想起什么，她又说，“对啦，我先前咨询了一下毒哥，毒哥说买车要看需求，还有价格方面的问题。”

手机那头的师父应了声，似是松了口气，又问：“你打算买车吗？”

景黎不由得一愣，说：“我目前对车的需求不大，而且我还没考驾照呢。”

“如果是你，你想买什么类型的车？”

“我觉得可以代步就好了，不用买太贵的，反正又不常开，安全性是第一位的。”景黎想了想，正想说些什么时，余光瞥见了一道视线。

触碰到她的目光，倚在门边的费桦笑着说：“我看小姐姐一直没回来，有点儿担心你，所以出来看看。”顿了下，他又说，“对了，明天早上一起吃早餐吗？我和你住的是同一家酒店，我听说酒店的自助餐不错。”

景黎朝他示意了下自己的手机。

他这才说：“抱歉，没见到你在打电话，小姐姐你继续。”

费桦转身离开后，景黎才重新开始讲电话，说：“师父，我差不多该回酒店了，我……”

手机那头的人忽然打断她的话，声音硬邦邦的：“哪家酒店的自助餐不错？给我介绍一下。”

景黎说：“毒哥给我订的酒店，四季酒店。”

“嗯，知道了。”

景黎挂了电话后，回到包间，约莫等了二十分钟，夜宵才算结束。吃夜宵的店离酒店有些远，一伙人在路边打车。景黎本来想和毒哥坐一辆车走的，但话还没出口，毒哥就被清风战队的明哥给拉走了，也不知怎么的，忽然间就剩下她和费桦两个人。

“小姐姐，我送你回去吧，反正也顺路，今晚就让我来当护花使者。”

景黎说：“不行，你比我小，理应我来照顾你，哪里有让你给我当护花使者的理由？”

说着，她用手机App迅速打了一辆车，又说：“我一般起得晚，和酒店的自助早餐时间从来都是错过的。你起得早的话，可以和队友一块儿去吃，这家酒店的自助我吃过，确实不错。”

似是想起什么，她又笑眯眯地给费桦小弟弟安利了几个主菜，还有甜品。

费桦有些沉默。

没多久，出租车来了，两人一块儿上了车。

景黎在车上话不少，给费桦推荐了许多美食，有一些甚至连做法都说了出来。回酒店的车程大概是二十分钟，景黎半分钟都没停过，费桦压根儿没有插话的余地。

下了出租车后，费桦一脸复杂地看着景黎。

景黎佯装没见到，又笑吟吟地说：“都快半夜了，我先回去了，你也早点儿休息哦。”

说完，她朝他点了下头，转身就要往电梯那儿走。

忽然，费桦喊住了她。

她站定，转身望着他。

即便已经午夜了，可酒店大堂依旧灯火通明，来来往往的各地游客络绎不绝。男孩微垂着脑袋，身影显得落寞又孤寂，声音里带着几分可怜兮兮的低沉：“小姐姐是有心上人了吗？”

景黎说：“是啊，已经有了一个很喜欢很喜欢、一提起他就忍不住开心的人。”

景黎在G市第二天的行程是跟着毒哥去和一家影视公司谈作品版权合作，顺便约了午饭。毒哥八面玲珑，谈合作向来有一手，过程十分顺利。

午饭结束后，毒哥问景黎有什么安排。

景黎说："我这两天睡得少，有点儿困了，想回酒店补觉。"

毒哥默不作声地瞥了她一眼。

景黎顿觉心虚。

她家经纪人真的有一双洞若观火的眼睛，说谎是不可能的，这辈子都不可能，她只好小声地说："我想回去打游戏。"

"真的只是打游戏？"

其实她是想回去和师父聊天。

她现在什么也不想干，广式美食也不想吃，景点也不想逛，就想趴在酒店柔软的大床上和师父天南地北地聊，哪怕说一些很没营养的话，比如今天吃了什么，这样也会很开心。

但这份小心思，她不能告诉毒哥。

她如小鸡啄米般点头。

毒哥又看她一眼，说："我接下来还有事情，就不送你回酒店了。"

景黎又点头，说："好的，我自己打车回去就可以了。如果有什么工作上的事情，你打电话给我。"顿了顿，见毒哥似乎话里有话，她又问，"还有什么事情吗？"

毒哥说："没了，你注意安全。"

景黎下了楼，准备用打车软件时，一辆车停在了她身前。

车窗放下，露出一张年轻又朝气蓬勃的脸。

"小姐姐好巧。"

景黎没想到会在这里遇上费桦，不由得微微一怔。费桦又说："G市这个点不好打车，小姐姐你去哪里我送你一程吧，是要回酒店吗？"

景黎以为自己昨晚已经拒绝得很清楚了。

她酝酿了一下，正想开口时，费桦又说："小姐姐，我没别的意思，就是正好碰上，想顺路送你回去而已。小姐姐可以放心，我不是死缠烂打的人，该有的风度也是有的。但现在这么难打车，让我放任一个可爱的小姐姐在街边晒太阳，不符合我为人处世的准则，再说我们教练明哥和你的经纪人是多年老友……"

费桦这番话，倒是让景黎无法反驳，再拒绝的话就显得自己太过矫情了，她只好打开副驾驶座的车门上了车。

大抵是因为昨天的拒绝，景黎现在和费桦单独相处难免有几分不自在，尤其现在两个人都不开口说话，车厢内的空气仿佛都静止了。

景黎只好低头看手机，打开微信瞄了眼。

她今早十点起来的时候给师父发了条微信说早安，但现在已经过去三个小时了，师父还没有回复她。今天是周一，师父早上有课的，不可能没看到微信。

景黎不禁想起自己和师父刚认识时，有一回他也是不回自己的微信，也不知怎么就生气了。

她仔细回想了一下昨夜的电话。

蓦然间，她后知后觉地想起一件事。

昨天她和师父打电话的时候，费桦出来和她聊了几句，师父似乎问了句酒店自助餐的事情。她记得师父本身就不太喜欢费桦小弟弟，之前她夸费桦小弟弟的露娜打得牛师父还吃醋了。

这么一想，景黎顿时有点儿紧张。

她不想让师父误会什么，哪怕一点点误会都不想有！

她又给师父发了条微信："师父吃午饭了吗？"

结果师父没回！

五分钟了！他都没回她！

景黎决定打个电话过去，没想到师父居然关机了！她顿时满脑子都是她师父是不是不高兴了啊？她师父是不是误会她和费桦了啊？她师父是不是觉得她有别的男孩子啦？

可尽管这么想，她内心又有一点点窃喜。

如果师父真的是因为她和费桦的事情而生气不理她，那是不是说明师父心里对她有独占欲？

这还真是甜蜜又烦恼的折磨啊。

酒店的位置和吃饭的地方横跨了两个区，加上堵车，开了半个小时离目的地还有一大段距离。费桦一路上很沉默，若是换了别的人，景黎一定会想尽办法扯话题以免尴尬和不自在，但费桦小弟弟这种情况比较特殊，她只能装聋作哑。

过了许久，费桦问："是锦鲤大王？"

景黎愣了下，有些没反应过来："什么？"

"小姐姐的心上人是狼腾的主播锦鲤大王？"

景黎下意识地想问一句"你怎么知道"，可是话还未到嘴边，又忍不住说了句："嗯，我超喜欢他的！他虽然有时候有点儿小气，但是我觉得小气得可爱，在我眼里他闪闪发亮，耀眼得不可方物。"

费桦不高兴地说："我想和他单挑，用露娜solo（单挑）。"

景黎说："不行的，这本来就是一场没有意义的solo，无论输赢我都喜欢他。"说着，她瞅了费桦小弟弟一眼，又道，"你不许欺负我喜欢的人，我很护短的！再说，我师父的露娜无敌。"

费桦倔强地说："我不服，打不过我没法让我服气。小姐姐，让我和他单挑一场，输了我心服口服。"

景黎哭笑不得，只觉眼前这个小奶狗真是小孩子气到极点了。

她认真地拒绝道："不行。"

车子到达酒店后，景黎下了车。

费桦还是不死心，追了上来，和景黎一起走进酒店大堂，说："就一场！我要和你师父solo一场，我可以不打露娜。"

"不行。"

"那我拿我最菜的英雄出来。"

"不行。"

"万一锦鲤大王想和我solo呢？"

就在这个时候，冷不防有一个声音响起："和你solo什么？"此话一出，景黎顿时惊住了，险些以为自己出现了幻听。她缓慢地侧首望去，整个人又呆住了。

"师、师、师父？"

身材颀长又高挑的沈以原沉着张脸站在两人身侧，上半身是休闲款的白衬衫，扣子没有全扣上，露出了半截锁骨，带着几分诱人的慵懒味道。

景黎咽了口唾沫。

此刻，费桦的目光在沈以原身上打量，似是想起什么，他露出恍然大悟的表情。

这就是早有图谋的心机邻居boy！

费桦露出一个咬牙切齿的微笑："你就是锦鲤大王？"

沈以原说："solo什么？"

费桦："单挑露娜，敢吗？"

沈以原哼笑一声道："行，直播间solo也无所谓，时间除了今天之外都可以，你来定，定了告诉我的小徒弟。"他气定神闲地又说，"现在请不要打扰我们师徒俩，再见。"

说着，他拉住景黎的手往电梯间走去。

景黎呆若木鸡，本来还沉浸在师父蓦然出现的惊喜中，现在整个人又沉浸在"啊啊啊两人牵手了"的心跳加速中。电梯里没有其他人，她一直低着头望着两人相握的手，脸颊上浮起一片红晕。

许久过后，鸦雀无声的电梯间里才响起沈以原的声音："你住几楼？刷房卡。"

景黎反应过来，从包里掏出房卡刷了下，电梯才正常运行。她也终于找回自己的声音，问："师父，你怎么来了呀？"说着，她又瞄了眼两人的手，心脏怦怦怦地跳。

"过来找你。"

"啊？找我？"

他扭过头，直勾勾地看着她，本是相握的手在细微的扭转之下变成了十指相扣，他面不改色地说："我担心我来晚了，你被费桦抢走了。"

景黎的心脏快要跳出来了，扑通扑通，仿佛有什么呼之欲出。

她颤抖着声音，说："师父，我不会被抢走的呀，我又不会认他当师父。我的师父只有你一个。不、不是有句话说一日为师终身为父吗？我不会再认别的师父啦。"

电梯楼层到了，叮咚一声，门打开来。

沈以原牵着景黎走了出去，问："哪间房？"

"8035……"

走廊上铺了厚厚的一层纹路繁复华丽的地毯，踩在上面软软的，景黎觉得一定是地毯太软，她的脚才会这么轻飘飘的。等两人走到8035门口的时候，沈以原终于站定，定定地看着她。

他说：“抱歉，我刚刚表现得不太符合我的想象，可不可以重来一遍？”

景黎愣了下，问：“什么？”

“我申请重来一遍，从你问我怎么来了那里开始。”

景黎也很配合：“师父，你怎么来了呀？”

沈以原一字一顿地说：“我怕我来得晚，也怕电话里说没诚意，所以现在想当面问你一句，能不能当我的女朋友？”

“可、可以！”

午睡起来不久的喵喵接到了自家好友景黎的电话。

一般而言，两人有事都是网上联系，打电话的话肯定是万分火急的事情了，所以喵喵瞬间没了睡意，紧赶慢赶地接了电话。未料她刚接通，手机那头就响起了超高分贝的声音——

“啊啊啊——喵喵！喵喵！喵喵！喵喵！我要疯了！我真的要开心疯了！哇，你说老天爷怎么对我这么好呀？我是不是在做梦？我刚刚掐了自己两下，还挺疼的，不是做梦，也不是我脑补的剧情。哦不，我肯定脑补不出来这样的剧情，这一定不是做梦，一定是真的。啊，老天爷对我这么好，肯定是我平时做太多好事了！下次遇到需要帮助的人，我也要努力帮他们！”

真不愧是多年好友，在一堆毫无主题并且啰唆的话里，喵喵一下抓住了重点。

“脱单了？和你师父？”

“对！”

手机那头响起窸窣的声音，喵喵问：“你在床上？你师父也在？”

“没有！他回S市啦。我就是太高兴了，刚刚在床上蹭了下枕头！你不要想些污的东西！”

喵喵觉得好笑：“现在大白天的，到底是谁在脑子里‘开车’？”顿了下，喵喵放下手里头的工作，找了个舒适的姿势，又问，“刚确定关系他就回S市？”

“他晚上有考试，不能逃。”

景黎趴在柔软的床褥上，眉眼弯成了月牙儿，又说：“哎呀，喵喵，你听我讲，我师父真的超可爱的！他……”景黎从沈以原出现在酒店大堂那一刻起，事无巨细地告诉了喵喵。

喵喵问：“所以，你们确定关系后你就送他去机场坐飞机了？”

景黎说：“哎，坐出租车的时候也很甜的，他牵着我的手，十指相扣那种！一直没有放手！送他过安检的时候，他那眼神里写满了不舍得！如果不是该死的考试，我们今晚还能一起吃晚饭呢。”

喵喵说：“哦，我以为你想说滚床单。”

“哪里有这么快，我们今天才确定关系呢。”

“你脑补过吗？”

景黎脸红：“你真讨厌！”

喵喵忍不住笑：“滚了和我说啊。”

“好的、好的！”

此刻，喵喵却话锋一转，语气无比认真：“景黎，你谈恋爱了我真的特别高兴，我们认识这么多年了，我一直希望你能找到一个你喜欢对方，对方也喜欢你的人，我特别希望你能幸福，但是我有一件事要郑重地告诉你。”

她停顿了一下。

“如果他欺负你了，就算你护着他，我也要叫上我的一百个兄弟打到他生活不能自理。”

“他欺负我了，我才不会护着他！你尽管打！打死了算我的！”

这是景黎人生中的第一次恋爱。

景黎很久以前想象过自己恋爱后的模样，一定是个冷酷的小姐姐，尽管粉红泡泡能溢出心脏，也会不动声色。即便想和对方黏在一起，她也不会主动，而是想方设法地让对方黏上来。

景黎一直觉得自己虽然拥有软萌妹子的身体，但内心住着一个挥舞小鞭子的高冷女王。

毕竟她是个狮子座女生。

尽管这句话被众多好友诟病，可景黎还是觉得自己就是这模样。直到此时此刻，景黎才不得不服，人有的时候真的不能很好地认清自己。

什么高冷女王，什么冷酷小姐姐，她现在就是个满心满眼都是自家男朋友、自家师父，巴不得一天二十四小时都可以黏着他的女孩儿。

距离两人分开才三个小时，景黎已经第十次上搜索引擎查看她男朋友的航班了。

她现在真的很佩服她家闺密纱纱和周哥，去年居然异地相恋了半年。

她和师父异地相处三个小时都受不了了。

不想工作，她只想谈恋爱，只想和师父玩。

六点整，从G市飞往S市的航班终于降落，搜索引擎上都出现托运行李口了，景黎开始眼巴巴地看着手机，等师父给她发信息。果不其然，不到三秒钟，师父就打来了电话。

“到了吗？”

“刚下飞机。”

“这个点S市蛮堵车的，师父，你回去会不会赶不及考试？师父，你应该等考完试再过来的，万一挂科了怎么办？万一毕不了业怎么办？”虽然景黎只当了人家三个小时的女朋友，但是已经开始操起小媳妇的心，正忧心忡忡时，耳畔却响起一句：“一个晚上也不想等。”

沈以原自身的声音和直播时是有差别的，直播时的声音经过了处理，更像少年音，说起鬼话来，宛如一个意气风发的少年郎。而沈以原自身的声音偏低，尤其是压着嗓子说话时，低低沉沉的宛如低音炮，轰地就炸响了。

尤其是此刻说着这样的情话，景黎觉得耳朵发烫。

她的声音都不由自主地小了几分，带着一丝撒娇：“那你在飞机上复习了吗？”

“学霸不需要复习。”

景黎知道自家师父是学霸，但是没想到他这么自信。但她转念一想，此刻的沈以原又有几分直播时的风格了，在王者峡谷里自信得不要不要的，所向披靡。

“那你在飞机上是补觉了吗？今天这么早的飞机，你应该没怎么休息吧？昨天我看你的粉丝说，直播得挺晚的。”

“我在思考一个问题。”

“咦，什么问题？”

手机那头隐约可以听见机场里的通知广播，景黎都能听见前往某地的某某航班即将起飞，声音特别大，但很奇怪的是，此时此刻，她却可以自动屏蔽掉这些声音，耳里只有她师父轻微的呼吸声。

她又忍不住笑弯了眉眼，总觉得两个人不说话时，也很美好，具体说不上哪里美好，可是全身的每一个细胞都知道很美好。

“我昨天出门去4S店了。”

景黎微微一怔，没想到他沉默半天后会冒出一句这样的话来，她接上：“哎？”

“我打算买车，以后我们约会也方便点儿。我刚刚在飞机上挑了几款，等会儿我发你的手机上，你看看喜欢哪一款。”

什么？

他们是在说买车？还是去市场上买菜？

景黎有些反应不过来，重问了一遍：“买什么？”

沈以原说：“车。”

景黎这一回总算确认了，不由得咽了口唾沫，说：“我对车真的没什么要求，你看着喜欢就好了呀，我对车真的没什么研究，你也知道女孩子就喜欢看外观，长得好看就可以忽略很多性能。师父，你还是找专业人士咨询一下吧，毕竟买车不是去超市，是个大件。”

“我对车也没要求，所以才问你。”

景黎一愣。

沈以原又说：“毕竟以后最常坐车的人是你，以你的喜好为主。”

景黎说：“万一我喜欢粉红色的呢？”

沈以原的声音听起来有点儿苦恼：“也不是不可以，我会努力接受别人打量的目光。”景黎的语气是在开玩笑，但他的语气显然是经过零点五秒的慎重考虑，并且他做出了让步。

景黎都来不及说自己开玩笑，沈以原又说：“手机和充电宝都没电了，充电后再和你说……”

说完，通话正好结束。

景黎回味着刚刚的聊天内容，又忍不住把脑袋埋进了软绵绵的枕头里。

嗷，咋办，每一句话她都觉得好甜，甜得她一周不用吃甜品了。

景黎今天真的跟个乖巧的小媳妇一样，和自家新上任的男朋友结束通话后，立马去戳喵喵秀恩爱。秀完恩爱后，她连酒店的餐厅都不想去，直接喊服务员送了餐食上来，还边吃边留意着手机。

等吃过晚饭后，歇了半个钟头，她又把手机带进浴室里洗澡。

洗过澡后，她边敷着面膜边躺在床上继续等待，其间心不在焉地刷了下微博和朋友圈。以前看到别人秀恩爱的段子，她只觉得：哇，都没她写的甜。现在看到别人秀恩爱的段子，她就会觉得：哼，都没她师父和她甜。

他们是宇宙最甜！

今天打从见到师父的那一刻起，她就觉得自己的身体里灌满了糖果化成的汁水，原以为会随着师父的离开，两人暂时异地消停一会儿，未料却随着时间的推移，越发齁甜。

等到十一点的样子，她终于等到了师父的微信语音。

她忍不住撒娇说："师父，我都等你三个小时啦，你考完试了吗？考得怎么样？现在回家了吗？"

沈以原很有耐心地一一回答，最后才说："已经到家门口了。"

景黎说："师父呀。"

沈以原："嗯？"

景黎说："我今晚睡不着怎么办？明天还要早起呢。"

沈以原那边顿了下，问："你戴耳机了吗？"

景黎说："没有，我现在戴？"

"嗯。"

景黎下床，在行李箱里找到了她的降噪耳机，戴上后，又乖巧地说："好啦，怎么了？"

那边响起了关门的声音和一阵急促的脚步声，没多久，耳机里又陷入一片安静，很快，响起了沈以原刻意压低的声音："哄你睡觉。"

景黎问："你要给我唱摇篮曲吗？"

"不，给你数羊。

"嘘。

"一只羊、两只羊、三只羊、四只羊、五只羊、六只羊……"他越数到后面，声音越发沙哑低沉，越到后头，声音便越轻，最后只剩一阵气音。

景黎心如鹿撞，他每数一只羊，她的心脏便重重地扑通一下，那一刻只在想，糟了，她可能已经不是喜欢师父这么简单了，她好像陷得不能自拔，一万个复仇者联盟的英雄都拉不出来她的那种。

F大附近有一条美食街，林林总总的各地菜肴比比皆是。这边是大学的集聚地，周遭除了F大之外还有四所大学，名副其实的大学城。这边的美食街因为地理位置好，生意好得不行，尤其是到了饭点，若想占个好席位还得预订，特定的店家还不许电话或网络订位，非得自己前来拿号排位。

被指派了订位服务的简鹏以及另外两位室友取了号在外面等待。

这是一家烤肉店，店面不小，里面能容纳二十张桌，但因为烤肉的味道极佳，饭点前半个小时已经有人陆续在门口取号排队。

夏天的S市宛如一个大蒸笼。

简鹏热得额头直冒汗，说："这什么鬼天气，也太热了吧。老大是不是不安好心，非要让我们来这里吃烤肉！"

老三一个眼刀子飞了过去："是谁听到请吃烤肉就屁颠颠地举手说要去排号？还说怕排不到把我和老四也拉了过来？"

老四热得已经不想说话了，只能冷飕飕地看了眼简鹏。

简鹏连忙转移话题："今天的风真是……大啊。"

老三说："大个屁，没风。"

老四说："我以为你叫我们俩出来一起排号是想探讨一下老大今天傻得冲天的举措。"

今儿个上课，寝室四个人坐一排，都在后排。

他们老大的目光就黏在了手机上，一直没移开。他追求邻居徒弟小姐姐时，他们都知道老大隔三岔五就要看一下手机有没有回复信息，有的话，能高兴上半天，没有的话，眼前的书本仿佛仇人。

他们几个看得都心凉。

但今天确实很不一样……

寝室三人互望几眼，顶着火辣辣的正午阳光，说："老大放荡不羁的气质以前是内敛的，现在是外放的，他走路都像开屏的孔雀。"

老四说："老大追邻居徒弟小姐姐后基本上和我们没交流，今天忽然说请我们吃饭，吃的还是这家烤肉，我觉得……"

简鹏一锤定音："唉，我们的戏精老大真是没救了，这一次又不知道脑补了什么。怎么办？我觉得以后我们老大学区房呀，车呀，车位呀都买好了，另一半可能还活在他的脑子里。"

身为戏精boy三人群里的两位重要干部——管理员，表示了对群主的赞同。

老三："等会儿老大要是说漏嘴了，我们先别拆穿他。"

老四："好，等老大结完账再拆穿。"

三位重要骨干人员展开了一系列吃烤肉时拯救老大的颜面和脑洞的补救方式后，他们的老大终于在叫到号时掐点准时来了。烤肉店里开了大空调，凉爽得不要不要的。

姗姗来迟的沈以原坐在角落里，笑容可掬地说："今天我请你们吃午饭，尽管吃，随便点，吃不完打包晚上吃。"

简鹏说："我以为老大你会说吃不完就扔了。"

沈以原说："要节俭，生活艰难，赚钱艰辛，你们这些还没有出社会的人不懂，房子、车子都很贵，尤其是好的学区房。"

听到学区房，简鹏和两位室友互望了一眼。

好了，戏精boy可以改名学区房boy了。

不知道老大究竟脑补到哪一步了？

据说车子他都挑好了。

先别管，他们把贵的五花肉、护心肉、牛肉都点了再说。

四个大男孩儿点了一盆又一盆肉，除了包着吃的生菜之外，其他蔬菜一律没点。服务员问要不要来点儿其他的，简鹏把菜单递给了沈以原："老大，听你的。"

沈以原埋头看了眼菜单，问："你们的海鲜汤辣吗？"

服务员说："不辣的。"

简鹏说："老大你咋了？你来这家店从来不点跟海鲜沾边的东西的。"

沈以原又问："这杯饮料图片和实物一样吗？"

服务员："一样的。"

沈以原："再要一份海鲜汤，和这杯夏日么么茶。"

简鹏和两位室友如同见鬼："老大，你什么时候吃这么女孩子气的东西了？你不是只吃辣的东西吗？而且都不喝饮料的，平时让你喝杯可乐你都嫌弃。"

沈以原说："现在不一样。"

简鹏、老三、老四：又来了，我们懂，不说。

没多久，烤肉和生菜也上来了，包括沈以原点的海鲜汤和那杯颜色艳丽得就不该出现在四个男孩子的饭桌上的东西。他们三个人直勾勾地看着他们家老大，再度露出见鬼的神情。

呃……他们的老大拿起手机，给颜色艳丽的饮料拍了一张照片，又给海鲜汤拍了一张，还让他们挪开一点儿，又给几盆大肉拍了一张。

简鹏："发朋友圈？"

沈以原："发给我女朋友。"

简鹏忍不住道："老大呀，你知道女朋友的定义吗？对方假如没亲口点头答应，那就不算女朋友，给你一个眼神自行领会的也不算，还有……"

老三、老四一把拉住简鹏。

"别吵，吃饭，老大，您拍。"

三人埋头苦吃。

沈以原倒是不急，把照片给自家小徒弟发过去后，才吃了起来。没多久，他的手机来了信息，他放下筷子，又回了一下。短短五分钟里，他这样重复了四五回，一回要比一回像花里胡哨的孔雀。

简鹏还是没忍住："老大，你知道如果对方和你在暧昧期，不停地发信息也不算男女朋友吗？"

沈以原慢悠悠地说："知道。"

老三、老四再度拉住简鹏，用眼神示意。

啊喂，你没见到老大的手机都装了沈姓宝宝名字大全的App了吗！

简鹏用眼神指责他们：为了一顿烤肉，你们的脸都不要了！

然后，简鹏愤慨地吃了最多的烤肉。

结账的时候，他们这一桌吃了七百多人民币，老板还特地送了两张满三百减五十的优惠券，沈以原接过了。

简鹏纳闷："老大，你以前有优惠券的时候不都给我们的吗？你又不住在学校这边，还没我们来这里吃得勤快呢。我下次带倩倩妹子过来吃。"

沈以原说："周五晚上，你们谁来这里排队取号？"

老三："又来吃吗？"

老四："可是老大，你晚上不是要直播吗？"

沈以原说："我刚刚给我女朋友看了照片，她想过来吃，顺便见见我的室友们。"微微一顿，他露出一丝骄傲的笑容，"当然不中午吃了，现在什么天气？我家小徒弟的皮肤很珍贵的，晒伤了怎么办？"

虽然这话听得很让人想给老大套个麻袋揍个十万八千遍，但是他们忍了。

简鹏问："真的是邻居小姐姐？"

老三问："小姐姐真的答应你了？"

老四："能详细地描述一下当时的情景吗？"

沈以原说："我问她可以当我的女朋友吗？她说可以。"

简鹏："……"

老三："……"

老四："……"

不可能！

沈以原说："不是说了我追到我的小徒弟请你们吃饭吗？好了，已经算请了，以后别再念叨。我下午没课，准备回家开直播了。"他刚要起来，就被简鹏拉住。

"等等，老大！邻居小姐姐真的说可以吗？"

沈以原说："你们这几个小年轻脑袋跟清风战队那个乳臭未干的小屁孩儿一样，不灵光。我会拿这种事骗人？你们等一下。"然后，沈以原低头在手机上发了什么，约莫两分钟后才抬起头说，"我女朋友跟我视频，你们躲远一点儿。"

微信视频跳了出来。

简鹏几人虽然对着手机背面，却听到手机里响起邻居小姐姐软甜软甜的声音："师父，刚刚的那杯饮料好喝吗？"

"还行，我觉得太甜，但你应该会喜欢。"

"哇，我男朋友真棒，还给我试饮料了！"她顿了顿，却悄悄地压低了声音，但隔得不远的几位巨大电灯泡都听得一清二楚，"师父、师父，我有点儿想你啦。"

而面对几位巨大的电灯泡的沈以原面不改色地说："嗯，我也很想你，后天我去机场接你。"

简鹏：仿佛成千上万吨的"狗粮"砸来。

老三：老大贼黑心，一顿烤肉就把我们解决了。

老四：谈恋爱的人真恶心！邻居小姐姐一定是眼瞎了！

五分钟后，沈以原挂了视频通话，抬头对三位室友说："我女朋友真的超可爱！"

简鹏、老三、老四：够了！

景黎是第一次谈恋爱，也是第一次见男朋友的朋友，没什么经验，不知道具体要怎么相处。让她写，她可以写得头头是道，活脱脱一个身经百战的知心情感姐姐，但真让她自己去实践，那又是另一回事了。

景黎有点儿苦恼。

她打电话向喵喵求助，说自己有个苦恼，岂料喵喵反问她："你和你男朋友接吻了吗？"

景黎："……"

喵喵："什么？还没有？你也太慢了吧。"

景黎："我们确定关系一周还不到啊，而且前五天我们还是在异地！昨天他还有课！晚上还要直播呢。"她嘟囔着说，"但我家师父啊，每晚都哄我睡觉！"

喵喵冷笑："语音哄？你们不是邻居吗？"

景黎："哎哟，慢慢来，不着急，接什么吻！我一点儿都不期待好吗？"

喵喵："摸着你的良心说话。"

景黎摸着良心说："你真讨厌！"

两个人插科打诨十分钟，挂了电话后，景黎把自己打电话的初衷都忘记了。没多久景黎准备出门了，虽然离约定的时间尚早，但S市上下班高峰很堵。未料开了门后，她却见到她家男朋友站在门口。

她愣了一下："不是说在你们学校碰头吗？"

沈以原说："怕你不认得路，我回来接你过去。"

景黎记得她家男朋友的课程表里今天的最后一堂课上完是四点多，他几乎是一下课就往家里赶了。她说："我认得路的，你忘了吗？我去过你的学校开讲座的。"

沈以原说："我知道。"他一顿，又说，"我赶回来的话就能更早见到你，一天里见你的时间又多了一点点。"

景黎又心如鹿撞了。

哇，她真觉得她的师父现在越来越像锦鲤大王了，给她撒糖毫不犹豫！比她文里的男主角还要懂得撩妹！

两人下楼的时候还是喊了出租车。

前几天沈以原在4S店里买了车，还咨询了能不能改成粉色，让工作人员弄了模型给他看，他发给他家小徒弟后遭到了拒绝，最后挑了款式简单大气的黑色四座轿车，全款买的，倒是不贵，三十五万左右，还有几天才能提车。

两人在小区门口等车，手牵着手，小锦鲤终于想起前不久困扰自己的问题，捏了捏他的手，哎了声，才说道：“我需不需要给你的朋友买礼物？”

似是想到了什么，她又说道：“我没有跟男朋友的朋友相处的经验，等会儿我要是说错了什么，你要帮我圆回来。”

沈以原正在摆弄手机，闻言，抬头说：“不需要，你去见他们就是给他们最好的礼物。”他皱着眉头说，“你放心，我的朋友都很好相处的，你不会说错话。”

他家小徒弟会说错话吗？不会！即便有，那也肯定是简鹏他们的错！

他女朋友居然还会担心这一点，也太可爱了吧！

景黎应了声。

她仔细想了想，也不是没跟他们吃过饭，之前和费桦小弟弟吃饭时，师父和他的室友不也都过来了吗？虽然那一顿晚饭时间里，她没怎么说话，全程都是他们在聊天，但是他们确实挺好相处的。

就在此时，余光不经意地一瞥，她正好见到了沈以原手机屏幕上的微信对话框，是费桦的。

她不由得一怔，对上师父的目光，轻咳了声，说道：“呃，我不小心瞄到的，不是故意偷看的！”

沈以原把手机都递给了她。

她又是一怔。

沈以原一本正经地说：“查看男朋友的手机，是女朋友的福利。”

景黎倒是没查看的想法，一直觉得两个人虽然是男女朋友，也很想很想一直黏在一起，毫无保留，可是明白两个人还是得有自己的私人空间。她摇了摇脑袋，说：“我肯定信得过你！”

似是想起什么，她又把自己的手机递过去：“师父你也可以看我的！”

沈以原没接。

景黎稍微松了口气，如果师父要看的话，看到她们作者群里的“开车”话题……哇，她真的要把脸面丢到姥姥家了。她赶紧转移话题，说：“你真要和费桦小弟弟单挑吗？”

沈以原淡淡地说：“有空就单挑。”说着，他又不动声色地抹黑了费桦一把，“他从直播平台那边加了我的微信，天天找我单挑，像个烦人的小屁孩儿。我这几天有课，晚上直播，单挑不了，找个周末再说吧。”

他把聊天记录给景黎看。

景黎看完后有点儿诧异，费桦真的很锲而不舍啊。虽然她知道他们这些职业选手也都是夜猫子，是没有白天的人，但费桦每天半夜两三点戳她的师父，用的都是“单挑”两个字！

真的很让她心疼啊！

她师父要睡觉要上课要直播要哄她休息，很忙的好吧！

景黎到达烤肉店后，发现沈以原的几位室友早已经在了，坐在角落的一张六人桌前，三个大男孩儿坐成一排，留了对面的位置出来。三个人交头接耳的，她和沈以原一到，三个人登时噤声，六只眼睛齐刷刷地落在她身上，不到半秒，整齐地起立。

“小姐姐晚上好。”

景黎本来是有几分紧张的，如今一见到这三个男孩儿才想起他们年纪不大，跟费桦一样，都是小弟弟。如此一想，那几分紧张就消失了，她笑眯眯地坐下来，和他们打了个招呼。

沈以原拿了菜单过来递给景黎，说：“你看看想吃什么。”

景黎把菜单递了过去，问：“你们想吃什么？”

三个人又齐齐地摇头，看起来很是拘谨。

都是单身狗，他们真的不知道要怎么和室友的女朋友相处。

沈以原说：“不用管他们，他们什么都吃，你点你喜欢的。”似是想起什么，他又说，“上次我吃的海鲜汤还可以，我等会儿给你点一份。”

简鹏被派出来做代表，狂点头。

“对、对、对，小姐姐不用管我们，我们什么都吃。”

话是这么说，景黎还是咨询了他们有什么特别的喜好，综合了一下，点了四五盘肉，又点了个蔬菜拼盘，当然先前她家男朋友给她试喝的饮料夏日么么茶也点了。

点完餐后，景黎担心男朋友的三位室友不自在，提出了五排匹配的建议。

毕竟玩玩游戏，气氛很容易就能活跃起来，他们也可以迅速熟络。

于是，五个人开始打游戏。

一局下来，气氛果然就活跃起来，本来有几分拘谨的三个大男孩儿开始说沈以原的“坏话”，向景黎哭诉平时他们老大有多欺负人。景黎听着听着，就看沈以原一眼。

沈以原都是故意板着脸，说一句：“瞎说。”

没多久，烤肉上来了。

景黎和朋友吃烤肉时，是属于喜欢照顾别人的角色，习惯主动烤肉，时时刻刻查看肉的生熟程度，如果熟了就会分别夹到朋友的碗里。等吃完了，她再进行下一轮。

所以她自然而然地拿起了夹子，正准备烤肉时，她身边的沈以原拿走她手里的夹子，说：“我来，你吃就好。”

景黎说：“我烤肉很厉害的！”

沈以原说：“你男朋友也很厉害，有我在，你吃就可以了。”

景黎闻言，眉眼微弯。

坐在对面的三个人默默地看了眼自家老大的举动以及眼神，互相交换了个眼神。

然后，三人先后拿起了手机。

“恭喜学区房boy喜提女朋友”聊天群里。

简鹏：“赌一箱辣条，老大以后一定是个老婆奴。”

老三：“没眼看。”

老四：“这恩爱秀得我吃不下烤肉了！”

简鹏：“我觉得老大看小姐姐的眼神里充满了无法压制的爱意。”

老三：“我觉得老大以后可能还会是个女儿奴。”

老四：“那天上课我看他在本子上写了几个女宝宝的名字……”

简鹏、老三：“真可怕！”

景黎并没有察觉到简鹏他们几个人的互动，本来沉浸在男朋友给她烤肉的喜悦中，到后来发现这家烤肉店的烤肉真的是太好吃啦，吃得她差点儿都忘记身边坐了个男朋友。

她拍了张照片，又发了个定位，然后发了条朋友圈。

“给你们安利这家烤肉店，是我目前为止吃过的最好吃的一家！”

她一扭头又和自己男朋友重复说：“真的好好吃！”

沈以原说：“喜欢的话下次再来。”

说着，他又给自己的女朋友夹了一片雪花肥牛。景黎也担心自己的男朋友只顾着给自己夹肉，海鲜汤上来后，立马给他盛了一碗。两个人仿佛自成一个世界，偶尔眼神碰触，空气里仿佛都飘着粉红的泡泡。

幸好对面的三个人此刻已经见怪不怪了。

毕竟他们家老大连女儿的名字都在考虑了！这些虐狗的粉红泡泡算得了什么！

过了一小会儿，氛围极佳的吃烤肉五人组里忽然有人惊诧地叫了声，捧着手机的简鹏说：“老大！倩倩妹子刚刚告诉我一件事！你快去看你的微博！”

景黎问：“倩倩妹子？”

简鹏说：“是我们的一个同学，也是锦鲤大王的粉丝！”

沈以原说：“少卖关子，什么事？”

简鹏自然是藏不住的，连忙说：“有人在微博上给你下了挑战书，@你了！我刚刚看了下，这才十分钟不到，转发都上千了。”

听到“挑战”两个字，景黎下意识地就想起了费桦。

她登了微博查看。

果不其然，费桦发了一条微博。

“@锦鲤大王，solo露娜来不来？”

底下一堆评论。

甜甜圈真的很好吃：“哇！有生之年可以见到两位男神solo本命英雄！”

阿离的意中人是李白：“锦鲤大王是谁？蹭我们家飞花的热度？”

大王家的小瓜皮：“要脸不？我们家锦鲤大王需要蹭热度？”

阿离的意中人是李白：“呵呵，看看粉丝数好吗？谁不知道我们家飞花是《王者荣耀》里的流量担当？一个十八线小主播？呵呵。”

景黎随意扫了几眼，发现底下的评论吵得热火朝天。

忽然，她觉得耳畔微热，坐在她身旁的沈以原不知何时靠了过来，低声说："我懒得开微博了，让我看看他说了什么。是费桦吧？"他离她太近了，说出来的话带着一股子热气悉数落在她的耳尖上。

她的耳根子瞬间就红了。

"他找你solo露娜，你要回他吗？"

沈以原漫不经心地看着微博，心里真正看到的却只有小徒弟红了的耳朵，看得他心痒痒的，想亲，还想咬一口……

沈以原太久没回她，景黎忍不住微微侧首："嗯？"

沈以原说："都可以，我听你的。"

"恭喜学区房boy喜提女朋友"聊天群里。

简鹏："他们是不是真的把我们当作不存在了？"

老三："不是真的，本来就是。"

老四："我想给飞花点一根蜡烛，他的挑战书给情敌助攻了。"

简鹏："真可怜，他们都完全没把挑战放在心上……"

老三："是不是我们不在的话，他们可以滚起来了？"

老四："识趣点儿吧，我们早点儿吃完早点儿滚，再来一盘五花肉吧！"

景黎思考了很久，也没想好要怎么让师父回费桦小弟弟的这条微博。事情闹到微博上，就不是两个人的事情了，尤其是他们两个人在网络上都是颇有名气的人，而费桦还是《王者荣耀》里的流量担当。

两个人solo的话，其实从人气方面来说，不管输赢对师父都是好事。毕竟站在客观的角度来看，她师父虽然人气不低，但是比起费桦小弟弟还是差得有点儿远。费桦背后有团队营销，加上职业赛冠军带来的光环，微博上的女友粉太多。

然而，如果师父答应了solo，万一输了呢？

她不是对自家师父的实力没有信心，可是游戏嘛，都是有输有赢的。

而且像费桦这样的流量担当，会有很多不带脑子的粉丝，即便她师父

solo赢了，肯定会有人去师父的微博底下骂他的。先前在G市和费桦偶遇，费桦发了微博@她后，她只礼貌性地回复了，然而也有费桦的女友粉来私信里骂她勾引费桦。

她倒是无所谓，写文这么多年遇到的奇奇怪怪的粉丝不要太多，可是她不想别人这么骂她的男朋友!

这么一想，景黎越来越纠结，开始很嫌弃费桦了。

忽然，沈以原开口："你看起来很纠结。"

景黎说："是很纠结啊，费桦把事情搬到了微博上，就不是两个人solo这么简单的事情了，得从很多方面考虑了啊。万一处理不当，会对师父你的直播生涯有影响的！"

沈以原没想到他的小徒弟居然想得这么长远，一时间被感动得只想抱住她亲。

为他着想的小徒弟真是太可爱了。

他想狠狠地亲她一口。

他伸手摸了摸她的脑袋，说："小事而已，十分钟解决。"

第七章

甜蜜的磨合

他知道能写很多很多的书的女孩子都有一颗细腻的心，而眼前这个可爱到爆炸的女孩儿亦有一颗细腻到极致的心脏，令他的心时时刻刻柔成一潭月光下的水。

景黎刷新了一下微博，很快就看到她的师父在费桦小弟弟的微博下发了条评论——

“上游戏。”

尽管费桦小弟弟的微博评论多得数不胜数，可锦鲤大王的评论不到一分钟就出现在热门评论里，底下还有许多人回复锦鲤大王。景黎没有心思看，倒是有些担忧，侧首一望，沈以原已经打开了《王者荣耀》。

“晚上我带你逛学校。

“我们学校有一条路很好看，我想你会喜欢的。

“尽头还有一家甜品铺子，有你喜欢的草莓蛋糕。”

他眉眼平静，仿佛胜券在握，那种发自内心的自信令她又见到了那个称霸王者峡谷的锦鲤大王，内心瞬间就有了安全感，满满当当的几乎能将她淹没。

她登时就不担心这事了，相信她师父一定可以处理得很好。

她弯眉笑了下："好的呀。"

对面一直被喂"狗粮"的三人组看在眼里，相当识趣地默默告辞，给他们留下了二人空间。而两人等了半天，却迟迟没等到上线的费桦。景黎又上微博看了下，费桦已经回复了沈以原的评论："十分钟后见。"

她微微一怔，给沈以原说："他说十分钟后见，现在过去不止十分钟了吧？"

沈以原看了眼时间，果断表示："我不等迟到的人，我带你去逛学校。"

景黎再度把费桦抛诸脑后，又说："好的呀。"

她说这话的同时，心里头又隐隐有了几分期待和害羞。

她念大学的时候没有谈恋爱，但有时候会期待，想象和自己喜欢的人漫步在校园里，牵着手，在没有人的地方偷偷地亲一下，然后再亲一下，又亲一下，最后恋恋不舍地分开的场景。

她一想到这里，小心脏又开始怦怦怦地乱跳，先前因为费桦的事产生的焦虑和担忧早已消失得无影无踪。

然而一分钟后，这样的焦虑又出现了。

两人结账离开，走到烤肉店门口的时候，迎面走来一个戴着棒球帽和墨镜加口罩的男孩子。男孩儿身材高挑，但这样的装扮在夜里格外瞩目，尤其对方还站在他们俩面前不动了。

对方将墨镜半摘下来，迅速露出一张景黎所熟悉的脸，然后把墨镜又戴了回去。

"单挑。"

景黎蒙了下，问："你怎么知道我们在这里？"

费桦说："我看到你的朋友圈定位，猜到你们在一起。"顿了顿，他又对沈以原说，"我正好在附近就过来了，我们当面单挑，用一样的网络，免得你输了怪网络不好。"

景黎想打死费桦的心都有了。

他还能不能让人好好约会了！

她望向沈以原。

沈以原微微沉吟，说：“附近有个网吧，我们去网吧里打一局，输了你就别再来烦我。”说着，他牵上景黎的手，往另一边走去。景黎瞄了眼两人相握的手，小声地说：“师父，我给你加油。”

沈以原说：“好。”

费桦看了看两人，咬着牙也跟了过去。

没多久，三个人到了网吧，挑了角落的位置坐下。

沈以原开门见山地说：“一局定胜负，单挑，用一样的英雄，什么都可以，露娜也行。”

费桦在心里冷笑了一声。

其实他真不明白景黎小姐姐喜欢这个心机boy什么，长得一般般，年龄又大，都二十六了还只是一个小主播，赚的钱肯定没他多。对方打游戏是有那么点儿实力，虽然有很多国服，但现在哪个主播没有国服傍身？呵，直播的时候还不露脸，声音也要经过处理，这人这么见不得光肯定是心里不自信，能追到景黎小姐姐一定是用了见不得光的手段。

他今天就要让这人见识一下职业露娜的厉害。

他说：“一局定胜负就一局定胜负，我单挑没输过。”

沈以原说：“我输过。”

费桦愣了下，倒是没想到沈以原会接上一句这样的话。这人不是一直走狂妄自大的路线吗？怎么突然间走谦虚低调路线了？正当他这么想的时候，沈以原忽然淡淡地笑了，说：“我和我女朋友solo过，我输了。”

景黎撇嘴说：“你哪里是输了，明明是你的兵线都在推我的水晶了，你自己按了投降。”

沈以原说：“1对1只看结局，不看过程，再说输给你我心甘情愿。”

费桦：“……”

你能不能别再秀恩爱了，等会儿打爆你的狗头。

在费桦想着打爆沈以原的狗头时，沈以原也是一样的想法，早点儿打死这个烦人的小屁孩儿早点儿跟他家小徒弟过二人世界。于是两个人一开局都打得贼凶狠，但不可否认的是，两人实力相当，不管是哪一方都不带任何水分。

高手过招，自然是漫长的，尤其是两人都巴不得对方死，注意力百分百集中。

十分钟过去了，二十分钟过去了，三十分钟过去了……两人硬是没有出现半点儿失误，甚至两座塔都好好的。直到第三十五分钟的时候，焦躁的费桦出现了一丝破绽，沈以原捕捉到了，用了召唤师技能净化，令费桦空了大（游戏术语，指技能放空，没有打中人）。

空了大的露娜宛如一个任人宰杀的超级兵，尽管费桦想尽办法往塔里躲，可也禁不住沈以原的越塔强杀，接着短短几十秒内，沈以原的露娜带着兵线迅速推了费桦的水晶。

“胜利”与“失败”的音效同时响起。

沈以原微笑道：“承让。”

费桦忽然一动也不动地盯着他，仿佛听到了什么可怕的话一般。

景黎生怕他不服输地拉着她家师父再来一局，连忙说：“游戏输赢很正常的啦，你们打比赛也是有赢有输的，享受高手过招的过程就好了，时间……”

费桦却打断了景黎的话，紧皱着眉头，用一种奇怪又复杂的眼神看着沈以原：“你几岁了？”

沈以原说：“二十六。”

费桦说：“和我打一局《英雄联盟》，打完我就撤，我和你双排。”仿佛怕沈以原不答应，他又说，“我保证这一局打完，我以后一定不烦你，也不会纠缠小姐姐。”

沈以原望向景黎，显然在咨询景黎的意见。

景黎说：“一局哦，就一局。”

“可以！”接话的人是费桦，仿佛打了鸡血似的，整个人有种跃跃欲试的兴奋感。这令景黎相当不解，并且有一种微妙的感觉。是她的错觉吗？她怎么觉得费桦小弟弟看她家师父的眼神里有股……炙热？

《英雄联盟》的一局游戏时间比《王者荣耀》要久得多，尽管景黎没玩过，可是这两个游戏的玩法差不多，都是推塔，所以她还是看得懂的。最关键的是，她师父的《英雄联盟》水平显然极高，像玩《王者荣耀》一样，很轻松地就带起节奏来，不到半个小时就结束了游戏。

费桦直勾勾地看着沈以原。

沈以原说："说话算数。"

费桦："没问题！我很懂事的，小姐姐喜欢的是你，我知道的。你打赢了我，我心甘情愿地祝福你们……"微微一顿，他似乎还想说些什么，可又一副欲言又止的模样，老半天都没说出半个字来，只直勾勾地盯着沈以原。

景黎说："谢谢祝福哦！时间不早……"

话音戛然而止，她居然看到费桦兴奋地涨红了脸，眼里迸发出亮光来。

景黎："……"

沈以原说："现在甜品店还开着，还想吃草莓蛋糕吗？"

景黎回过神，说："好呀，那我们现在去？"

"嗯。"

景黎临走前又看了眼费桦，礼貌地说了句："我们先走了。"

费桦小弟弟没有理她，而是说："原哥再见。"然后他挺直背脊，目送着两人离开。景黎走到网吧门口的时候，又扭头看了一眼，正巧见到费桦露出了一脸幸福的笑容。

周五学生们晚上基本没课，将近十一点的校园安静得仿佛即将沉睡，今天天气格外好，能在夜空里见到久违的星星。

沈以原牵着景黎的手在湖边漫步，许是夜晚太过寂静，两人都没怎么说话。

景黎有一点点走神。

因为费桦。

他今晚真是太奇怪了！现在的小孩子心思都这么难猜的吗？而且来自女人的第六感，她察觉到了危机。至于是什么危机，她现在不好说，但还是有一点点在意啊！

"在想什么？"

冷不防地，身边的沈以原冒出一句话。

景黎回过神，很自然而然地就嘟囔着说：“我觉得哦，费桦小弟弟今晚有点儿不对劲，他看你的眼神特别奇怪。怎么形容呢？好像一个酷爱甜品的人看到一块美味的蛋糕？还是说……”

手心倏然被捏紧，她的话音戛然而止。

她抬眼，怔怔地问：“怎么了？”

沈以原说：“没事，就是想捏你的手。”

景黎闻言，又瞧了他一眼，低头看了下两人相握的手，忽然就不走了。湖边有风吹来，拂起她的长发，露出一只圆润粉嫩的小耳朵，她垂着头，似是在想什么。

沈以原问：“怎么了？”

景黎软软地喊了他一声：“师父。”

“嗯？”

“你是不是不开心呀？你不开心可以和我说哦，不要藏在心底，我想当师父的小太阳！”

沈以原没想到景黎会突然说出这样一番话来。

他知道能写很多很多的书的女孩子都有一颗细腻的心，而眼前这个可爱到爆炸的女孩儿亦有一颗细腻到极致的心脏，令他的心时时刻刻柔成一潭月光下的水。

他忽然说：“我没有不开心，只是不想你提费桦。”

他很一本正经地说：“我刚刚是吃醋了，没有不开心。还有，你不用想，你现在就是我的小太阳、小月亮、小锦鲤、小宝贝……”

沈以原都不知道自己能说出这样腻歪的称呼。

要知道放在以前，他听到有情侣这么喊会觉得别人有病，能不能好好地说话？名字是用来喊的，不是摆着看的。可是现在，他只想把所有腻歪的称呼给身边的小徒弟，甚至觉得这世界上一切美好的东西都及不上此刻他身边的女孩儿，喊小心肝都有点儿不够了。

景黎有些面红耳赤。

师父压低声音喊人小宝贝的时候，太撩人了，话音未落她就觉得自己的身子酥酥麻麻的，像是被电过一样，心脏扑通扑通地乱跳着。

盛夏的校园蝉声聒噪，此时她听在耳里，只觉得像是悠扬悦耳的伴奏。

景黎真的是太高兴了。

她从来不是个内敛的女孩子，一高兴就巴不得和全世界的人分享，心底的情绪、想说的话，通通告诉自己最喜欢的人。她红着脸，对沈以原说："师父，在这个夏天能和你谈恋爱，我觉得不枉此生了。"

快乐的情绪很容易感染别人，沈以原忍不住微笑。

他的小徒弟果然很喜欢他啊。

他只想一个女孩子的名字是不是有点儿少了？万一是双胞胎呢？

女儿一定要像小徒弟！

果然他还要攒钱给女儿买漂亮的衣服！

思绪跑了千万里远，最后回过神时，他正好瞧见小徒弟泛红的脸颊，即便在黑夜里也看得一清二楚，今天三番五次起的色心再度冒出来。

他是不是可以亲一口？

这样会不会太快了？

小徒弟会不会觉得自己太猴急？

万一小徒弟觉得他轻浮怎么办？

然而，沈以原不知的是，此时此刻的景黎内心想法也十分丰富。

啊啊啊，师父笑起来超级好看啊。

我主动去亲师父会不会很奇怪？太主动是不是不行？

师父真是榆木脑袋，我都说不枉此生了，他怎么还不赶紧来亲我？

嘴是用来干什么的啊！亲啊！

可是这么迟钝的师父其实也蛮可爱的啊！我师父真是天下第一可爱！

两人各怀心思，继续在湖边漫步，相扣的十指微紧。

景黎的眼珠子微转，目光落在了身畔的湖泊上。

她微微咬咬唇，忽然用极轻的声音说："师父呀，你们学校有没有什么恐怖的传说呀？我以前念大学的时候，学校里也有一个湖，听说很久以前有人想不开投过湖，救没救上来不知道，但是哦，从此就有了闹鬼的传说……"

景黎的本意很简单。

师父不主动来亲她的话，那她主动给个台阶好了。

等她绘声绘色地讲到恐怖又精彩的地方时，就可以故意往师父怀里蹭了，然后她仰个脖子再撒娇一下，说怕！要抱抱！到时候她再假装不小心蹭一下师父的嘴角！

哇！计划完美！

一百分为满分的话她要给自己打两百分！

然而计划赶不上变化。

景黎万万没想到的是，本来就极具讲故事天赋的自己把讲恐怖故事的精髓发挥得淋漓尽致，讲着讲着，她自己也害怕起来。景黎是个从来不自己看恐怖片的女孩儿，因为只要一看，她起码能有大半个月的心理阴影。

而现在，夜半的校园湖畔几乎没有人，也不知是不是错觉，她总觉得自己看到了一抹白影。

然后，她吓得花容失色，什么计划里的撒娇全都忘记了，整个人瑟瑟发抖。

“师、师父……”

“什、什么？”

她一扭头，忽然就惊呆了。

她师父的脸色也不太好看，在月色下透露出一丝苍白。

景黎后知后觉地反应过来，问：“师父，你怕鬼故事？”

沈以原僵硬着身体：“不怕。”

景黎说：“我、我们回去？”

沈以原拉着景黎：“走。”

两人一路无言地飞奔离开，在学校门口打了一辆出租车回去。在出租车上时，两人也分外安静，景黎内心有点儿想哭。她头一回明白什么叫自作孽不可活！

让你讲鬼故事，吓到了自己！还吓到了师父！

她如果和喵喵还有纱纱说，自己想男朋友亲自己，故意讲鬼故事然后两个人一起被吓到的话，她们俩能笑整整一个月吧！段子都不敢这么编！

景黎有点儿沮丧，连想亲师父的小心思都没有了。

到了小区后，两人下车，坐电梯到门口后，景黎才松开沈以原的手。她决定回去好好反省一下今天的行为！她正准备和沈以原说“晚安”的时候，五指倏地被握住。

她一怔，抬了眼，映入她眼底的却是一张无比认真的脸。

“你刚刚是不是很害怕？”

景黎愣了下：“什么？”

“刚刚在湖边。”

沈以原不提还好，一提她就觉得窘迫极了，用细若蚊蚋的声音说：“我太蠢了，自己讲鬼故事还被自己吓到……”本来她想补一句还吓到师父，但想了想没说。

男人都要面子的，她懂。

未料，他却忽然问：“你喜欢看鬼故事？”

景黎说：“还可以，不过不敢一个人看，平时都是拉着我的闺密纱纱一起看的。我自己看的话，总会觉得害怕，后劲特别大，一个人的时候会乱想。像是之前看一部鬼片，我对我厕所的镜子一直很有心理阴影，总觉得……”

话还未说完，她眼前忽有阴影袭来。

她尚未反应过来时，嘴巴就被堵住了。

青涩到极致的吻带着一股子沁人心脾的甜。

写过无数吻戏的景黎连张嘴闭眼都忘记了，只懂得傻傻地看着眼前的男孩儿。直到沈以原低低地说了一句“宝贝闭眼”时，她的血液才轰的一下冲了上来，整张脸红得像是熟透的虾子！

她呆呆地闭眼，然后感觉到一个温暖又湿润的东西滑进自己的口腔，轻轻地舔了下她的舌尖，然后又急匆匆地退了出去。

“怕的时候想我。

“宝贝，晚安。”

沈以原回到自己的屋子，回味了刚刚的亲吻一个小时后，去视频网站里买了个会员，然后开始看鬼片。

一张俊脸在半夜被吓得惨白惨白的，然而他仍旧坚持在看！

总不能两个人都怕啊，以后孩子想看鬼片，他们当父母的脸还要不要了！

景黎晚上并没有睡着。

她本来都做好晚上会被自己吓得连厕所都不敢去的准备了，然而她家男朋友的那一吻令她的心境截然不同了。她进屋时，脚是飘的，眼里的东西是粉红色的。

她傻笑着把澡洗了，尽管洗澡的时候险些弄错沐浴露和洗发露，可这不要紧。

洗完澡后，她躺在床上回味着今天晚上的每一件事、每一个时刻，包括令她害怕的湖边之事。大抵是有了沈以原的存在，她无所畏惧，甚至还觉得别有一番情调，连本来觉得可怕的白影的幻觉都觉得那么可爱。

景黎越想越精神。

她的回味是慢镜头式在播放，从头到尾连沈以原的小表情都没放过那种，播放到结束的时候再次倒回去，重新播一遍。明明该是漫长的夜半时分，在景黎这儿却过得飞快，一转眼就天亮了。

幸好景黎并不需要上班，即便一夜未眠，第二天一样可以补觉。

然而对景黎而言，睡眠时间从来不是问题，迫在眉睫的是工作问题。其实倒也不是大问题，就是基本上每个作者都会有的通病——拖稿。

景黎以前是个几乎不拖稿的敬业作者。

但是……自从她谈恋爱后，就成了一个开始拖稿的作者。按照景黎的原计划是每天早起码字，把当天的码字任务完成，然后再干别的事情。但实际情况是景黎谈恋爱谈得很晚，两个人住得近，每天一腻歪转眼间就半夜一两点了。腻歪结束后，景黎还要回味，几乎每天都是三四点才睡，等早上起来的时候已经是中午十二点了。

十二点起来后，她还要跟她男朋友微信腻歪一下，接着乖乖地等男朋友回来，全程无心工作。

有一阵子景黎的企鹅签名都是——我只想谈恋爱，不想工作。

于是在这样的情况下，原本定于月底交稿的景黎足足还差十万字，五天写十万字基本上是不可能的事情。因为这件事，毒哥还说了景黎一顿，语气相当严厉。

景黎忏悔了一下，扭头又去找自家师父撒娇了，在师父家里的客厅和师父亲了个够后，才决定认真对待工作，认真对待金主爸爸。

考虑到在家办公效率低，景黎决定每天白天一起床就带着自己的笔记本电脑出去码字。

她住的小区附近就有一家安静的咖啡厅，环境幽静，相当适合商务洽谈和个人办公。

她每天写上四五个小时，差不多的时候就可以等她男朋友回来了。

以前她也喜欢自己去咖啡厅码字，但基本上是一个人回家，现在可不一样了，她码完字后，就有帅气的男朋友来接她。而且有时候沈以原没课的话，就会陪她去咖啡厅码字。

他坐在她的对面，安安静静的，偶尔她抬起头来时和他的视线对上，他就会轻笑一声，露出一种瞎子也能感受到他很喜欢她的神情。

尽管两人谈恋爱将近一个月，可是每次景黎都会被这样的笑容和神情给戳到。

谈恋爱真好真甜啊。

于是，景黎第一百零八遍地在自己的朋友圈发码字的电脑图片和充满粉红泡泡的配图文字。发完后，她才把手机收了起来，开始专心工作。

她男朋友今天下午有课，不能陪她码字。

在她专心地写了半个小时后，咖啡厅的服务员忽然给她送来一块切片的蓝莓芝士蛋糕。

她微微一怔，说："我没点蛋糕呀。"

服务员微微侧身，说："是那边的男士请你的。"

景黎闻言，顺着服务员的视线望去，然后就瞧见了费桦小弟弟。

她整个人顿时就警惕起来。

这大半个月以来，费桦的表现极其奇怪，奇怪到令景黎都有了相当微妙的想法。

打从那天费桦输给她家师父后，费桦也确确实实没有再缠着她了。

但是，他变成缠着她师父了！

怎么缠呢？他不是死皮赖脸地缠着她师父要单挑，而是一种热烈又奔放的缠。那天两人单挑结束后，费桦输了，当夜费桦发了条微博，表示自己实力不如人，还用了无数夸赞的词汇赞美沈以原，最后@了锦鲤大王。

这也就算了……

费桦坦坦荡荡地承认输了后，当天半夜开启疯狂点赞模式，给沈以原这些年发的微博一一点赞，还顺着微博搜索关键词给所有游戏博主夸赞锦鲤大王的视频和微博都点了赞。

身为《王者荣耀》电竞圈的流量担当，这件事第二天白天火了一把，不少人怀疑费桦被锦鲤大王盗号了。那天晚上锦鲤大王的直播间格外热闹，不少黑粉上来掐锦鲤大王。

事情以费桦亲自下场掐黑粉为终结。

像景黎这种沉迷谈恋爱的人是不可能去关注这些事情的！

因为正在热恋，她最近连追的综艺和日剧、韩剧、美剧都没追了，每天只和师父谈恋爱，和师父玩游戏，还有挤时间工作。而她之所以知道这些完全是因为微博有人总结了费桦的这个事，得出费桦相当仰慕锦鲤大王的结论，最后还有一批粉丝站了费桦和锦鲤大王的CP。

她这个正牌女朋友看到这个结论的时候，内心都能吐血了，以至于后来一看到费桦在朋友圈里给沈以原点赞，就有点儿不爽。

现在一见到费桦来讨好她，她就知道他肯定不安好心。

“有事？”

景黎不冷不热地问，心底充满了对费桦的嫌弃，可良好的教养让她还是问得很有礼貌，完全看不出她很嫌弃费桦。

费桦坐下来，却问：“难道小姐姐不喜欢吃蓝莓芝士蛋糕？我看你在微博发过好几次来着。”

景黎说：“无功不受禄。”

“我知道，难道我就不能请原哥的女朋友吃蛋糕吗？小姐姐你长得还挺好看的，我原哥的眼光向来不错。小姐姐你能让我原哥当你的男朋友，真的很幸运了。”

景黎：“……”

她忽然就想起了初见时的费桦，那时的费桦可不是这么形容她的。

现在他三句里两句不离“我原哥”！

这让景黎很难不误会费桦的性取向……

毕竟他提起她的男朋友的时候，眼神真的是闪闪发亮的。想到这儿，她不动声色地说："我不吃蛋糕，你拿走，我和我家男朋友的眼光怎么样都和你没关系……"

费桦忽然露出一脸奇怪的表情。

他定定地看着她，半晌忽然扑哧一下笑了出来，说："小姐姐，你是不是误会什么了？哦，你是不是看到了微博上粉丝发的东西？他们要站CP，我也没办法的。我是个直男，妥妥的钢铁直男。我只是对自己喜欢的偶像比较狂热……好吧，是十分狂热。小姐姐，吃我一次原神的安利吗？"

景黎还没来得及拒绝，眼前的费桦已经开始给她安利了，且滔滔不绝，最后连他说好是给她点的蓝莓芝士蛋糕也进了他的肚子里。

景黎见到了一个很正宗的迷弟，以及从不知道的男朋友过去的一面。

"我原哥真是电竞圈里的战神，战无不胜！

"要不是他，我也不会进电竞圈，可惜我《英雄联盟》玩得不是特别好，要不然我肯定去打联盟的职业赛。

"不过现在打《王者荣耀》也可以，我还是很有游戏天赋的。

"不打《王者荣耀》就遇不上小姐姐，就更加遇不上原哥，值了！

"我原哥真是帅炸天，那天我居然可以和偶像一起玩《英雄联盟》，我回去后连手都不敢洗，半夜都在提醒自己这是和偶像一起玩过游戏的手！

"沾了神气！"

景黎只听沈以原提过以前打过《英雄联盟》的职业赛，也料想过以师父的游戏天赋肯定打得不错。

她去网上查了下"英雄联盟原神"六个字，百度里出现了无数帖子，就连微博的粉丝也多得吓人。费桦说："我现在最具商业价值的电竞选手这个身份根本不算什么，你知道原神是多少人的信仰吗？他要是出山，电竞圈肯定掀起惊涛骇浪。"

景黎沉默了会儿，问："你今天来不会只想向我安利我男朋友的过去吧？"

费桦说："当然不是，我想请你帮个忙，当年原神退役退得匆忙，我想知道是什么原因。还有……你也知道我原哥还有一年就毕业了，以前

LPL的解说员打算重组战队再回联盟，他想请我原哥当教练。小姐姐可以帮忙说服一下吗？”

景黎没有拒绝，也没有答应。

她只是突然意识到一件事。

对这个每天都和她处于热恋中的男朋友，他的过去她似乎一点儿都不了解。

景黎有烦恼了。

一般而言，景黎遇到烦恼的第一解决方案是找朋友倾诉，倾诉完后她内心能更加清楚地看待这个烦恼，继而想出解决办法。景黎第一时间找了喵喵。

“我男朋友好像基本不提他以前的事情，我都不知道他家里有什么人，为什么他要一个人出来租房子呢？费桦找我当说客，我其实也很忐忑啊，我们才谈了一个月，我有什么资格对他的人生指手画脚？我虽然是他的女朋友，但是有些话也不一定能说。啊啊啊，不是不是，我现在脑子特别乱，有不好的情绪了。”

喵喵冷静地说：“你有不满的情绪了。”

“没有，我没有不满，我们才谈一个月，他不告诉我他的过去很正常。而且我们平时也挺忙的啊，他晚上要进行游戏直播，半夜还要哄我睡觉，白天要上课，下午我要码字，我们真的是见缝插针地在谈恋爱……”

喵喵说：“别欺骗自己了，你就是不满一个外人都知道他的过去，你却不知道。”

景黎沉默了。

喵喵也不再说话，让景黎自己去想。

过了很久很久，景黎才闷闷地说：“师父真讨厌，都不和我讲，哼！费桦都知道，凭什么我不知道？我还得上网查！哼！生气！”她抓了抓头发，又懊恼地说，“师父太讨厌啦，都不告诉我！这样子让女孩子很没安全感的好吧！”

喵喵顺着她的话说：“就是啊，太讨厌了！”

有时候一个人倾诉烦恼，可能不需要一个解决方式，更多的时候需要有人认同此时此刻自己的情绪，并给予附和。景黎不满的情绪得到了缓解，她说："我决定了！晚上我要问我师父！谈恋爱的时候不能把心事藏在心底，有什么事情要立马解决，不然藏久了就是祸患，哪天爆发就无法挽回了。"

道理呢，景黎都懂。

这种小情侣谈恋爱遇到矛盾的情节，她也写过无数次，知道最佳的解决方案是什么。可有时候人就是这样，道理知道归知道，做的时候又是另一回事。

晚上，景黎和沈以原一起吃晚饭，地点在小区附近的商圈的一家泰国餐馆。

服务员送上了一份菜单。

沈以原问："想吃什么？"

景黎说："随便。"

沈以原已经很有经验了，知道女朋友的随便就是不能随便，打开"大众点评"把推荐菜看了一遍，一个又一个地问景黎。景黎说"好呀"的时候，他就知道这个菜是可以点的。

花了十五分钟点完菜，沈以原开始和景黎聊今天在学校里发生的事情。

聊着聊着，沈以原就发现今天的女朋友有点儿不对劲。

平时的小徒弟都是听得很认真的，有时候还会撑着下巴弯着眉眼听他讲，今天她也是笑着的，但笑意显然没有进眼里。

沈以原如临大敌，小徒弟不开心了。

他打住了学校的话题，开始反思今天自己有没有做错什么或者说错什么。

他回忆了一下今天两人的相处，毫无踪迹可循。

满腹疑问的沈以原想问一句"小徒弟你是不是不开心了"，可是以他目前对小徒弟的了解，问了肯定得到一句"没有呀"的回复。沈以原再度如临大敌。

小徒弟不开心，肯定是他哪里做得不好。

小徒弟不开心，他要哄她。

学区房的女主人不能丢。

小话梅的妈妈要留住!

咋办，他完全不知道小徒弟为什么不高兴了。

沈以原问：“今天卡文了吗？”

景黎说：“没有卡文呀，今天的码字任务都完成了。”

沈以原问：“今天我不直播了，去看电影吗？”

景黎说：“啊，为什么不直播了啊？你今天要请假吗？”顿了顿，景黎又说，“我有点儿累了，今天不是很想看电影……”

沈以原内心拉起了警报。

小徒弟真的不高兴了。

他微微沉吟，说：“好。”

景黎心里也挺纠结的，其实真的就是开口一句话的事情，可是一顿饭下来，她真的完全说不出口。好几次话到嘴边，她又咽了回去。

她觉得自己太喜欢沈以原了，特别怕自己会做出一些无理取闹的事情来。

这样的自己太不可爱了，也不太像自己了。

没谈恋爱之前的自己明明不是这样的，有什么问题都会及时解决，还不会有拖延症，写文时男主不开心她也能让女主主动问为什么。可是事情到了自己身上就完全不一样了。

景黎越想越难过。

吃完饭后，两人离开餐厅，坐扶梯下楼去停车场取车。餐厅在五楼，下到三层女装区的时候，沈以原忽然拉着景黎进了一家女装店。景黎不由得一怔，问：“啊？”

沈以原说：“想给你买衣服。”

景黎蒙了：“买、买、买衣服？”

沈以原嗯了声，问导购：“我想给我女朋友买衣服，你看看有什么适合她穿的？”

导购一听，立马笑眯了眼，迅速用专业的目光打量了一下景黎，以迅雷不及掩耳之势取了五六套新上市的衣服，说：“你女朋友长得娇小，特别适合穿甜美风的衣服，我们店新上市的几款新款都是这类风格，而且特别修腰，穿上后显瘦又有气质。”

景黎几乎是一脸蒙地被导购小姐推进了试衣间。

导购给她挑的第一件衣服是露肩修腰的裙摆不规则条纹连衣裙，景黎本来内心沮丧，换了新衣服出来后被导购小姐夸得快能上天后，沮丧的小情绪好像飘走了一点点。

景黎看了眼试衣镜里的自己，小幅度地转了转，一抬眼，正好从试衣镜里和坐在沙发上的沈以原的目光碰上。

他问：“喜欢吗？”

景黎是挺喜欢这条裙子的，可是还没明白为什么男朋友突然要给自己买衣服……

她犹豫了一下，导购小姐又插了进来，说：“小姑娘，你是我见到的第一个把这条裙子穿得这么好看的人，别犹豫了，先留着，试试第二件吧。也许第二件你更喜欢呢？”

第二件是夏天的长裙。

景黎对长裙子情有独钟，她的衣柜里尤其是夏天的长裙居多，对长裙子没有任何抵抗力。于是疑问尚未提出，她又去试了第二条裙子。漂亮的裙子真的有使人快乐的效果，试了五六件衣服后，景黎已经不太记得自己在沮丧什么了。

景黎试完最后一件衣服后，换回自己原来的衣服，从试衣间里出来的时候发现自己的男朋友已经结过账了，导购已经把她试的所有衣服打包好装在了一个大的购物袋里，笑眯眯地表示：“欢迎下次光临。”

这家的衣服并不便宜，单品最低也要一千多一件，她试的大多是新上市的款式，基本不打折，五六件下来，金额不小了。

景黎顿时有点儿心疼，说：“买一件就好了啦，第三和第四件我也不是特别喜欢，我家里有差不多的款式。”

沈以原说：“不一样。”

景黎撇嘴：“哪里不一样啦？你见过的啊，前几天我还穿过的。”

沈以原说：“它让你笑了啊。”

景黎的心忽然就漏跳了一拍，他说这话时不带任何犹豫，说得如此理所当然。

啊，师父一定看出她不开心了。

所以他才会努力地哄她开心吧？

这么一想，景黎就十分自责了。

她觉得自己太作了！

而此时，沈以原接过购物袋，牵着她的手离开了女装店，又往一层的护肤品、化妆品专柜走去。有了之前的购买经验，沈以原直接对景黎说："想给你买口红，你家里还缺什么色号？"

沈以原真觉得自己谈了女朋友后，对护肤品和化妆品知识的了解可以说是有质的飞跃。

他已经知道女孩子那一管细细的、贵得要命的东西，有口红、唇釉、润唇膏、唇膜，还有口红雨衣的分类，而他家小徒弟最近喜欢唇釉。

景黎说："不用给我买了，我前天逛街才买了一管。"

沈以原说："可是我想给你买。"一转头，他又问导购，"有新上市的色号吗？"

"有！剩最后一支了。"

"行，我们要了，手机支付。"

景黎："……"

于是乎，景黎又莫名其妙地多了一支新口红。到地下停车场的时候，沈以原把购物袋放进了车后座，重新坐回驾驶座时，却见副驾驶座上的小徒弟怔怔地看着自己。

他温柔地问："宝贝怎么了？"

景黎动了动嘴，似乎想说些什么，可是没说出口。

沈以原伸手揉她的脑袋，依旧温柔地说："宝贝，什么话你都可以和我讲。"

他不仅仅声音温柔，而且连眼神仿佛也带了一腔柔水。

这么温柔的沈以原令景黎哇的一下就哭了出来。

她忽然就极其厌恶现在的自己，明明是那么简单的一句话、那么简单的一件事情，她却纠结了一整天，还把小情绪憋在心里，自以为掩饰得很好，结果并没有。

而且……她还让男朋友看出了自己的不开心。

这样的自己，真是让人不喜欢，一点儿也不懂事乖巧，就像是一个“作精”。

明明她以前不是这样的！

她才不是一个“哭包”！

可是此时此刻，她除了哭什么都不会，对自己的厌恶和自责彻彻底底地从内心溢了出来，化成源源不断的泪水。她哭得上气不接下气，眼泪啪嗒啪嗒地落下。

沈以原此刻脑袋里一片空白。

他没想到自己的小徒弟居然哭了，还哭得这么厉害。

他一下子就慌了，饶是内心戏丰富如他，此刻脑子里也只剩三个相当充满哲学的困惑——我是谁？我在哪里？我在做什么？明明眼泪没掉在他身上，沈以原却觉得烫得心都烧起来了。

他慌了，完全不知所措，身体都是僵硬的，不知道要说些什么、做些什么。

景黎啪嗒啪嗒地掉着眼泪。

沈以原呆呆地看着她。

足足十分钟过去，一直哭个不停的景黎才稍微停了下，泪眼蒙眬地看了下沈以原。一见他什么话都不说，她顿时觉得自己丢脸丢到太平洋去了，哇的一声，再度哭得梨花带雨。

也是这个时候，宛如机器人一般的沈以原终于开口了：“你你你你你、别别别别别别、哭哭哭哭……”结结巴巴的，像是返厂维修没成功。

景黎哭得带劲，不过哭声小了一点儿，开始抽泣，整个人依旧是上气不接下气的：“我、我停、停不下、下来了……”

沈以原：“我、我、我……”

景黎：“你……别……管、管我……”

沈以原：“不、不、不行……”

车厢内仿佛多了两个小结巴，在比谁更结巴。

又过了十分钟，沈以原终于从景黎的哭声的杀伤力里缓过来了，低下头开始找钱包，冷不防地把钱包递到景黎眼前。

这波操作把景黎给惊呆了：“什、什、什……么？”

沈以原："你别哭，你想买什么我给你买，钱都给你，只要你别哭。"

景黎瞬间呆住，还真的停止哭泣了。

两人相望，表情都是呆呆的。

半晌，景黎再度爆发："师父，你不要对我这么好，我难过……"她又哭了起来，说，"你先别管我，你就让我自己哭，哭完我就好了，我可能是'大姨妈'快来了……你开车！"

沈以原一听，很乖地听话了。

他没收回钱包，而是把钱包放在景黎的膝盖上，然后启动了车辆。商场离小区不远，不到十分钟的车程，这个时间点，路上没什么车辆，碰见交通灯转红时，沈以原偷偷摸摸地瞄了眼默默地用后脑勺对着他的景黎。

他只能看到女朋友的后脑勺，完全看不到她的正脸，也不知道她究竟在哭呢，还是什么表情。

他陷入了反思。

自己喊宝贝喊错了？

小徒弟会不会想和他分手？

不行！不能分手！

陷入可能会被分手的恐慌中的沈以原又开始不知所措了。

他这辈子不知所措的次数可能都没今天加起来这么多……然而，他现在开着车没法用手机咨询简鹏他们，更不可能在女朋友身边问siri（苹果智能语音助手）女朋友哭了怎么办。

他能怎么办呀？

他也很绝望啊！

不行，这件事必须在今晚解决，女孩子都是神奇的生物，今晚不解决，明天肯定要被分手了。

回到小区后，景黎也哭得差不多了，眼泪已经流不出来了。

她下了车，没走两步，手腕就被沈以原拉住，紧接着手指就被扣住了。他紧紧地用力牵着她，也不说话，看她的眼神仿佛一只可怜巴巴的流浪狗。

两人一块儿进了电梯。

他一手拎着购物袋，一手牵着她，没手摁电梯，也不摁，就这么直勾勾地看着景黎。

景黎没办法，只好摁了自家的楼层。

其实此刻景黎的心情已经平复下来，但她一抬眼，见到电梯镜子里妆容全花掉的自己，再度被吓到了。眼线和睫毛膏通通掉了，糊成一团，她现在的眼睛就像是两只被过分晕染的熊猫眼，加上哭得太久，面色也惨白惨白的，鼻子通红，看起来真的跟鬼一样。

她再往身边一瞥，又见到男朋友眼巴巴地看着自己，下意识地就垂下头来。

她真是太丢脸了。

电梯里安静得仿佛只能听到彼此的呼吸声，这让景黎浑身不自在。

叮的一声，电梯门打开。

景黎疾步冲了出去，现在想做的事情只有一件，卸妆洗脸！然而她刚冲出电梯，还没到自家门口，就被沈以原从背后抱住了，他的双臂牢牢地箍着她的腰肢，气息落在她的耳畔，那么急促，那么灼热。

“别走。”他的语气却如此委屈。

景黎刚想说“等我去洗个脸”时，他又用低沉到极致的声音说：“我不知道我做错了什么，我第一次当别人的男朋友，不懂怎么哄人，也不知道要怎么哄你开心，更不知道在你哭的时候我要怎么做。”顿了顿，他又说，“你能不能给我一天的时间，不，半天就好，我把你写的言情小说看一遍，让我学学你的男主角怎么哄女主角？

“宝贝，你不要哭，你一哭我就不知道该怎么办了……

“宝贝，你告诉我好不好？我要怎么哄你？

“宝贝，我做错了什么，你告诉我好不好？我改，我拿出两百分的诚意来改……

“宝贝……

“心肝……”

景黎的耳朵快炸了。

她吸了吸鼻子，说：“你能不能让我先进屋去洗个脸？”

他还是没有松手，依旧紧紧地箍着她的腰肢："可以，但我要和你一起。"

景黎身上仿佛长了一个师父，她开门进屋去洗手间，开洗脸池上的水龙头，低头洗脸，包括去找卸妆棉卸妆……这一系列动作身后都有一个沈以原牢牢地抱着她的腰肢。而他的眼神一直黏在她身上，不管她做什么，只要她一望镜子，准能和他的视线碰撞。

五分钟过后，景黎终于恢复一张洁净的脸。

两人站在洗手间里，仍旧是景黎被拥着的姿势。

她张嘴刚想说什么时，沈以原立马说道："你要是提分手，我就在微博上挂你始乱终弃！"

景黎终于被逗笑了。

她鼓起两腮，说："没有！我才不要提分手！你想分手是不是？"

"没有！"

"我也没有！"景黎说。

两人的视线在镜子里交流了一下，景黎难过了一整天的心终于不难过了，被自家委屈巴巴的男朋友给哄得温暖起来。她很小声地说："师父，我也是第一次当别人的女朋友，没什么经验，有时候有些情绪不知道该怎么处理，也不知道该怎么和你说，也很怕我说了你会嫌弃我，觉得我作。"

"不会。"他立马否认，又说，"我巴不得你作，我不会嫌弃你，我怎么可能会嫌弃小……""小话梅的妈妈"六个字差点儿说漏嘴，他猛地一咳，又说，"小宝贝，你是我的小宝贝、小心肝。"

景黎软软地问："真的吗？"

他低头亲吻她的耳朵，又去吻她的侧脸，说："宝贝，真的。"

景黎被他吻得手脚发软。

两人打从第一次接吻后，就时常接吻，前阵子沈以原还满足了景黎的校园情怀，大半夜地和她在F大的幽静小路上漫步，然后两个人吻了个够，以至于现在两个人都很清楚双方的敏感点在哪里。

沈以原一亲她，她就觉得自己魂都要丢了，脑袋也是迷迷糊糊的，本要说的事情和话语忘了个一干二净。她整个人被抵在了洗漱台前，被迫仰着脖子接受他深入到极致的吻。

吻着吻着，景黎忽然意识到一件事。

这好像是她男朋友第一次在她家里吻她。

景黎原本是有满腔心里话要说的，先前她对自己的责怪和内疚，以及种种复杂得难以启齿的情绪在沈以原的温柔攻势之下，通通溃不成军，藏在心里的话已经迫不及待地呼之欲出了。

然而，事情的发展方向并未如她所料。

搁在以往，他们吻得差不多要擦枪走火的时候就会停下，可今天没有。

沈以原的吻越来越激烈，不知不觉中，两人从洗手间转移到了卧室。两个都是成年人了，对接下来会发生的事情心知肚明，景黎并未抗拒，只觉水到渠成正是她喜欢的。

不管她在文里“开过多少车”，可此刻内心还是紧张得要命。

两人把灯关了，在黑暗里摸索着，响起了此起彼伏的喘息与娇吟。景黎头一回觉得自己像一只小绵羊玩偶，仿佛被装了什么奇怪的按钮，轻轻一碰，就忍不住发出暧昧的声音。

“师、师父，有点儿……疼……嗯……啊……”

景黎的声音本来就偏软甜类型，她又极会撒娇，此刻在床上声音还添了几分娇媚，令沈以原压根儿把持不住。他一听到她的声音，血液一会儿往脑袋上冲，一会儿小腹又沉沉的，仿佛有一股蓄势待发的力量疾速膨胀。

情欲影响下，他仿佛失去了理智，却又在极力保持理智，生怕弄疼身下的小徒弟。

夜里的时间以前很漫长，现在却让两人觉得很短暂。

两人彻底缓下来时，卧室里已经一片狼藉，明明起初只在床上翻云覆雨，后来也不知道怎么就转移了阵地，在床角解锁了一个新姿势。

床头灯一开，地上满是凌乱的衣服，还有从浴室出来时带出的水迹。

景黎此刻趴在沈以原的身上，仰着脖子，两人气息交融，几乎可以交缠到一起，她的声音带着一股欢爱后的慵懒和软糯：“师父……”

“嗯？”

“师父……”

“嗯？”

“师父、师父……”

“嗯？”

她仿佛喊上瘾了，怎么喊都不会厌倦似的。而沈以原亦如此觉得，应得心甘情愿，巴不得她这么喊一辈子。景黎笑吟吟地问：“我要问你一个问题！”

“你问。”

话到了嘴边又打住，景黎还是没有忍住红了耳根子，小声地问：“前几次在你家里的时候，明明都可以继续下去的，为什么你没有继续？而今天……”话音止住。

沈以原问她：“想知道？”

景黎如小鸡啄米般点头。她本来就趴在他的身体上，这一点头，嘴唇微微擦过他的下巴。他觉得痒，抱着她往上挪，又缠缠绵绵地亲了她好几口，直到她的嘴唇红润晶亮时，他才说：“那我们先说正事，今天为什么不高兴？”

景黎经过今晚的轮番运动，早就把白天的不愉快忘得一干二净了。

现在听自己的男朋友提起，白天的情绪已经不强烈了，她很小声地说：“是有那么一件事……”她说着说着，又有些忐忑了，“下午费桦找我了，和我提起了你以前的事。”

听到“费桦”两个字，沈以原顿时皱眉：“他找你做什么？以前的事？”

景黎把费桦说的事情一五一十地说了一遍，然后低垂着眼说：“然后我就不开心了，费桦都知道的事情，我是你女朋友却不知道……我知道肯定也不是你主动告诉费桦的，肯定是费桦从其他渠道得知的，但我当时就是有点儿郁闷。你是我男朋友，为什么要别人来告诉我你的事情，而不是你来和我说？后来我又觉得我们谈恋爱也没多久，确实不可能这么快相互了解，了解需要漫长的时间……”

她将脑袋垂得更低，继续说：“可是道理我懂，但我就是不开心……”

“哭是因为这个？”

“是……也不是……”景黎又说，“就是很复杂、很女孩子的小情绪，怎么说呢？可能是对自己有点儿嫌弃和厌恶。你都知道我不开心了，我只要顺着你给的台阶下，然后说出我的不开心就好了。可我就是说不出来，试了很多遍还是说不出口，那个时候就特别厌恶自己，觉得自己好没用哦，这点儿小事都办不好。以前还经常给读者解决情感问题，我自己说得头头是道，宛如情感专家，到了自己身上却像个笨蛋一样。而我这么笨，连这点儿小事都办不好，你还对我这么好……然后我就更难过了。”

她的脑袋都要趴在他的胸膛上了。

“我虽然看起来很阳光、很乐观，说着要当你的小太阳，但是我心里应该还有一个很作的自己，她被放出来的时候，师父你一定不会喜欢她……”

她越说越闷闷不乐，自我剖析了一番，和沈以原交心，交完后觉得自己真是个糟糕的人。

师父会不会不喜欢她了？

然而就在此时，一直躺着的沈以原忽然坐了起来，把她抱在怀里，摸着她的脑袋喊了声：“宝贝。”接着，他才认真地说，“你可以写这么多感情故事，这说明一点，你是个感情细腻又敏感的女孩子。你不是作，只是对待感情太认真，对感情的认知和感受要比其他人来得浓烈，所以你才是个可以温柔对待身边的一切的人。”

他微微靠近她，在她的眼皮上落下轻吻。

他又说：“其实你今晚这么和我说，我挺开心的，感受到了你对我的在意，特别浓厚的在意和喜欢。也许你感受不到，我现在高兴得不要不要的。而且宝贝，你在我面前不用很阳光、很乐观，发现你的新的一面，我也会很开心，因为我能够喜欢你的地方又多了一点点。以后如果又对自己有任何不满和自责，你一定要告诉我，我是你男朋友，替你解决这样的烦恼，是我心甘情愿的责任。”

景黎怔怔地看着他。

沈以原低笑一声道：“还有，我要解释一件事，我没具体告诉你过去的事情是因为在我个人看来，我的过去并不重要，也不会影响到我们现在的生活，所以就没有主动和你提。但现在这事情已经严重影响到了我的宝贝，我想我该重视了。”

景黎问：“原……神？”

沈以原说：“我之前打过LPL的比赛，我跟你提过的，你记得吗？我们第一次出来约会的时候，去吃麻辣烫那一次，我在天桥上跟你提过一次。我十八岁毕业后就去打比赛了，二十岁的时候退役。退役后我出国散心两年，之后才回来重读大学。我当时在的战队名字叫DO，我是第一任队长。”

景黎问：“散心？”

沈以原嗯了声道：“我的父母比较古板，而且八年前的电竞也不像现在这么火热，十分小众，他们无法理解我放弃学业去打游戏比赛的行为，我们之间的关系一度闹得很僵。我家里人都很要脸面，不允许我在大众面前露面，后来我和我的教练商量，才各退一步戴着面具上场打比赛。我退役退得匆忙也是家里的原因，他们始终无法接受我打比赛的事，我也坚持过，后来太累了就索性退役了。当时我也比较叛逆，虽然退役了但就是想着和家里对着干，没继续念书，假装答应出国留学，但在国外玩了两年……”

似是想起什么，他看了景黎一眼，又说：“玩了两年也厌了，可能是时间的原因，我和家里的关系不像以前那么僵了，我便答应回国念书。后来，这几年《王者荣耀》火起来了，我索性打游戏当当主播赚点儿钱，也幸好我有这样的想法……”

景黎听得入神，听他停顿下来，抬眼看他，等着他接下一句。

他却笑得无比温柔：“不然我就没法遇见你了呀。”

第二天中午，景黎向喵喵汇报两个人的进度。

“等一下……”喵喵惊呆了，目瞪口呆地问，“滚了？”

视频里的景黎红着脸点头：“之前嘛，我们好几次差点儿滚成了，但是他都及时打住了，我是无所谓的，我、我还挺想和他进一步接触的，本来还担心自己没魅力的。但是昨晚我们滚完后谈了一整夜的心，我才知道他怕我觉得进展太快，怕我觉得他和我在一起就是为了欲望……”

她捧着脸，嗷呜了一声：“我男朋友真是太可爱了！哪里快了啦！他真的超喜欢我的！哎呀，喵喵，你不知道他多有趣！他是真的很喜欢、很喜欢我，他还跟我说，他不是一个喜欢想得很远的人，但是一和我相处就忍不住想象我们的未来。哇，我都以为自己脑补得很多了，没想到他脑补得更多！”

似是想起什么，她又鼓起两腮，气嘟嘟地说：“他做了一件很过分的事情！他剥夺了我给我未来女儿起名的乐趣！他说女儿的小名要叫小话梅！可是我想叫小雪球！哼！超生气的！”话是这么说，她眼里的笑意却出卖了她。

嗯，这是典型的秀恩爱。

喵喵早已习惯，让景黎随便秀，她更关心的是另外一件事情：“你们做安全措施了吗？”

景黎说：“有的有的，我家里有之前买回来研究的套套，刚好用得上。就是用的时候我还和他解释了半天……”

喵喵松了口气，然后调侃地问：“技术好吗？”

景黎又红了脸：“很好。”

有了第一次滚床单后，很快就有了第二次、第三次、第四次……两个初尝“开车”味道的小年轻没多久就开启了没羞没臊的日子。又因为两人住得近，有时候在景黎家做，有时候又在沈以原家里做，时日一久，两个人的房子里都有对方的生活用品。

景黎有时候会在沈以原的家里码字，边码边等他下课，偶尔还会很有情调地穿个没什么布料的挂脖睡裙，露出一片雪白的背，抱着电脑趴在沙发上码字，沈以原回家后一开门就能见到一幅令他血脉偾张的画面。

两个小年轻情趣多，相处得越发甜蜜。

转眼间，就到了12月底。

景黎之前7月左右就把金主爸爸要求写的定制文给交稿了，金主爸爸那边十分满意，联合毒哥这边的公司开始了一系列营销。剧本也早已创作完毕，电视剧的选角也确定了，10月份左右就开始在B市拍摄，预计明年1

月份杀青。

景黎写的是小说体裁，本来是打算电视剧开播后再和图书联动宣传，但是金主爸爸那边考虑到锦鲤本人的影响力，和毒哥这边一商量，拍板决定先让图书上市，上市热度为期三个月，到时候电视剧正好差不多开播了。

每次图书一上市，景黎就很忙。

毒哥给她联系出版方，在各大一线城市开了多场签售会，还安排了许多访问讲座等活动。

图书上市了半个月不到，景黎觉得自己仿佛一个不归家的人，每天在外地都要忙疯了，已经半个月没有好好地跟自己的师父见面温存了。

终于，景黎忍不住了，反抗道："毒哥，能不能让我休息两天？我已经半个月没见到我男朋友了！"

景黎和沈以原确定关系后她就将这事告诉了毒哥，不过没具体说，只说自己和帅气的邻居小哥哥谈恋爱了。这毕竟是景黎的私事，毒哥不好说什么，微微颔首表示知道了。

景黎和毒哥虽然经常联系，但是极少谈私事，今天难得提起自己的男朋友，眼里都带了点儿哀求之意。

她真的好想好想和男朋友见面，然后就待在家里，哪里都不去，两人腻歪一整天!

毒哥沉吟半晌，说："我也不是不近人情的人。"

景黎说："后天的活动可不可以不去？又不是我的专场，少我一个也不少啊。"后天有一场知名作家情感答疑讲座，统共五个人参加，景黎不太想去。

"可以。"

这话一出，景黎就愣了下。她知道毒哥在公事上向来是不让步的，号一嗓子也就仅仅是哀号一下，然后该做什么就做什么。现在听毒哥答应了，她眼睛骤亮："真的？"

毒哥颔首。

"作为交换条件，你出席后天KPL（王者荣耀职业联赛）的总决赛活动，可以带你男朋友去，观众席我给你留两张票。"

景黎微怔："我一个写文的出席KPL的活动做、做什么？"

毒哥说："不用你做什么，是刚刚金主爸爸那边发来的通知，进入总决赛的战队是清风战队和龙腾战队，比赛结束后有采访，不管哪支战队赢了，到时候采访会捎上你，你露个脸表达一下对KPL的支持，还有顺带提一下你的新书就行了，时间不超过一分钟。"

景黎连忙点头："好的、好的，我懂了。"

能和男朋友一起去看比赛，又只有一场不到一分钟的小采访，比起和四个不认识的同行开一场枯燥无趣的情感答疑讲座，没有任何疑问，她肯定选择前者。

且不说她和她家师父是玩《王者荣耀》认识的，两个人对这款游戏也是十分钟爱的。

KPL总决赛约会，想想也是不错的。

景黎回到酒店后，立马就把这事在视频里和沈以原说了。

说完后，她却见自家男朋友微微皱着眉。

景黎问："难道师父不想去吗？"

沈以原说："上上周的时候，费桦问我要不要去看决赛，我拒绝了。"

听他提起费桦，景黎就撇了撇嘴，哼哼两声，说："费桦真讨厌，居然给你票没给我票，还一直喊我小姐姐呢。他一见到自己的偶像，小姐姐、小哥哥什么的都忘记了。我之前都没忍住去警告他了，别老烦着我家男朋友，我男朋友回不回联盟是我男朋友的事情！他说好，哼哼哼，是不是趁着我不在的时候，那个小妖精又来烦你了？"

她最后的语调特别傲娇，说出来的话，让沈以原听在耳里觉得好听得要死。

明明两人处了这么久，她却一天比一天可爱！

他每天努力工作的动力也越来越多！

"小妖精没有烦我，我倒是怕他去烦你，看到他和你说话，我也不高兴。他觊觎过你的事情，是无法抹掉的过去。"他一见到她呀，真的忍不住扬起嘴角。

明明现在一个人在B市，另一个人在S市，相隔千里远，他却觉得相隔的空气也变得如此美好。

他低声说："宝贝，我想你了。"

景黎凑向摄像头，亲了他一口，说："我也超级想我家师父！"似是想到什么，她又说，"可惜我们后天才能见面，我坐明天晚上的高铁回去，白天还要和这边的影视公司谈合作。"

想到还有三十个小时才能见到自家男朋友，景黎有点儿失落，不过一转眼又打起精神来："师父、师父，还有三十个小时我们就能见面了，现在还有二十九小时五十九分钟。你见到我的时候，一定要好好地吻我！我想你亲我！"

沈以原眉眼微动，心底忽然间就温柔得一塌糊涂。

景黎这会儿又问："那你要和我去看KPL的比赛吗？"

"去。"

"那费桦那边？"

"不管他。"

"好的呀！"景黎笑弯了眼。

大抵是有了见面的期待，景黎夜里睡得分外香甜，第二天早早起来收拾了行李，准备下午跟着毒哥去和影视公司那边吃个饭谈一下合作事宜就立马滚回S市。

不到十点的时候，酒店房间的门铃响了，景黎看了眼时间，有点儿纳闷。她和毒哥约好了十二点退房的，让毒哥在这之前别来喊她，她还在外面挂了"请勿打扰"的牌子，不可能是酒店里的清洁人员。

她问："请问是谁呀？"

外面的人没回答，又摁了下门铃。

景黎又问："谁？"

外面的人又摁了下门铃。

她这会儿有些害怕了，悄悄地走到门口，透过猫眼望出去的时候却一片漆黑，显然被人用东西捂住了。她又问了句："谁呀？再不说话我报警了啊！"

此时，她的手机响了一下，来了条微信。

男朋友："开门。"

她先是一愣，随即眼里溢满惊喜，手抖了一下，差点儿把手机摔了，急急忙忙地开了门。果不其然，门口站了一道熟悉的人影，她尚未来得及开口，便见一道黑影压来。

砰的一声，房门被关上了。

与此同时，她被压在了墙上，一个炙热又温柔无比的吻落下，慢慢深入又缱绻到极致。

待停下后，她气喘吁吁地抱住他的脖子，高兴得像是一个大孩子。

"你怎么来啦？"

"三十个小时太漫长，我等不了了。"

第八章
你的下辈子

我有没有问过你？如果可以的话，你下辈子能不能也让我预定一下？

距离和毒哥相约的时间还有两个小时，而此时此刻两人在酒店里，有床有氛围，自然而然地就抓紧时间耳鬓厮磨顺带干柴烈火地烧了一下，结束的时候差不多十一点半。

虽然两人只是小半月未见，但也算是久别重逢，做起来难免有点儿急迫，以至于身上的裙子景黎重新穿上的时候皱巴巴的，完全见不得人了。她过一会儿还要跟毒哥去和合作方谈事情，只能从行李箱找另外一件衣服。

裙子是常见的修身小黑裙，背后有拉链。

景黎够不着，正要撒娇喊男朋友过来时，一直躺在床上的沈以原起来，自然而然地就帮她把拉链拉了上去，又顺便从背后拥住她，脑袋搁在她的肩膀上。

“B市这么冷，你穿这么少？”

他张嘴亲吻着她的耳垂。

景黎觉得痒，哈哈地笑，说：“外面还有羽绒服呀，冷的话我再加个暖宝宝好了，你回去的票订了吗？我等会儿大概要出去三个小时的样子，然后我们一起回S市？”

似是想起什么，景黎又说：“对了，你是不是没见过我的经纪人毒哥？等会儿她要来接我去吃饭，我给你介绍一下。”

“可以。”沈以原回答得漫不经心，手上动作倒是没停，搂着女朋友的腰，蹭着女朋友的脖颈，像是一只黏黏糊糊的小奶猫，嘴里还用低沉到极致的嗓音说，“我在酒店等你，顺便想你。”

景黎的心甜炸了，有那么一瞬间她都想抛弃毒哥和工作，继续和男朋友在酒店里缠缠绵绵。

然而毒哥没多久就来敲门了。

景黎开门的时候，毒哥就见着了她身后的男人，目光平静地打量了他一眼。

景黎笑眯眯地介绍：“毒哥，我男朋友沈以原，我邻居，他正好有事过来B市，今晚会和我们一起回S市。”她又给男朋友介绍毒哥，“我给你提过的，对我的工作特别上心和负责的经纪人，你跟着我喊毒哥就好啦。”

两人点头，平淡地打过招呼。

没多久，景黎和毒哥离开酒店，前往谈合作的馆子。B市向来堵车，碰上高峰期堵得更是难受，她们毫无意外地被堵在三环，景黎低头给沈以原发消息。

景黎：“又堵车了。”

男朋友：“堵在哪里了？”

景黎：“好像是三环……”

沈以原一连发了十条语音过来。

景黎悄悄地望了眼坐在旁边的毒哥，然后从包里拿了耳机出来，插上后才一条一条地点开语音。耳机是前阵子沈以原给她买的，音质超好，她一点开语音，就是他低音炮般的声音。

“不要抱怨，抱我。”

“段位和你，我都想上。”

“你这么可爱，被大风吹到我怀里，我是不会还的。”

…………

十条土味情话，景黎都在微博上看到过，现在听男朋友这么一说，登时忍俊不禁。

男朋友：“给你念着解闷。”

景黎：“虽然很土很土，但是我男朋友念出来的就是不一样。哇，我男朋友的声音真的是太迷人了，听得我小心脏扑通扑通地乱跳。小哥哥，你说，为什么我男朋友的声音能这么好听？人能这么优秀呢？”

她眉开眼笑地吹了一波自己的男朋友，登时觉得堵车也挺有趣的，放下手机时，对上了毒哥的视线。

毒哥问：“和男朋友聊天？”

景黎嗯了一声。

毒哥看了她一眼，问：“你男朋友是做什么的？”

景黎说：“是个主播，还蛮有人气的。”

毒哥说：“哦？就是叫锦鲤大王的那个？”

“嗯。”

毒哥上了一圈微博，又说：“人气还行吧，《王者荣耀》这个圈子里要论人气没人比得过费桦。”

景黎听得心里有点儿不舒服，虽然如果真单以《王者荣耀》这款游戏来论的话，费桦确实是流量担当，但她不喜欢别人说她男朋友半点儿不好。只不过这些话也不好和毒哥说，她和毒哥相处时，谈论公事倒是挺愉快，每每提及个人生活或是一些私事，两人的三观始终有些差距。景黎笑了笑，索性不再多说。

KPL秋季总决赛的那天是圣诞前夕，常年不下雪的S市难得下了场小雪。

雪花如柳絮一般在空中飘飘洒洒。

比赛的地点在市体育馆，比起常规赛的规模，总决赛显然要大得多，无数媒体记者还有战队应援的粉丝将整个体育馆挤得水泄不通，各大直播平台也邀请了众游戏主播前来观赛，时不时就能听到粉丝的惊喜喊声。

景黎自动屏蔽了这些喧嚣，高高兴兴、甜甜蜜蜜地和男朋友手牵手地检票进场。

毒哥给她的位置在前排，她落座时发现周边有几个眼熟的身影。

景黎悄悄地对沈以原说："哇，我隔壁的隔壁的姑娘好像是芬答直播的婷婷，我看过她打貂蝉，一打五不要太秀。还有我们后面的小男孩儿，裴擒虎也玩得贼牛……"

沈以原不动声色地哦了一声。

景黎随即又笑嘻嘻地说："你是不是吃醋了，哈哈哈哈。"

沈以原哼笑了一声，没回答。

景黎靠在他的肩上，说："就知道你会吃醋，哈哈哈哈！他们再牛也没我的男朋友牛。"她一仰脖子，又凑到他的耳畔跟他"开小车"，"晚上我再认真地告诉你，我男朋友到底有多厉害……"话音落时，语调又调皮地微微上扬。

沈以原只觉耳畔似有羽毛轻轻地挠着，挠得他的心直痒。他一把抓住她软若无骨的纤纤小手，惩罚似的捏了捏，随即又与她十指相扣，低声说："可以的，我会身体力行地回报你，要不要解锁一下新的地方？"

他不说还好，一说景黎就立刻想起昨天夜里的疯狂。

昨天夜里下了高铁后，两人直奔家里，真的是一进屋子就恨不得把自己黏在对方身上，都没进卧室直接在她家客厅的沙发上做了。

本来这些话平日在家里说说也还好，毕竟景黎也是写过无数"开车戏"的人了，但今天不一样，周围人山人海的，景黎一听这么劲爆的话，心底隐约就有几分与众不同的刺激感。

她羞红了脸，有那么一瞬间都想拉着男朋友回家了，什么比赛、什么采访都不想管了。

景黎努力地克制住内心的冲动，幸好没多久比赛场地上的大屏幕里出现了支持费桦的粉丝应援团制作的灯牌。一见到"费桦"两个字，景黎就有点儿吃醋，说："费桦要知道你来了，能开心疯了。"

沈以原说："我没告诉他我来了。"

话音未落，沈以原的手机就振动了一下，来了条微信。

费桦："原哥我看到你了！你是来看我比赛的吗？你放心，我会赢给你看的！"

景黎说："他眼里果然只有你啊，以前他还喜欢我呢。"

她哼了声。

沈以原只觉好笑，把手机给她："你看着回吧。"

景黎接过手机，本来想恶毒地回一句"你的偶像是陪我来的"，但想了想还是没有这么回，鼓起两腮，气嘟嘟地回了句："加油比赛——你偶像的女朋友。"

沈以原瞄了一眼，也跟着回了一句。

"加油吧——你小姐姐的男朋友。"

费桦秒回了一句："比赛前还让我吃'狗粮'？"

景黎顿时什么醋意都没有了，开始和沈以原分析哪个战队赢的可能性大。没多久，比赛正式开始。景黎也是玩了大半年《王者荣耀》的人了，看得津津有味。清风战队今晚仿佛被幸运之神眷顾，费桦的打野位节奏带得相当出彩，最后比赛的冠军毫无意外地落在了清风战队的头上，而mvp自然而然也给了费桦。

比赛结束后有主持人采访的环节。

主持人问费桦："作为秋季赛的冠军队伍，飞花你有什么感受？"

费桦接过话筒，感谢了一圈人，最后话语一顿，无比郑重地说："我想感谢一个人，这个人今天也来到了现场，不是他的话，我不会进入电竞圈，也不会有今天的我。"

他露出一个腼腆又羞涩的笑容说道："你一直是我在荆棘之路上前进的光亮。"

主持人问："是心上人吗？"

费桦说："是比心上人还要重要的人。"

粉丝们登时沸腾了。

每个圈子都有八卦，电竞圈自然不可避免，像费桦这样的流量担当说出这样的话，无疑引爆了当天媒体记者的头条。轮到景黎这边的小采访时，记者也不太走心，问了几个采访大纲里的小问题后就匆匆赶往费桦那边了。

景黎巴不得可以早点儿结束采访，记者一离开她就紧赶慢赶地往台下走去。

沈以原一直在台下等着她。

她一下来，他就牵上她的手，问："回去吗？"

景黎笑弯了眼。

"好的呀。"

似是想起什么，沈以原又说："费桦就是个'中二'男孩儿，他的话你别放在心上。"

景黎笑："你怕我吃醋吗？"

沈以原本来想说"是的"，但尚未来得及开口，她便又笑吟吟地说："其实费桦说的前半段我还是很感动的，换个角度想，成为别人前进的动力，成为别人的信仰，在自己都不知道的时候默默地影响着别人，这是一件很有意义也很温暖的事情。我一直是这么认为的，每个人都是很渺小的存在，对这个社会能做出的贡献也是有限的……"

她微微歪了下脑袋，继续道："费桦这么说，会让我觉得我男朋友真的是个很厉害的人呢，他的光环、他的过去，在无声无息地影响着别人，在别人难过又沮丧的时候是海上明灯般的存在。你不知道哦，费桦说出那一番话的时候，我就更加喜欢你了，觉得自己的眼光真好！你知道吗？我有一阵子特别喜欢写小甜文，很多人说现实里不可能存在这么甜的事情、这样童话般的情侣，可是我也没想过现实里究竟会不会有，就是想尽我所能地写出温暖又甜蜜的情节。读者阅读的时候但凡能从我这里感受到一丝丝温暖，或是因为我而带来一点点愉悦情绪，我就会特别开心，觉得自己温暖了别人，在这个自己显得微不足道的世界里也努力地做出了一点点贡献！"

体育馆外仍旧飘着小雪。

寒冬里的夜起了风，呼呼地响，景黎的一张小脸被冻得通红，眼睛里却溢满了笑意，亮晶晶的，像是夜空里的繁星。

沈以原的心一下子柔软得不可思议。

他的女朋友真的是每一天都可以给他带来新的感觉。

他怎么就这么喜欢她呢？

这时，景黎又哼了声，说："不过费桦的最后一句话还是很让人讨厌的，什么叫比心上人更重要的人？哼！他就是故意玩文字游戏博头条。明天电竞圈的报道没眼看了，说不定微博还有热搜什么的。哎呀，费桦这个'中二'的毛病还真让人不喜欢。下次让他请我们吃最贵的日料，不宰他四位数的钱，他以后就别想和你说话了。"

她气嘟嘟地说。

沈以原笑道："好，我们一起宰他一顿狠的。"

"景黎。"他忽然喊。

景黎鲜少听他这么正式地喊自己，一般两人单独相处的时候他叫她都是甜得腻歪的称呼，比如宝贝、心肝、我的小锦鲤啊，还有阿黎、小黎黎、小仙女之类的。现在他如此正式地称呼她，让景黎有些诧异。

她问："哎？"

"我今天又看了很多土味情话，每一句我都觉得很土，可是放在你身上，我就觉得一切都是这么理所当然，一点儿都不土了。"他顿了顿，又说，"你不是喜欢雪吗？明年这个时候我们去芬兰过圣诞吧，一起看雪，看极光。你喜欢的东西，我都想和你看一遍。"

所以他要更努力地赚钱，学区房、奶粉钱、小话梅留学的钱、女朋友买口红的钱，还有出国旅游的钱。

这些真是甜蜜的负担啊。

沈以原第二天早上有课，不到七点就离开了景黎的家。

两人夜里运动得久，加上景黎前阵子在外地忙得团团转，她睡得格外香甜，她男朋友什么时候离开的，她半点儿感觉都没有。等她彻底清醒过来的时候，才发现手机没电了。

她也不着急。

毒哥和她说了，今天让她休息，除非真有急事否则不会来找她，所以之前手机快没电的时候她也没怎么在意。她打了个哈欠，先去洗漱，然后再懒洋洋地把手机充上了电，随即瞧见了梳妆台上的字条——

"我下午三点上完课，回来带你吃日料。"

本来昨天晚上心情就很好了，现在看到这小字条心情就更好了，她巴不得去和所有朋友说：你们瞧瞧我的男朋友，我昨天随口说了句日料他都记在心里呢。

她弯着眉眼做着日常护肤工作。

没多久，手机充上电也自动开机了，几乎同时，手机就响了起来。

她瞄了眼屏幕，随手接听了，顺便摁了扬声器，然后继续往脸上扑粉水。

“喵喵，中午好呀，我正想戳你呢，我昨晚哦……”

她话还未说完，喵喵就用着急的语气打断了她的话：“你刚醒？”

“呃，是啊，我的手机没电了，闹钟也没响……我看看现在几点了，还好还好，没我想象中那么晚，才十二点半，我以为……”

喵喵语气严肃地再次打断了她的话：“出大事了，你赶紧上微博。”

景黎微微一怔，旋即应了声，退出通话界面，点开了微博。

喵喵还在说：“你先看热搜，第十名左右，现在热度可能更高了，我早上看的时候在第十。”

#比心上人还要重要的人#

#飞花当众示爱锦鲤#

景黎看得满头雾水。

她点进去，里面有个剪辑视频，是费桦昨天的夺冠感言，然后接的是在观众席上看比赛看得认真的她的投屏。景黎记得很清楚，昨天费桦发言的时候她一直在男朋友耳边嘀嘀咕咕，这样的画面只可能是在看比赛时出现的。

但是视频这么一剪辑，仿佛费桦就是专门给她说的那些话一样，而且最后还有好几条带着小暧昧的以前费桦@她的微博集锦。

喵喵又说：“看完热搜了吧？”

景黎说：“看、看完了，我只有一个感受，这是什么乱七八糟的东西？”

喵喵又说：“你现在一定要做好心理准备，然后去看你的微博。”

景黎问："什么心理准备？"

喵喵："很多人骂你。"

景黎微皱着眉头，点开了自己的微博。她平时的一条微博两百多评论，现在她一看，居然破千了。她将评论往下一拉，好多骂她的。

飞花的狗腿子："哪里来的倒贴狗？蹭我们家飞花的热度？"

飞花的桌垫："呵呵，喊你一声小姐姐你就以为可以上天了吗？绑着我们飞花炒作？"

基操坐下勿六："现在的人怎么不能好好写自己的东西？写个书也要像娱乐圈那样捆绑？"

稀奇的小精灵："大妈你几岁了？别烦我们的飞花行不行？要点儿脸？"

当然有骂她的，就有维护她的。

景黎虽然不是一线作家，但好歹也是有死忠粉的。

吱吱貂蝉菜："我说飞花的粉是不是也该要点儿脸？没见到每次都是你们的主子主动@的吗？告白也是他主动说的好吧？"

想给你写一本情话："我不懂了，人家两情相悦你们吵什么？要对飞花路人转黑了。"

小兔子喜欢小狐狸："炒作怎么了？卖书不需要营销的吗？说得好像你们家飞花没有营销过一样。"

原神家的倩倩妹子："我们锦鲤小姐姐并不需要飞花的大腿。"

两家粉丝吵了起来。

然而，费桦的粉丝到底人数多，不一样，而且有组织有纪律，对娱乐圈那一套控评格外熟悉，景黎的微博底下成了战场的牺牲品。头一回，无数骂人的私信和评论转发涌入她的微博。

喵喵："锦鲤，你还好吗？"

景黎说："我想静一静，捋一捋到底发生了什么事。"

喵喵说："好的，我先挂了啊，你不要难过，也不要理会那些骂人的粉丝。隔着屏幕，他们总能释放最大的恶意，你如果难过的话，找你男朋友哭诉，不行的话，还有我们。”

景黎说：“好的。”

挂了电话后，景黎陷入了沉思。

她又去看了眼微博上的热搜，除了她和费桦的绯闻之外，她写的同名电视剧热搜排行也上来了。电视剧本身请了知名演员，有热度是很正常的事情，但她的同名小说最近上市，居然也上了热搜……

难怪有人觉得她抱着飞花的大腿捆绑炒作。

事情在一个小时后又有了新的进展。

电竞圈本就不缺人气，吃瓜群众一样多。短短一个小时内，也不知道是哪一位“热心”网友人肉出了费桦、锦鲤还有锦鲤大王三人的过往。

锦鲤大王曾经发过一条正式收徒的微博，上面有锦鲤的游戏ID还有微信头像，很快，众人便确认锦鲤大王的徒弟就是锦鲤。之后两人谈恋爱的蛛丝马迹，广大网友也没有错过。

大家很快就知道了锦鲤大王和锦鲤是一对。

要知道微博上有个举着“飞花大王”CP的群体，本来就不爽飞花和锦鲤闹绯闻，现在知道锦鲤大王和锦鲤是一对的消息后更加愤怒了，极度有秩序、有组织地狂扫了一遍锦鲤的微博，各种恶毒的话扑面而来，甚至有人发起了抵制锦鲤的新书，让锦鲤滚出微博的热门话题。

人心都是肉长的，景黎平时是个看评论如果有人骂自己都会静悄悄地难过一小会儿的姑娘，尽管写文多年被骂也成了习惯，可是每次见到骂自己的评论还是会难受。但也就难受一小会儿，很快她就会自我调节好。

现在铺天盖地的骂人评论，恶毒到令人发指的网络暴力，切切实实地砸在了她的身上，景黎难过疯了。

她想给男朋友打电话，可是看了眼时间，男朋友还在上课，又很懂事地放弃了。她只好一个人偷偷地哭了一会儿。这时，喵喵发来企鹅的信息，问她是否还好。

景黎发了个大哭的表情。

喵喵打了电话过来。

景黎抱着手机哇的一声就哭了出来，抽抽搭搭地说：“他们怎么可以这么骂我？好过分！我又没有做错什么！CP粉了不起啊！我才是正牌女朋友！”

她哭了五分钟，喵喵一直安慰着她。

景黎自己哭着哭着又停了下来，忽然说：“他们居然去我男朋友的微博下骂他！”

她疯狂地截图，边截图边和喵喵说：“他们怎么可以这样说我师父？我师父哪里需要蹭飞花的流量？我师父一直很低调的好吗？我和师父两情相悦，不偷不抢，碍着他们了吗？真过分！真的是过分死了！”

景黎很生气，说：“喵喵，我先不说了啊！这事我必须在今天之内解决！他们可以骂我，但是不可以骂我男朋友！”

喵喵晓得景黎本来就是个很有主见也很独立的姑娘，看似软萌柔软，实则比谁都坚强，有时候就是需要一个发泄的渠道，于是说道：“好的，你去吧，我坐等后续。”

景黎挂了电话后，跑去洗了个脸。

她在浴室里冷静了十分钟后，迅速化了个简单的妆，随便套上了一件外套，拿了钥匙和手机，又收拾了一下手提包里的东西。出门前，她又检查了一遍东西，确认无误后才匆匆忙忙地下了楼。

她打了辆车：“去星华。”

出租车司机应了声。

景黎在车内不停地深呼吸，默默地给自己打气。她没再看手机，也彻底屏蔽掉了所有微博的评论和留言。到星华楼下的时候，她一鼓作气地开了车门，气势汹汹地直奔目的地。

她风风火火地上了楼，冲进毒哥的办公室。

毒哥的办公室里没有人。

景黎问秘书：“毒哥在哪里？”

秘书是个小姑娘，平日里见惯了景黎笑吟吟的模样，今天见景黎沉着脸一副要吃人的模样时，不禁吓了一跳，说：“在、在会议室里开会。”

景黎应了声，又往会议室奔去。

星华的会议室采用的是透明玻璃，人尚未靠近就能见到里面有什么人。此时会议室内有七八个人，每个人都眉头紧锁的模样。毒哥见到她，透过玻璃望了她一眼，没说什么，旋即又收回视线。

若是在平时，景黎一定会很有教养地等到他们结束会议再进去，但是今天不行。

她满肚子的火气和愤怒。

她直接推开会议室的门，没走进去，只冷冷地看着毒哥说："我有事情要和你谈。"

毒哥说："我们在开和你有关的公关会议，今天的微博……"

景黎打断了她的话："我有事情必须现在和你谈。"

她的语气很干脆。

毒哥沉默了两秒钟，对身边的人说："你们继续讨论方案，我五分钟后回来。"说着，她往门外走去，又关上了会议室的门，对景黎说，"微博上的事情我知道了，你不用担心，我们会做好公关，我……"

景黎从手提包里拿出一份合同："我今天不是来和你谈公关微博的事情的，我来谈解约的事情，律师我还没请好，但是这几天会跟进相关事宜。"

毒哥瞬间变了脸色："什么意思？"

景黎说："我知道今天的微博热搜有你推波助澜的功劳。我很清楚地告诉过你，我不接受任何牵扯我私人的炒作，更不希望这些炒作和绯闻影响到我以及我身边的人。我知道你一直有撮合我和费桦的心思，在G市的那一次也是，但是看在没有真正触及我的底线的分上，我可以选择忽略。可是这一次不行，毒哥，我不是个为了红可以不择手段的人，也不是为了红什么都愿意付出的。也许在你看来，这只是个很小的炒作，公关一下就不痛不痒地过去了，但是对我而言，不是的，我对钱财和名利并不是特别看重，没什么野心，只希望能靠自己轻轻松松地赚钱养活自己，过上比较好的生活，然后好好地保护自己身边的人，其他的，我真的没想太多。我选择星华、选择你，是因为你可以让我毫无后顾之忧地写书。"

她顿了下，继续说："但现在看来，我的选择显然是错误的，最开始你和我的理念就不一样。我们理念不合适，就不该一起合作。"

她不带停歇地说了一大段话，眼神很是坚定。

五分钟早已过去，会议室那边有人来催促毒哥，毒哥摆了摆手让他们先进去。

毒哥看着景黎。

景黎也看着她，眼神丝毫不愿意让步。

忽然，毒哥叹了口气道："你现在情绪有点儿激动，等冷静下来我们再谈行不行？微博上的事情我承认是我做得不好，没有提前和你沟通，但现在最主要的事情难道不是解决这一次的公关危机吗？你也不想你男朋友被殃及池鱼吧？你在我们星华已经半年了，想必很清楚我们的公关实力，而这一次的事情也不难解决，我已经让人联系费桦那边了，费桦那边出面澄清一下，金主爸爸那边也会跟进，你很快就会摆脱掉白天的恶评。"

景黎没有吭声。

毒哥说："我也是想你走得更远更好，这一次我承认我做得不好。"

景黎固执地说："不是不好，是不对。"

毒哥说："好，是我不对。"

景黎又说："事情要在今天结束前解决好，我不希望看到任何人再骂我男朋友。"

毒哥说："费桦他们昨天晚上去庆功了，年轻人喝了一个通宵，白天才睡的，现在还联系不上人。只要联系上了，等费桦一发微博，我们和金主爸爸那边会立即跟上，热搜我们也会进行控评。你先回去好好休息，事情解决了我第一时间告诉你，这几天你也不用参加什么宣传活动了，好好休息。"

毒哥拿出了解决问题的诚恳态度，景黎倒不好继续发作了。

而且她今天气势汹汹地来，要的就是毒哥的一个态度。现在达到效果，她心里微微松了口气，但还是板着张脸说："尽快解决。"

出了星华的大楼，景黎彻彻底底地松了口气，心跳有点儿快，踩着高跟鞋的脚也有些软。

她出门的时候为了显得自己更有气势，踩了一双恨天高，刚刚冲进星华的办公楼时人还未开口她都觉得自己走路带风。景黎平时不怎么穿高跟鞋，偶尔参加活动的时候才会穿，但也仅仅穿四五厘米的小高跟。现在她穿了一双恨天高，整个人松懈下来只觉脚掌酸得要命。

但酸归酸，她内心认为十分值得。

要知道平时和毒哥相处的时候，她都是有些害怕的，毒哥板着脸的时候真的很凶，像是小学里会骂她的数学老师。今天的自己真是勇气可嘉了。

景黎的肚子响了起来，她看了眼时间，发现已经三点二十分了，打她起床后到现在，就没吃过东西，连水都没喝过。

办公楼附近就有一个商业区，景黎随便挑了家餐厅叫了份单人餐，吃完后才心满意足地打车回家。回去的路上，景黎才打开手机微信，准备给自家男朋友发条信息，说明一下今天的事情的来龙去脉，顺带告诉他，他的女朋友已经完美地解决掉这个问题了！

可转念一想，她决定还是直接在电话里嘚瑟一下比较好。

她拨了沈以原的电话，未料对方却是在通话中。

她微微一怔，又看了眼时间，这个点她男朋友应该已经下课了，按照以往的时间和习惯，他应该差不多要离开学校了。

景黎又等了一会儿，再拨电话过去，对方还是在通话。

她索性放弃了，只在微信里发了信息。

锦鲤："男朋友、男朋友，我今天干了件超级棒的事情，回来求表扬。"

然而直到景黎下出租车，回到自己家，沈以原也没有回复她的微信。她仔细回想了一下，临近期末，大学里有不少必修课的考试，说不定他在忙。

这么一想，景黎也没将此事放在心上。

她深吸一口气，又去厨房里洗了一盆圣女果，抱着来到客厅，这才准备打开微博，看看那群人现在骂到什么地步了。她以前在微博上吃过别人的瓜，也知道言语中伤的威力，但毕竟是别人的事情，和自己不大相关，所以觉得不痛不痒，顶多内心有几分同情受害方。

但事情搁在自己身上后，那就完全不一样了。

她也知道等毒哥那边公关处理之后再看微博比较好，可是她忍不住，就想看看有没有人挑起新事端，比如跑去她家师父的微博底下闹事。

她深吸一口气，终于打开了微博客户端，先去了自家师父的微博。

一点进去，她就有点儿蒙。

在她的印象中，师父的微博好像就不到二十万粉丝？两人刚认识的时候他只有十万粉丝，后来因为费桦的那番举动，加上勤奋直播和直播平台的推广，他的微博又涨了一倍的粉丝。

但现在他的微博粉丝居然有四十二万了？

她刷新了一下，又变成了四十三万！

景黎要惊呆了，赶紧刷开最新微博的评论。

她师父其实玩微博不多，平时微博的画风要么是发自己五杀的合集，要么是打广告，都有锦鲤大王的粉丝说他是老干部画风。他俩恋爱后，他才稍微多发了一点儿散发着“狗粮”气息的日常。

最新的一条微博，是他的关羽加百里守约五杀合集，配上燃爆的背景音乐，之前的转发评论数约莫一千的样子。

但现在景黎去瞄了眼，震惊了，评论加转发要破万了。

破万是什么概念？是费桦这个《王者荣耀》流量担当的微博很久很久才能爆一次的概念。

雕心引超好看：“原神是你吗？要哭了。”

不要爱上妾身哟：“天哪，我太激动了，说不出话来了，您回来就好！”

我荣耀王者999星：“啊啊啊！”

今天也是喜欢你的一天：“我其实很早就怀疑锦鲤大王是原神了！虽然声音做了处理，但真的好像！”

甜甜圈更好看：“激动激动！我果然很有眼光，粉过的男神都是同一个人！”

安利你们他很好很好：“那群说蹭飞花的热度的粉丝滚远一点儿好吗？我原神在电竞圈叱咤风云的时候你们家飞花还在喝奶呢。”

景黎拉了一圈评论下来，几乎都是这种，彻底盖过了先前的暴力评论，而且还相当具有组织性。

比如热评第一是：“欢迎原神回来。”

下面评论的ID全是“原神家的×××”。

景黎彻底愣住了。

她知道沈以原并不想与过往辉煌的原神有什么关联，所以现在看到这样的评论瞬间想到的就是毒哥又做了什么。可是她从未告诉过毒哥原神就是锦鲤大王，如果毒哥知道，说不定拉着炒作的人就换了。

与此同时，景黎接到了毒哥的电话。

那边的人劈头盖脸就是一句疑问：“你和《英雄联盟》DO战队的原神是什么关系？他就是锦鲤大王？”

景黎一朝被蛇咬十年怕井绳，说：“不许拿他炒作！拿他炒作我宁愿赔解约金也不和你们公司合作了！”

毒哥沉默了半晌，才苦笑一声道：“我已经这么不值得你信任了吗？你去你男朋友的微博看一看。看样子，都不需要费桦那边出面了。”

说完，毒哥挂了电话。

景黎觉得自己的脑子有点儿转不过来了，再看微信，沈以原还没回她，再次打电话，对方依旧在通话。

也是这个时候，景黎点开了自己的微博，把屏蔽接收消息的设置取消掉了。

她一取消，手机开始不停地振动，一条又一条新消息接踵而来，粉丝数也在疯狂地往上飙。景黎点开@她的消息，终于发现了症结所在。

队长-原：“正式介绍一下，我的女朋友@锦鲤和我的小号@锦鲤大王。”

下面还有一条超级热门的评论。

原神家的狗腿子：“原神为什么冒泡了？”

队长-原回复@原神家的狗腿子：“给女朋友遮风挡雨。”

景黎中午起来后难过了几个小时的心瞬间被治愈，心窝暖得不要不要的，仿佛有什么光亮炸了开来。那一句“给女朋友遮风挡雨”，宛如一轮明日挂在了她内心的高空，又温暖又明亮，还如此耀眼闪烁。

她再去翻自己微博底下的评论，先前恶毒的骂言有几条还在，都是被热评顶上来的，但是下面全是替她说话的评论。人就是这样子，被骂的时候，但凡有一两个人帮腔，都会觉得世界对自己尚存善意。善恶本就相对，有善必有恶，景黎如此一想，那一丝丝难过也消失得无影无踪了。

她扬起嘴角，转发了微博。

锦鲤：“我也正式介绍一下，我的男朋友@队长-原和我的师父@锦鲤大王。”

然后，景黎关掉了微博，也没有继续等待沈以原的回复。

她相信现在丢掉了马甲的男朋友会忙疯的。

而实际上，沈以原确实忙疯了，微博一发，他的电话就没有停过。

他甚至连微博都没有时间去看。

接二连三的电话轰炸直接把他的手机弄没电了，等他终于充上电并且有看手机的空闲时，已经是晚上八点之后的事情了。他见到了女朋友下午发来的微信，直接拨了电话过去。

然而，电话响了很久，并没有人接听。

他上微博看了眼，发现他女朋友转发了微博，不由得莞尔，又看了眼时间，等了五六分钟再次拨了电话过去，依旧没有人接听。

他这才回了条微信：“你在哪里？”

女朋友并没有回复。

沈以原开始担心了。

网上的一些话那么恶毒，是不是伤着他的小可爱了？

他的女朋友会不会躲起来一个人默默地哭？

那些人有本事来骂他，骂他女朋友算什么？

尽管知道女朋友被网友骂后，沈以原在内心已经把那些骂女朋友的恶毒网友骂了一万遍，可是现在沈以原还是很操心。

他沉着张脸赶紧停了车，加快脚步上楼，直接开了女朋友家的门。

屋里一片漆黑，丝毫不见人影。

沈以原又打了个电话，还是没有人接。

此时此刻，沈以原脑补了许多情节，把自己吓得够呛。

景黎被呛得厉害，整个人咳个不停，开了抽油烟机后情况才稍微好转。

她脱下隔热手套，把新鲜出炉的辣子鸡捧到了餐桌上，瞄了眼手机，这才发现有八个未接来电，她男朋友的四个，剩下的是喵喵、纱纱的，各两个，然后还有企鹅、微信上的信息。

喵喵：“你去哪里了？你男朋友都来微博问我了。”

纱纱：“你在哪里？出什么事情了？”

景黎这才知道自己做饭太入神了，居然都没听到手机响。她赶紧回了好友和闺密的消息，然后给男朋友打电话。电话一接通，她就软软地说：“师父，我在你家呀……”

话音未落，她就听到钥匙声响，紧接着是相当急促的脚步声，然后就看见一张微微泛白的脸。

沈以原看了她一眼，二话不说就上前抱住了她。

感受到男朋友的紧张，景黎说：“我刚刚在厨房里，没有听到手机响……”

他没说话，仍旧抱着她。

景黎又说：“我下次一定把手机带在身边。师父，我今天下厨了哦，做了辣子鸡，我跟着教做菜的App学的，放了蛮多辣椒的……我还做了手撕包菜，都是川菜！你快来尝尝好不好吃？”

半晌，她听到自家男朋友的声音从耳畔传来。

“景黎。”他喊得莫名认真，嗓音很低。

“嗯？怎么啦？”

“我刚刚以为你出什么事了，那一瞬间想了许多，然后我发现了一件事。”他抱紧了她，双臂一分一分地收紧，景黎觉得有些呼吸不上来，心窝却热得发烫。

他一字一顿地说：“我这辈子应该离不开你了。”

景黎回抱住他：“那就不要离开了，所以要来尝尝我的手艺吗？原神队长？”

沈以原还是没放开她，怀里的人软软的，抱在怀里很是舒服，他蹭了蹭她的脑袋，又和她亲了一会儿才松开她，说：“我来尝尝。”顿了顿，他又一本正经地问，“尝完后，可以尝你吗？”

景黎说：“好的呀，你想怎么尝就怎么尝，我很配合的哦。”

说着，她倒是被自己逗笑了。

两个人在一起久了，嘴里“开车”的情况太常见，景黎也晓得自己的男朋友是真闷骚，“开起车”来，“车速”快得可怕。她好歹也是在小说创作里身经百战的作者，起初还能红着脸装一下，后面男朋友一“飙车”，她也能立马码数全开。

但是现在重点在菜上！

景黎不会做饭，今天算是第一次正式下厨，催促着说：“你快来尝尝！”

沈以原在餐桌前坐下。

景黎递上了筷子。

沈以原尝了口。

景黎期待地问：“好吃吗？我自己尝了一下，觉得挺辣的，但我知道我的辣和你的辣定义不一样，你要是觉得不辣的话，下次我再多放点儿辣椒……”

也不知想起什么，她又嘟着嘴，撒娇地说：“辣椒真的好辣，我切的时候鼻子都红了。”

她吸了吸鼻子：“要男朋友晚上亲亲才能好。”

说着，不等沈以原开口，她又笑眯眯地说：“啊，对了、对了，手撕包菜你也尝尝，虽然卖相不太好，但是我觉得我还是很有下厨天赋的，哈哈哈哈。我第一次下厨就做成这样很不错了！”

沈以原吃得很快，一筷子接一筷子地吃着。

景黎不吃辣，做饭前已经先吃过外卖了。她知道男朋友饭量大，今天做了四个菜，本来以为好歹会有点儿剩下的，没想到沈以原全都吃光了，甚至把做得有点儿失败的菜也一并吃了进去。

吃完后，他才开口评价：“好吃。”

景黎超高兴地说：“我下次再给你做其他的。哇，我发现做饭也挺好玩的！”

沈以原说：“你觉得好玩那就做吧，你做我吃，觉得不好玩了就不做，我们请个家政阿姨，或者我学着做。”

他把她拉到了怀里。

她坐在他的大腿上，自然而然地圈住了他的脖颈。

两人之间的距离极近，几乎是鼻子碰鼻子，呼吸可闻。

他问："今天有没有偷偷哭鼻子？"

"没有……"

他挠她的痒痒。

景黎贼怕痒，一被挠就忍不住投降了："停、停、停。"

沈以原："从实招来！"

景黎这才撇嘴说："就哭了一小会儿啦。"

"为什么不给我打电话？"

"你……"

"不要说我在上课，也不要说怕打扰我上课，你难过了，而第一时间安慰你的人不是我，我也会难过。你的任何情绪，我都想第一个知道。"

景黎说："可是我觉得这是我可以解决的小事儿……"

"都哭鼻子了还是小事？"

景黎说："女孩子就是爱哭呀，我看电视剧的时候有虐的情节，也会哭的。而且这个事儿确实是我和毒哥没有商量好才会发生的。啊，对！你看到我的微信了吗？我今天可厉害了，跑去和毒哥摊牌，威胁毒哥不给我好好解决这个事，我们就解约！你没见到当时的我，踩着十厘米的高跟鞋，走路都带风，可牛了！毒哥被我唬得不要不要的，立马拿出了解决问题的态度来。"

似是想起什么，她又说："啊，其实你不用出面的，这个事儿只要费桦那边出面澄清一下，毒哥那边公关处理一下，今晚一样可以完美解决这件事。你看看你哦，插了一脚进来，还自己扒掉了马甲！你不是不想别人知道原神是你吗？当锦鲤大王你都不露声、不露脸，一直低调那么久，现在功亏一篑了！"

她一句接一句地数落他，数落着数落着还会哼几声。

她身上还系着他的厨房里的格子围裙，小脑袋上的头发柔软乌黑，也不知什么时候沾了一段她自己都没发现的葱花，脸蛋也是素颜，也不知是不是最近太忙，脑门上有一颗小痘痘。

她说话的时候，小嘴儿一张一合的，脸颊偶尔还会鼓起来。

沈以原觉得她真的是太可爱了，围裙好看，头发好看，葱花好看，连痘痘也这么好看。

他的心窝子又柔又软，被她暖炸了，都想把小葱花珍藏起来，你何其有幸才能碰到我女朋友的头发。

“哎！沈以原！你有没有听我讲话？”

他轻笑一声，说：“有。”

她说：“那你重复一遍。”

沈以原说：“低调是为自己，高调是为你，我心甘情愿。现在我有个不情之请，你后半辈子的委屈可不可以都由我来解决？”

“今天锦鲤秀恩爱了吗”聊天群里。

小桑葚：“然后呢？”

喵喵：“对，然后呢？你回答了什么？”

虫草花：“回答个屁啊，肯定爽够了！”

锦鲤：“……”

锦鲤：“打住，别这么黄暴！”

虽然字是这么打出来的，但是景黎的嘴角还是情不自禁地扬起一抹弧度。

那天晚上，确实挺激烈的，激烈到一回忆她都觉得微微腿软。

虫草花：“赌一箱辣条，黄色锦鲤在回味！”

小桑葚：“赌十箱。”

喵喵：“都走开，我赌一百箱。”

锦鲤：“你们贼讨厌，不和你们说了，我要去化妆准备出门了。”

喵喵：“等一下，这难道不是求婚的意思吗？”

锦鲤：“当然不是啊，就是随口说的情话……”

女孩子凑在一块儿，聊八卦也好，情感问题也好，一聊时间就过得飞快，而且特别容易就扯远了。四个女孩子聊得热火朝天，也不知是谁先开启了结婚的话题，四人聊天群里已经在聊哪个明星结婚时穿的婚纱好看了。

直到沈以原发信息过来问景黎什么时候可以出门，景黎才急急忙忙地关了聊天群。

沈以原过来的时候，景黎还在对着梳妆镜画眼线。

“我的妆没化完，你等我一会儿……我化个淡妆，很快的，十分钟，衣服我已经换好了。”

她微微仰着脖子，尖尖的眼线笔细细地描着内眼线，刚画完一只眼睛，却见自家男朋友坐在旁边，眼睛眨也不眨地望着她，见她望来，有几分寡淡的眉眼间露出了几分笑意。

“你别着急，慢慢来。”

景黎说：“那怎么行，不是约了你以前战队的兄弟吗？迟到了怎么办？”

沈以原说：“他们都是迟到大王，除了打比赛之外，从来没有准时过，不用管他们。”他仍旧目不转睛地看着她，又说，“我女朋友不化妆的时候好看，化了妆也好看。”

景黎忍不住笑了下。

“那你喜欢化妆的我，还是不化妆的我？”

“不化妆的吧。”

“为什么？”

“亲起来比较方便。”他又看着她的唇。两人相处的时间已经不算短，景黎立即就知道他想做什么，微微挪了下身子，凑上前去在他的嘴上亲了口，说：“涂口红前亲一下。”

他轻笑一声，揽过她的腰又亲了一下。

“那再亲一下，涂了口红就不能亲了。”

他亲得倒是小心翼翼，生怕把女朋友的底妆给弄花了，张嘴咬了咬唇瓣，又顺势往里头吸吮了几口，才将她松开。景黎知道男朋友这种小奶狗没什么自制力，也生怕他亲着亲着就想和她做了，毕竟以前也不是没有这样的例子。

有一回，他们俩和简鹏他们约了吃饭，出发前她在家里梳妆打扮，他过来帮她拉裙子的拉链，然后一个没忍住就做了起来，最后他们迟到了半个小时。

景黎赶紧转移话题。

“我把另外一边的眼线画一下，再给我几分钟就差不多了，你出去等我。”

“不出。”他从背后拥住她，说，“我看着你化妆，不打扰你。”

景黎拿他没办法，只好让他抱着，继续拿起眼线笔画另外一只眼睛。她家男朋友也确实很乖，说不打扰就不打扰，真的就安安静静地拥着她，然后直勾勾地盯着镜子里的她。

她画完眼线后，又画了眼影，刷了睫毛膏，最后定妆的时候，扑了下散粉。

她的梳妆台在窗户旁边，这个时间点正好有阳光洒落，零零散散地落在他乌黑的碎发上。他特别喜欢白色的衬衣，每次露出来的锁骨都让她觉得性感到爆炸，现在还有阳光调皮地在他的锁骨上投下光圈，他整个人宛如沐浴在阳光之下。

他没有开口，景黎却觉得岁月如此美好。

冷不防地，她就想起先前喵喵在群里说的话——这难道不是求婚的意思吗？

景黎的心脏突然跳得有点儿快。

她和沈以原谈恋爱后，虽然偶尔逛街的时候看到超可爱的女娃娃的衣服就会和男朋友打趣说以后要生一个可爱的、大眼睛的女孩子，但她也就是随口一说。

也是此时此刻，她的脑子里才有了一个如此清晰的想法。

眼前的人，她想和他结婚。

遇见你之前，我从未想过结婚，遇见你之后，结婚两个字却如此清晰，如此瞩目，恨不得现在就和你走上婚姻的殿堂，过我们的下半辈子。

“在想什么？”

景黎有点儿脸红，说：“没有，我们出发吧。”

今天虽然说是DO战队的成员的聚会，但准确地说，都是前成员。毕竟沈以原打LPL已经是六年前的事情了，电竞圈里的人吃的都是青春饭，现役选手清一色的十八十九岁，二十六岁的年龄于电竞选手而言，已经不年轻了，操作的灵活程度也跟不上了。

DO战队的前成员退役后大多各奔东西，如今原神再次有了消息，大伙儿也都尽量赶回了S市。

不过今儿个来的都是当年关系最亲密的几个人，除此之外，还有当年和他们关系特别不错的解东辰以及死皮赖脸要跟过来的费桦。

大家约的时间是晚上六点整。

六点一刻刚过，被沈以原算准的几个前DO战队队员才姗姗来迟，一进包间，就只见到了费桦和解东辰。

“原哥呢？”

解东辰说：“我刚才发信息问了，说是堵在路上，要晚一点儿到。”

老林感慨地说：“趁原哥不在，先感慨一句，我以前一直以为原哥会单身一辈子的，没想到谈个女朋友谈得这么高调。”

另外一个队员阿纯也附和：“是很高调，以前我们就在想哪个姑娘倒霉才会看上原神，他不解风情还高冷，骂起人来凶得所有人都害怕……”

说着，他顿了一下，今儿个来的成员都感同身受。

要知道当年原神当DO战队队长的时候要求很严格的，一言不合就骂人那种，从来不知道“温柔”两个字怎么写，每天都能骂出新境界。当时可多人怕他了，青训营里的小孩儿见到他都不敢和他直视。

但是凶归凶，原神真的是一位很尽职的队长，也很有电竞天赋。

赛场上的他发光发热，也正因为如此，才会这么多年了仍旧是一群人的信仰。

所以……他们真的很好奇到底是什么样的姑娘才会和原神谈恋爱。

解东辰笑道：“我见过那个姑娘一面，是个长得很可爱的姑娘。”

阿纯说：“软妹啊？”

解东辰颔首，然后瞥了费桦一眼，说：“这小子还打过人家的主意。”

顿时，所有人的目光唰唰唰地落在费桦身上。

这几个前DO战队的成员，因为解东辰的关系都认识费桦，现在一听这话，再联想到前不久微博上闹得沸沸扬扬的绯闻，眼神都不一样了，说：“小费，看不出来你这么有勇气。”

费桦说：“我今晚是来负荆请罪的，几位大哥帮个忙，帮忙说点儿好话。”

他顿了顿，又无比认真和郑重地说：“等会儿请大家不要拿这件事开涮，请努力夸原哥的女朋友，原哥现在就是一个护妻狂魔……”

阿纯和老林有点儿蒙。

当初冷淡得跟个和尚一样的原神和“护妻狂魔”这四个字搭得上边吗?

根据过往的惨痛经验，费桦诚恳地表示：“哥几个，信我。”

S市的晚高峰是真的堵，景黎和沈以原到达餐馆的时候已经迟到了将近半小时。

景黎怪不好意思的，进包间前还拉着沈以原说：“等会儿你好好解释一下，第一次见面就迟到心里过意不去。”微微一顿，她又说，“你的朋友会不会对我印象不好啊？”

“你是嫂子，他们不敢。”

听到“嫂子”二字，景黎登时有点儿脸红。

下一秒，沈以原已经推开了包间的门。

几乎是同时，本来还在聊天的几个人瞬间安静下来，唰的一下站了起来，目光都落在包间门口的沈以原身上，一时间竟百感交集。

老林第一个上来给了沈以原一个兄弟式的拥抱：“原哥，好久不见。”

阿纯是第二个，彦子是第三个。

当年DO战队里的固定队伍打野原神、中单老林、上路阿纯，彦子是辅助，剩下的下路深深人在国外，一时半会儿赶不回来。但时隔六年，曾经一起战斗的兄弟们再次见面，几人都很兴奋。

“原神，是真的很久不见了！”

“当年你走得特别急，我都没来得及跟你辞别，这事儿我前阵子还在和林哥念叨，说队长你真无情。”

“原哥你和当年没什么变化啊！”

他们一人接一句地说着，明明六年未见，却没有疏离，一见面仿佛又回到了当初在战队里的日子。原神一不说话时，大家都是话痨；只要原神一说话，他们立马静下来竖起耳朵倾听。

六年过去了，还是如此。

沈以原听着他们说话，眼里露出几分笑意，过了会儿才说："给你们介绍一下，景黎，你们喊嫂子。"

"嫂子好！"

听到这个称呼，景黎又忍不住红了下脸。

她说："你们好呀，初次见面。"

景黎的声音本就偏软甜，今儿个又有些紧张，说话时声音微小，带着一股子浓厚的吴侬软语的软糯感。老林、阿纯还有彦子一听，互换了一下眼神。

太软了！

没想到原神居然好这口！

解东辰说："你们都别站着聊了，这儿有座位，原哥你不累，也不怕累着嫂子？"说着，解东辰望向景黎，微微一笑，又介绍说："我以前是LPL比赛的解说员，解东辰，之前跟嫂子见过一面的，不过你应该没发现我。"

景黎微微一怔。

解东辰又说："五角场的粤菜馆，我开的。"

景黎这才恍然大悟。

也是这个时候，景黎才发现包厢里还有费桦的存在。打从她一进来，费桦就没吭过声，在角落里安安静静的，很努力地降低自己的存在感。瞧见她望去，他依旧不吭声，垂下脑袋像是一只闯了祸的小狗。

几人落座，老林他们许久没和沈以原见面，有满肚子的话，聊得热火朝天。

景黎不太了解《英雄联盟》，也没参与过沈以原的过去，搭不上话，且对这样的场合不太热衷，也不太适应，就在一边默默地听着，饭菜上来后，继续默默地吃饭。

没多久，服务员上了饮料。

景黎吃得有点儿渴，顺手就开了一瓶冰可乐，正准备倒的时候，身旁伸出一只修长的手，接过她手里的可乐，并且对服务员说："来一瓶不冻的。"

他又压低声音对景黎说："这几天不能喝冰的。"

景黎先是愣了一下，随即才反应过来她这几天"大姨妈"差不多要来了。

她轻轻地点了下头。

阿纯就坐在沈以原的旁边，恰巧听到这句话以及看到了自家队长无比温柔的眼神。

他不由得微微愣怔。

兴许是注意到这句话，接下来阿纯对两人的相处多留了下心。很快他就发现以前跟兄弟们吃饭时各吃各的的队长虽然和他们聊天，但是隔三岔五就会给嫂子夹菜，最夸张的是夹鱼肉的时候还会仔细把鱼刺挑了再送到嫂子的碗里。

阿纯越看越目瞪口呆，完全想不到队长居然心细到这个地步！

而且嫂子蹙一下眉头，队长都能第一时间发现，随即低声问怎么了，简直是时时刻刻关心着嫂子的情绪。

发现这一点的阿纯悄悄地给老林和彦子发了微信消息。

没多久，景黎发现一件事。

为什么这么多人盯着她吃饭？

真的不是她的错觉！

她刚刚吃鱼肉的时候不小心呛了一下，很轻很轻的那种呛，随即四道目光唰唰唰地看过来，除了她男朋友的视线之外，其余三道带着一种仿佛发现新大陆的兴奋。

景黎轻咳了一声，再度察觉四道目光望来。

沈以原问："怎么了？"

景黎说："我上个洗手间。"

景黎从洗手间出来的时候，正好碰见了费桦。

他仍旧一副蔫蔫的模样，瞧见她时喊了一声，欲言又止的样子。

景黎问："什么事？"

费桦咬着唇，可怜兮兮地说："对不起。"

景黎明知故问："对不起什么？"

"我对不起你和原哥，"他认真地反省，"我最近才发现自己情商不足，遇到自己特别喜欢的人时情商和智商都会变低。我是真的很喜欢原哥，但就是对偶像的喜欢。那天我见到原哥来赛场，是真的太高兴了，一时冲动才说出那么煽情的话。我真没想到有人会利用这段话伤害你。我的本意只是表达对原神的感谢，万万没想到会伤害原神的女朋友。道歉还有之前的事情，我知道锦鲤大王是原神后，心里实在太激动了，不训练的时候就看锦鲤大王打游戏的视频，觉得他是真打得好，《英雄联盟》那么棒，打《王者荣耀》也是一贯的作风。我当时想的是，一定要让更多人知道锦鲤大王，想跟所有喜欢我的人安利他……"

他愁眉苦脸地说："但我真没想到粉丝会这么疯狂。我已经在微博上郑重地表明态度了。前几天的事情，我要再次向你道歉……"

微博上的事儿本来就不是费桦的错，景黎也没生气。

费桦其实就是个小孩儿。

景黎说："微博上的事情不是你的错，你不用放在心上，要论错误的话，可能更要归结到我这边。但这事情已经过去了，没必要再提。"似是想起什么，她又瞧他一眼，没好气地说，"你根本不是怕我生气吧，你就怕我男朋友不理你吧？"

费桦眨了眨眼道："没有，我也怕你不理我，小姐姐顺便帮我在原哥面前说一下我的好话？今晚我请客，小姐姐随便吃。"

景黎看透他了，说："你安心吧，他压根儿没将此事放在心上。"

费桦总算松了口气。

景黎重回包间，坐下继续吃饭。

大概是新鲜感过去了，老林、阿纯他们也没有再盯着她。

景黎安心地继续吃男朋友给她夹的菜。

没多久，她却听到解东辰问："原哥，你真的不再考虑？"声音里带着几分隐隐约约的失望。

沈以原沉默了，一时间包间里分外安静。

景黎不由得抬眼看了下。

他微微垂眼，从她这个角度正好见到他复杂到极致的神情，似是有几分动容在里面，然而很快又消失，他说："嗯，不考虑。"

吃过晚饭后已经晚上九点多，外面不巧下了雨。

冬天的雨格外烦人，夹着风吹到脸上冷得像是能从骨子里结出冰碴子。

一行人里解东辰、费桦还有沈以原都开了车来，他们三人去停车场取车，剩下景黎跟老林、阿纯、彦子四个人在门口等着。

阿纯怕没话聊尴尬，把景黎之前上映的电影吹捧了一番。

毕竟他一个大男人不看言情小说，可是电影这种情侣约会必备项目还是知道的。

景黎笑吟吟地说："下次见面的时候我给你带书过来。"

老林一听，说："哎，我女朋友也喜欢你。"

景黎说："好的呀，那下次我带两本签名书过来，你女朋友叫什么名字？我下次提前在扉页上写好。"似是想起什么，她又腼腆地笑了下，"不过我的字不是特别漂亮，你们不要嫌弃。"

"不会不会，不敢嫌弃嫂子！"

景黎："好的！我下次会记住带签名书过来的！"

大抵是天冷的缘故，鼻子被冻得有点儿红，她吸了吸鼻子，又笑得眉眼弯弯的。

老林忍不住多看了她几眼，觉得眼前的女孩儿真的完全是那种超可爱的类型，和原哥般配得不行。这时，一辆车停在门口，沈以原撑着伞下了车，对他们说："我们先回去了，下次有空再约。"

他把一个暖手宝塞到了景黎的手里，又说："怎么在门口等？你看鼻子都红了。"

景黎说："也不是很冷呀……"

他把伞撑了过来："手是冰的，还说不冷，生病了怎么办？"

"才不会生病！"

"生病了我就要生气了。"

“那我哄哄你好了……”

两人渐行渐远，声音也越来越小。

将对话听在耳里的前DO战队队员们你望我我望你，最后老林说：“小费说得还真没错……”

阿纯：“真是‘护妻狂魔’……”

彦子：“我以后要告诉深深，队长谈恋爱太腻歪！”

事实证明话不能乱说，景黎下车后就连着打了几个喷嚏，对上了沈以原幽幽的目光。

她连忙说：“我这是鼻炎发作！不是冻到的！”

话音未落，她又打了几个喷嚏，本来就被冻得泛红的鼻子更加红了，还有可疑的液体渐渐往下流。她吸了吸鼻子，说：“哎呀，师父呀，你明天还要上课对吧？晚上你就别过来睡了。”

沈以原说：“不可以，不抱着你我睡不着。”

景黎又想打喷嚏了。

但……实在不想让沈以原担心，她深吸一口气，硬是把喷嚏给忍下来了。

沈以原瞥了她一眼。

电梯门打开，沈以原说：“我给你煮姜汤驱寒，你先去洗个热水澡，半个小时后我过去。”

景黎一听，知道藏不住了，索性不遮遮掩掩，连着打了好几个喷嚏，一时间嗓音都带上了浓厚的鼻音。两人一块儿出了电梯，景黎又伸手说：“感冒了，要抱抱。”

沈以原抱住她。

景黎又撒娇：“不许骂我哦，也不许生气哦，你的女朋友现在打喷嚏打得很难受哦！”

沈以原心里本来是真的挺气的，寒冬腊月的天，她又不是老林、阿纯、彦子那样的糙老爷们儿，居然站在门口等车。她常年运动锻炼得少，身体素质不是特别好，又有鼻炎，特别容易感冒。

现在见到她真感冒了，沈以原就不高兴了，可是所有不高兴在听到她这么撒娇的时候，通通不翼而飞。

都是这坏天气的错，他很生气，就怪老天爷。

沈以原摸摸她的脑袋，声音也柔了几分："不骂你，也没生气。"

说着，他低头亲吻着她的额头。

景黎推开他："别亲，别被我传染了……"她又恢复笑吟吟的模样，似是想起什么，又说，"对了，等会儿你过来，我有话要和你讲！你去煮姜汤吧！"

沈以原问："什么话？"

"等会儿你就知道啦。"

沈以原回家煮姜汤。

他是个不擅长厨艺的男孩子，不过谈了女朋友后，倒是懂得了一些基础的做饭知识。他们谈了大半年恋爱，现在沈以原会煮简单的面条，会煮红糖姜茶，还会做最简单版的糖醋排骨。

原因是某天景黎看吃播视频下饭，吃播播主是个帅气的小哥哥，景黎感慨了一句"会做糖醋排骨的男人真的好帅啊"。

然后，"东亚小醋王"上线，可能牺牲了几头猪，才把一道能入眼的糖醋排骨端到景黎面前。

再后来，沈以原熟能生巧，这个世界上的猪又少了一些不必要的牺牲，活得都很有意义。

半个小时后，沈以原捧了一碗姜汤去景黎的家。

他算了算时间，景黎洗澡时间不长，不洗头的话二十分钟内一定可以解决，洗完澡后她就喜欢坐在床上擦身体乳，所以沈以原直接端了托盘进她的卧室，未料没在卧室里见到人。

他瞄了眼床头柜上的身体乳，显然还没有用。

他知道景黎有个习惯，用完身体乳后总会先把装身体乳的小瓶子扔在床上，磨磨蹭蹭地又在床上干点儿别的事情，比如看看视频、刷刷手机微博之类的，反正最后收拾的都是他。

他进浴室一看，人也不在。

"宝贝？"

"啊，我在书房！"

沈以原顺着声音走去，书房的门半掩着，他轻轻地推开门，正好见到景黎蹲在保险箱前，从里面捞出一沓一沓的文件。

沈以原微微蹙眉。

"毒哥大半夜的又给你找事干了？

"刚洗完澡怎么穿这么少？

"为什么不穿棉拖鞋？"

景黎说："哎，没、没、没，毒哥没给我找事干，上次我'喷'了她后，毒哥对我超客气的，我不想参加什么活动就不参加。家里不是有地暖嘛，我刚洗完澡好热的……"

似是想起什么，她又说："对了，我觉得我洗了个热水澡后，感冒都好一大半了。"

沈以原问："你找什么？"

景黎说："哎，你等一下，我正在整理过往的合同。"

沈以原捞起她来，说："别蹲着，脚容易麻，坐着整理。"

"我快整理好了。"

见她要站起来，沈以原连忙空出一只手扶她，说："先把姜汤喝了。"

景黎倒也乖巧，稍微吹凉了一下后，就把一整碗姜汤给喝进了肚子里，脑门开始微微冒汗。沈以原自然而然地替她擦了擦汗珠，才问："怎么突然想起整理合同了？"

景黎开始一份一份地给他翻。

"你看看哦，我写书这么多年了，合同多得保险箱都装不下啦。我有没有跟你讲过，你女朋友很能干？我写的书卖得可好了，前年上映的电影《勇敢的少女》也赚得特别多，我这套房子的钱就是那本书换来的。去年和《王者荣耀》金主爸爸合作，也攒了一大笔钱！"

她的语气带着几分骄傲："实不相瞒，我现在有养小白脸的资本……"

话音未落，她就对上了沈以原阴沉的眼神。

景黎哈哈哈哈地笑，又说："哎，我就是打个比方！告诉你一下我的实力和财力！师父你不要这么看我嘛！快给你女朋友笑一个。”

沈以原说：“你都要养小白脸了，我怎么笑得出来？”

景黎软软地说：“我都说了啦，就是个形容！我就是想告诉你，你女朋友，我，很能干！我不需要我的另一半给我准备房子、车子，物质条件我自己可以满足自己，甚至有多余的可以满足……”

本来她想说小白脸，但又及时打住了。

她定定地看着他：“所以呀，你可以干任何你想干的事情，我无条件支持你的事业和爱好。我知道你对解东辰的提议很动心……你知道吗？我超喜欢那个有抱负、有理想的原神，虽然我不玩《英雄联盟》，上次偷偷下载了还打得很菜，但是我知道你玩的时候，眼神里有一种玩《王者荣耀》没有的热血和抱负。如果你的家人不能支持你的梦想，那我支持你。”

沈以原的内心柔软得一塌糊涂。

他不知道自己上辈子到底干了多少好事才碰上一个这样的女孩子。

她可爱温柔贴心。

你对她好，她就对你更好。

沈以原此刻觉得一套学区房都配不上她了，起码得两套。

他说：“等你病好了，我带你玩。”

景黎笑吟吟地说：“好的呀。”

沈以原又说：“东辰的提议我还在考虑，等我考虑好了跟你说，另外……”他顿了顿，又说，“我有没有问过你？如果可以的话，你下辈子能不能也让我预定一下？”

第九章

草莓味的甜

这是我的女孩儿，谁也不能欺负她。

第二天是周日，沈以原早上七点就起来了。

这个时间点，景黎仍在睡梦中，也不知做了什么梦，嘴角微微扬起。本来准备去洗漱的沈以原见状，又在她身边多待了一会儿，目不转睛地看着她。

这个世界上有百看不厌的人吗？

有，他女朋友。

墙壁上的挂钟嘀嘀嗒嗒地走着。

一刻钟后，沈以原终于将目光从女朋友身上挪开，俯身在她的额头上落下一吻，重新坐好时，眼里又添了几分柔意。他终于离开床，去洗手间洗漱。

他出来的时候，景黎正好迷迷糊糊地睁开眼，带着浓厚睡意的嗓音随之响起。

“今天不是周日吗？”

沈以原说：“我今天要回家一趟。”

“哦哦……”

两人谈恋爱这段时间，沈以原极少提起自己的家庭，回家的次数更是少之又少，现在一大清早听到男朋友提到“回家”两个字，她的睡意登时消失了一半。

“发生什么事了吗？”

他摸摸她的脑袋，说：“没事，就是回去吃个午饭，宝贝你继续睡，晚上带你去吃火锅。”

听到这话，景黎松了口气，又闭上了眼。

“那你去吧。”

沈以原低头吻了一下她的额头，似是想起什么，又叮嘱她：“我喊了家政阿姨八点半过来给你做早餐，九点前你一定要起来吃早餐，规律作息知道吗？吃完早餐后不可以又回去睡。”

“嗯，师父你好啰唆，知道啦，我现在好困哦！”

沈以原拿她没办法。

有关作息这个问题，沈以原在很努力地帮自己的女朋友纠正。她这个自由职业者，时间太自由了，时常日夜颠倒，吃饭也不规律，小半年前还病了一场，把他着急坏了。从那次起，他就开始纠正她的作息，如今算是有所改善，她能够保证半夜一点前睡觉，九点起来吃早餐。

不过偶尔他不盯着，她准要睡到十一点，尤其是进入冬天后，她能睡得更久。

沈以原离开房间，给家政阿姨打电话，让她今天给景黎做中式早餐，再烤两片切片面包。

对付不肯起床的女朋友，身体诱惑没法使用时，他只能依靠食物的香味了。

这一点，沈以原还是很有经验的。

沈以原的家也在本地，从他现在住的这个小区开车过去不远也不近，四十分钟左右，是一个以别墅为主的富人区域。他一进小区大门，周遭郁郁葱葱的绿化便扑面而来，小区地理位置也好，闹中有静。

他极少回这里，以往回来时，刚进大门心情就开始焦躁郁结，今儿个却分外平静，想起昨晚景黎说的那番话，心中难免再度添了几分感动和暖意。

平心而论，这里的环境确实很不错，只不过景黎不喜欢太大的房子，这儿全是别墅，至少也是两百平方米。

沈以原在地下停车库里停了车，准备进家门时，脚步在门口微微停顿，稍后才摁了密码锁开门。

别墅装修偏中式风格，里面一水儿的红木家具。

客厅里的太师椅上坐着一位保养得当的妇人，眉眼间依稀可见年轻时的风韵。瞧见沈以原，她皱着眉说："喊你回家吃饭，喊了一个月，你是不是没把妈放在眼里？"

沈以原说："没有，最近忙。"

沈母瞋了他一眼："你以为妈不知道吗？你就是不想相亲。妈也是为你好，你这个年纪也该找一个门当户对的女孩子了。我们隔壁家的姑娘，刘家的千金，比你小两岁，家里和我们家一样是传统行业，小姑娘眉清目秀落落大方，妈很中意。"

"我说过了，我谈女朋友了。"

沈母说："哦？还在谈？"她顿了顿，又轻飘飘地说，"恋爱我随便你谈，结婚的对象得家里帮你挑。这个学期结束后，你来家里的公司实习，别再搞乱七八糟的游戏，这一年你做什么我都知道，我只是睁一只眼闭一只眼，没和你爸说，免得你总认为家里一直管着你，但你毕业后那些有的没的就不能再碰，知道吗？还有结婚对象也是，你谈的那个女朋友，家庭小康，条件不算一般，但也不算门当户对，以后对你帮助不大，还有……"

正巧这时，沈父下了楼。

沈以原面色平静地喊了声"爸"。

沈父颔首，在沙发上坐下后，开始询问沈以原最近的学业。

沈以原一一作答。

沈父向来不苟言笑的眉眼间添了几分满意之色，他说道："年后你大四，来家里的公司实习，位置给你安排好了，我和你哥也打了招呼。爸忙活一辈子为的就是你们兄弟俩，别再让我失望。"

沈以原没有说什么。

午饭过后，沈父又说："上次我和你张伯伯吃饭，他有个女儿也在F大念书，下次约个日期我们两家人出来吃个饭。"

沈母说："哎，做钢铁业的张家？"

沈父嗯了一声。

沈母喜滋滋地说："那也不错，我们隔壁的刘家其实也可以，不过比起张家还是差了点儿。有照片没？我瞧瞧和刘家千金谁好看一些。我们的小儿子喜欢小圆脸的人，太美艳的不行。"

此时，一直沉默的沈以原开口："爸、妈，我不是喜欢小圆脸的人，只是喜欢我女朋友。我今天回家也不是和你们商量什么，只是回来告知你们我的决定。我不打算回家里的公司实习，会重回《英雄联盟》的圈子，带新的战队夺下比赛的冠军。以后的路怎么走，我有自己的规划和决定，包括找对象。我的对象很好很好，不比张家、刘家的女儿差，你们不同意，我也不会勉强你们喜欢她，但这是我的人生和选择。"

忽然间，沈母咳了起来。

沈父沉着脸说："你看你又重蹈覆辙。你现在像什么样子？又要像过去那样把你妈气到进医院？"

沈以原平静地问："妈，你总拿身体来威胁我，有意思吗？"

沈母面色顿变。

晚上吃火锅的时候，沈以原和景黎说了自己的决定。

景黎听了，笑吟吟地说："好的呀，我支持你！"似是想起什么，她又问，"你今天也和家里人说了吧？他们怎么说？如果他们不赞成的话也没关系呀，老一辈和我们这一辈思想有距离，今天不同意那就以后慢慢劝说。"

沈以原嗯了一声，没多提家里的事儿。

景黎又问："对了，你知道吗？有个读者来问我，能不能让我男朋友露脸直播。她好像是你的粉，应该很喜欢你，每天都来问一遍。"

"你想我露脸吗？"

景黎说："看你喜欢呀，你现在直播都不用声音处理器了。不过露脸的话，人气应该会更高一些，等你去新战队当教练，估计就没多少时间直播了，喜欢你的粉丝一定会很想念你。”

说着说着，景黎自我代入了一下粉丝的心情，说：“想想都很可惜……”

吃过火锅后，两人回家。

打从原神掉落马甲后，锦鲤大王在短短小半个月之间已经成为狼腾直播平台的一哥，人气与往日不可相提并论。沈以原有时候在粉丝的要求下还会打几场《英雄联盟》，把老粉感动得不要不要的。

沈以原九点开播。

今天一开播，直播间就炸了。

“原神露脸了？”

“舔屏！”

“我去，原神的长相完全可以秒杀小鲜肉啊！”

“啊啊啊，流鼻血中……”

“谁能告诉我，为什么锦鲤大王突然露脸了？”

“本、本人吗？”

沈以原瞄了眼弹幕，淡淡地说：“我听我女朋友说，有粉丝坚持每天给她发私信想我露脸，我女朋友觉得我露脸也不错，我便听她的了。”

他笑了下，又道：“毕竟是女朋友的粉丝，我要给我女朋友脸面。”

弹幕唰唰唰地滑过。

“大王！我也是锦鲤的粉丝！求宠我！”

“不露脸的时候已经天天秀恩爱了，露脸后秀恩爱秀得更过分！”

“原神提起女朋友时的眼神好宠溺啊。”

“小锦鲤上辈子一定做了很多好事，这辈子才能找到这么好的男朋友！”

“啊喂，我是锦鲤的粉，别说得我们家大大跟捡到天上的馅饼一样好吧？我们家大大也是很优秀的！”

“所以，今天的直播内容是秀恩爱？”

沈以原念了最后一句弹幕，然后叹了声说：“女朋友太好，总是忍不住想秀，但今天只是顺便秀恩爱，主要还是来说一个消息，我迟一些会重回《英雄联盟》，至于哪个战队，暂时保密。”

周末，宋纱纱来S市出差，和景黎约了去一家五星级酒店喝下午茶。

酒店本身就极有名气，独特的字母标志让人印象深刻，在寸土寸金的S市也占据了一席之地。酒店地理位置不错，观景台正对S市的标志性景点，每逢下午就有许多人慕名而来拍照，俨然成为一个新的网红之地。

景黎以前是这家酒店的下午茶的常客，尤爱这里的咸甜下午茶套餐，不过自从和沈以原谈恋爱后倒是来得少了。

今儿个天气微寒，餐厅里人不多。

景黎坐在落地窗边，喝着暖心暖胃的伯爵红茶，又吃了一口鸡蛋布丁，咽下去的时候，整个人的眉眼都弯了起来，露出无比幸福的表情。

“啊，真的好好吃啊，红茶也好好喝，可惜我男朋友不喜欢吃甜的东西，刚开始谈恋爱时还吃几口，时间长了就看着我吃。”她撇撇嘴，又说，“我知道你家周哥会陪着你吃，一说我就想起你们读书那会儿谈恋爱。你记得有家卖草莓蛋糕的甜品店吗？我那时听胖球说，周哥不爱吃甜品的，但是和你在一起时只要你问他吃不吃，他肯定吃。”

宋纱纱听她提起陈年旧事，不由得莞尔：“南周在这方面比较随和。”

景黎扑哧一声笑了出来。

他哪里随和了！

他当年可是一中扛把子！老师都不敢惹他好吧！

宋纱纱瞋她一眼，又笑着说：“我其实很早就看出来你和沈以原有戏，以前念书的时候我总想着究竟什么样的人能让我们家的小锦鲤动心，也想过你谈恋爱后会是什么样。只不过真没想到，你们俩谈恋爱谈得这么高调……”

景黎眨眨眼，说：“高、高调吗？我在朋友圈秀得很少哎，微博上也很克制！”

宋纱纱张嘴，吐出仨字：“直播间。”

景黎登时怔住，随后道：“你、你、你去看我男朋友的直播了？”

她搓了搓脸：“嗷，好羞耻！”

宋纱纱给她的茶杯添满红茶，才说：“南周也喜欢玩游戏呀，《英雄联盟》《王者荣耀》，他都玩的，自然也在关注电竞圈的消息，不过像我这个不怎么关注这个圈子的人都知道电竞圈里曾经引爆流量的原神即将回归，可见沈以原人气不俗。”顿了下，她又说，“我那天顺藤摸瓜进了沈以原的直播间，正好就见到他和你秀恩爱，我看粉丝的弹幕都习以为常的模样便知你们在百万观众面前秀恩爱是家常便饭。”

宋纱纱打开微博，滑了下，出现了原神的微博主页：“隔三岔五写情话在上面，你们俩是我见过的第一对秀恩爱秀得这么高调的微博大V。”

这话若是换别人说，景黎可能会有点儿不好意思，但这是多年闺密说的，景黎厚脸皮地应了，说：“没办法，我很吃他这一套……我特别喜欢和他秀恩爱！我最近沾了他的光，粉丝涨得贼多，还有人为了原神买我的书，一下子就买几十本，真是太‘土豪’了。”

顿了顿，景黎又说：“我男朋友其实真的是个闷骚，第一眼见他觉得他高冷禁欲，接触下来才知道他的内心戏可多了。哎呀，纱纱，你知道吗？他的声音真的超好听的，晚、晚上……”

她眉目含羞地望了望周围，小声地说：“那什么的时候，他用低音炮似的嗓音喊我宝贝时，我觉得浑身血液都要沸腾了……”

景黎说得起劲，一提起自己的男朋友就无法停下来，乌黑的眼瞳光亮骤增，眉眼间是无法遮掩的幸福之色。

宋纱纱耐心极了，含笑听着。

半晌，景黎终于意识到自己提得有点儿多的时候，才重咳了一声，有些腼腆地说：“我、我知道自己谈恋爱后有这个毛病，一提起男朋友就停不下来，想把所有甜蜜都和身边的朋友分享。你知道我的好友喵喵、虫草花、小桑葚她们吧，她们每天都在谴责我这样的行为！但我一不说，她们又会来问我是不是和男朋友吵架了，都怪担心我的……”

她眉眼弯弯，声音也软了几分：“我觉得我上辈子真的做了很多很多的好事，这辈子才能碰上这么多关心我又对我掏心掏肺的朋友！”

宋纱纱也跟着笑道：“我也希望你能幸福，你在我面前可以尽管提，听多少遍我都愿意。”

似是想起什么，宋纱纱忽然说：“其实我现在更关心的是你们俩的未来。”

景黎微怔：“哎？什么未来？”

宋纱纱举例：“你们现在差不多等于半同居了吧？同居的下一步就

是结婚。但沈以原比较特殊，现在还在念书，毕业后还要去新的战队当教练，男人有事业心是好事。但据我所知，电竞圈也挺复杂的，诱惑太多了，你们就打算一直谈恋爱吗？你想过和他结婚吗？”

景黎抿了抿唇。

宋纱纱安静地看着她。

景黎似是在沉思，许久才说道：“我想过的，但是未来如何谁也不能打包票，谁也无法肯定现在的人就一定能和自己走到最后。我想和他结婚，但是我也支持他的决定和想法。以后如何我不知道，只知道我现在很爱很爱他，也知道他对我的爱不比我的少，结婚的事情，我更愿意水到渠成。”

宋纱纱温柔地说：“锦鲤，我这里只有一句话给你，不管未来如何，你需要我我就来。”

景黎很感动：“以后你和周哥的孩子出生了，我一定要当干妈！”

宋纱纱笑道：“好的。”

闺密俩一段时间未见，话题多得数不清，聊得正欢时，忽然有服务员过来，问：“请问是景黎小姐吗？”

景黎愣了下，说：“嗯，我是。”

服务员微微侧身，说：“那边的女士想请您过去聊一聊。”

景黎顺着服务员的视线望去。

窗台旁坐了两位女士，一位背对着她，她看不清模样，但从窈窕的背影可以看出是个年轻的女孩儿，另外一位则上了年纪，但保养得当，穿着打扮看来像是一位贵妇人。

宋纱纱问：“你认识？”

景黎摇了摇头。

这时，服务员又说道：“金女士还说了，她有个儿子姓沈，景小姐您听了就应该懂得她的意思了。”

景黎差点儿被呛着。

她重重地咳了声，说：“好的，我明白了，麻烦你先帮我和金女士说一声，我跟我朋友讲几句话就过去。”

服务员应声离去。

景黎对宋纱纱说："纱纱，我、我、我男朋友的妈妈让我过去聊会儿天，你等我一下下，我也不知道要聊多久，如果时间长的话你先走吧。"

宋纱纱瞅她一眼，说："你先过去，别紧张。"

景黎点头。

然后，宋纱纱就看着景黎浑身僵硬地往窗台那边走去。

她不由得摇了摇头，目光落在了金女士身上，不动声色地打量着这位贵妇人。

一小会儿后，她给沈以原发了微信过去。

宋纱纱："我和锦鲤在喝下午茶，碰上你的母亲了。"

景黎写过无数女主角见男方家长的情节，也脑补过自己有朝一日见男朋友的家长的场景，但万万没想到居然会在酒店的餐吧里和男朋友的母亲碰上，并且还被要求过去聊天。

景黎紧张极了，生怕自己哪里表现得不好。

对沈以原的母亲，景黎的了解太少，她男朋友提起的次数也太少，寥寥几次的谈论使得景黎对对方只有一个印象——古板且强势、身体不大好。

一想到这儿，景黎更紧张了。

她露出一个腼腆的笑容："阿姨您好，真巧，居然在这儿碰上您了。以原经常和我提起您，说自己长得像妈妈，今天第一回见阿姨才知道以原说得不假，难怪以原长得这么帅，都是遗传了阿姨您的基因。"

景黎人软声甜，长相是小家碧玉的那种，特别讨家长和老一辈人的喜欢。

不是她吹牛，她在相亲角待半个小时，起码能收到七八个妈妈的询问，一聊起天来都巴不得把儿子塞给她。景父、景母也给景黎安排过几次相亲，每次相亲完，都是对方的父母分外热情，还有一次有个相亲对象的母亲特地给她妈妈打了电话，把景黎吹了一波，盼着景黎第二天就能嫁过去当媳妇。

所以，景黎虽然紧张，但还是有那么几分自信可以自己攻下男朋友的母亲的。

"是吗？"金女士淡淡地看了景黎一眼。

景黎说："是的呀，以原的鼻子和阿姨您的特别像，他……"

景黎深谙夸赞的套路，和男朋友的母亲见面，夸她儿子总没错，毕竟是自己身上掉下来的一块肉，儿子被夸赞了做母亲的又怎么会不高兴？夸赞男朋友，景黎可擅长了。然而金女士并没有给景黎表现的机会，景黎尚未来得及夸第一句，金女士的目光就落在她身上，眼神写满了冷漠。

景黎的话戛然而止。

金女士说道："你用不着讨好我，也讨好不了我，我有中意的儿媳妇……"她说着，视线落在了对面，眼里露出一丝初雪融化般的笑意。

景黎先前太紧张了，眼里只有金女士，此刻才注意到刚刚一直背对着她，见不到相貌的女孩儿。女孩儿生得极其美艳，脸只有巴掌大小，很典型的网红脸，身上打扮亦很洋气。听到金女士的话，女孩儿落落大方地浅笑了一下，眼里是毫不遮掩的对景黎的敌意。

此刻，金女士又说："我开门见山地说，我给你一套你现在住的小区的房子，你离开我儿子。"

景黎："……"

她是不是听错了？

这不是好久好久之前狗血总裁文里的常用戏码吗？为什么会发生在她身上？

饶是景黎再好脾气，此刻脸上的表情也有几分挂不住了。

她垂下了头。

金女士说："你自己考虑。"

金女士这几天太生气了，以前小儿子叛逆，但还算服从管教，做家里反对的事情好歹懂得遮掩，现在完全没有遮掩的心思，连刘家的长辈现在都知道他们家小儿子要去打游戏了。

他还能为了什么？金女士哪里能不知道原因？

这还不是因为眼前这个普普通通的女孩儿。

两个人谈了不到一年的恋爱，年轻人能有多深的感情？S市寸土寸金，一套房子的钱对方不可能不会心动。现在的女孩子多现实她不是不知道，毕竟眼前的女孩儿打小家境一般，贪图物质也是顺理成章的事情，哪像他们从小就生在极度富裕的家庭里，门当户对的观念就是刻在骨子里的。

忽然，景黎拿出手机。

金女士皱眉，以为她要喊沈以原过来，心里又不禁冷笑了一下。

这种女孩儿的手段也就这样了。

未料，景黎却打开手机的计算器，涂着水粉色指甲油的手指在数字键盘上摁了好几下，然后才抬起头来，眉眼间多了几分严肃之色。

“我现在住的房子，当初买的时候是六万一平方米，七十平方米的房子，统共花了四百二十万。自从房子附近新建了大型商圈，房价已经涨到了九万一平方米，也就是说，七十平方米的房子，现在是六百三十万，阿姨您的意思是给我六百三十万，然后让我离开您儿子吗？”

金女士没想到景黎会这么反问，正要开口说话，景黎又在计算器上摁了好几下。

然后，她把手机上显示的数字对向了金女士。

“六百三十万，我凑个整数吧，七百万，您把您儿子给我，从此他是我的，跟阿姨您就没什么关系了。我现在一时半会儿拿不出这么多现钱，分期付款可以吗？”

她问得分外认真。

金女士瞬间就不爽了，声音微冷：“你当我儿子是什么？七百万买得了我儿子？”

“阿姨，您是以原的母亲，所以我尊重您，但如果换了别人，认为区区一套房子能买走儿子的爱情，现在我可能就会把我面前的这杯白水泼他脸上了。我当成心肝宝贝的男朋友，被人这么物化，我脾气再好也受不了的。”

她微微一笑，又道：“但您是我男朋友的母亲，我可以稍微忍一忍，也用您喜欢的方式来和您商讨。只是如果谈不拢的话，我也没有办法。我现在只想告诉阿姨您一句话，我家虽然不是大富大贵，但我凭自己的本事吃饭、赚钱、买房，一直很自豪，就算您儿子穷困潦倒，我一样养得起他。”

景黎不想再多说，准备离开。

而就在这个时候，熟悉的嗓音响起：“请你以后努力养我。”

景黎一愣，一扭头就撞上一道深沉的视线，旋即她的手腕被扣住，来人微微一拉，她整个人就到了沈以原身后。他肩膀宽厚，一米八几的身体瞬间将娇小的她挡了一大半。

他坐在了景黎的位置上，从一个文件袋里取出一份文件递给金女士，面无表情地说道："妈，我从未和你提过我的人生规划，最近特地列了一个人生规划表，本来打算过阵子拿给你和爸看的，现在看来不需要了。"

他又说："我的人生规划很简单，毕业后我会重回电竞圈当新队伍的教练，拿到属于我们的冠军。我的计划是两年，再之后，我依旧会从事和电竞相关的工作……"

他翻了一页文件。

景黎偷偷地瞄了一眼，发现了无数个自己的名字。

此刻，沈以原又说："我准备毕业后和景黎领证，或者是在我拿到冠军之后，这一点我和景黎还没商量好，我听她的。孩子的话，我们只打算生一个女儿，如果不小心有了第二胎，我们也会生下来，但生孩子的计划在结婚后两年之内。那时候我会换一份比较不忙可以照顾她的工作……"

景黎从未听过沈以原和自己提结婚的事情，真没想到第一次听居然是当着他母亲的面……

她听得满脸通红，又瞄了眼文件上的人生规划表。

上面居然连蜜月旅行的地方都规划了几个，还有孩子上的幼儿园……甚至细致到了婚纱定制的几位名家，还有孩子的各种教育问题，A4纸上写得密密麻麻的。

她赶紧扯了下沈以原。

沈以原回首望她："你别担心，这个不算求婚。"

她不是这个意思啊!

沈以原拍拍她的手，又转回头说道："我还写了很多，妈，你回去和爸看吧。我只是表达我的立场和态度，你们可以表达你们的不满，但是我依旧会按照我的人生规划走。"顿了顿，他又说，"另外，这是我的女孩儿，谁也不能欺负她。"

景黎离开酒店的时候，脸蛋仍然是红的。

直到她上了沈以原的车，在副驾驶座上系好安全带时，才蓦然反应过来：“啊！糟了！”

沈以原侧首：“什么糟了？”

景黎说：“我把纱纱落在酒店的餐吧里了！”刚刚她整个人都沉浸在沈以原说的“别担心，这个不算求婚”还有“这是我的女孩儿，谁也不能欺负她”那两句话里，离开的时候只觉心跳如鹿撞，一时间把自家闺密都忘记了。

大抵是心有灵犀，她刚想给宋纱纱发微信，宋纱纱的微信就过来了。

纱纱：“我先回去了。”

纱纱：“你的眼光很好。”

只有两句话，但景黎瞬间就觉得内心暖洋洋的。

她重新系上安全带，献宝似的把信息给沈以原看。

“师父，你瞧，纱纱夸我的眼光很好呢。我也觉得自己的眼光超棒，刚刚你说‘这是我的女孩儿，谁也不能欺负她’时，我感动得一塌糊涂，当时就觉得我的男朋友怎么就这么好呢。”

沈以原却有些沉默。

“师父？”

沈以原问：“我妈和你说了什么？”

景黎顿时明白了沈以原沉默的原因，笑了笑说：“也没说什么，就是一些家常话……”

“景黎。”他忽然喊她的名字。

景黎说：“哎呀，真的没有什么啦，你不用放在心上。”

“我知道我妈的性格，也知道你的性格，能让你用这样的语气反击，肯定是不好听的话。”他的手牵上她的，十指慢慢扣在一起，“是我让你受委屈了。”

景黎说：“老一辈的人嘛，我可以理解的……”微微一顿，她侧首瞅着他，见他一副内疚的模样，心知这事儿不好好解决，她的傻男朋友能因为她受委屈的事情内疚上一周，她便又说，“嗯，是有那么点儿委屈，但如果你给我买口红的话，那一点儿委屈可能就没有啦。”

她喜笑颜开地说：“D家最近出了一款新唇膏，草莓的颜色，超好看的。”

沈以原看她一眼，没说话，开车往附近的商圈驶去。

陪女朋友买护肤品、化妆品，他已经很习惯，也颇有经验，不用景黎开口，也知道哪里卖这些东西，并且还可以准确地找到正确的专柜。结账的时候，景黎挽着沈以原的胳膊，声音软软地道："我男朋友给我买口红，超开心，今天发生的事情我都忘记了啦。"

沈以原还是没说话，牵着她往负一层的大型超市走去。

景黎问："啊？我们还要买什么吗？"

沈以原问："叔叔喝酒抽烟吗？"

景黎回答："以前抽得凶，后来为了身体健康着想就戒了，不过他倒是蛮喜欢喝酒的。"

沈以原应了声，去挑了几瓶茅台。

景黎后知后觉地反应过来，说："你要给我爸买酒？"

他又往小推车里放了些燕窝、人参等营养品，说："本来我想过一段时间再把见家长的事情提上议程，但是……"他停顿了一下，侧首，直勾勾地看着景黎，"我现在等不了了，我的小徒弟太好了，我生怕我会晚一步。"

他又一字一顿地说："我想有个不让你受任何委屈的合法身份。"

超市里人来人往，不远处还有小孩子嬉戏的声音，可此时此刻于景黎而言，这个世界里仿佛只剩下他们两人是彩色的，其余都是黑白的画面。

他眼里只有她。

她眼里也只剩他。

胸腔里的心怦怦地用力跳着，带着无法言喻的心动和快乐。

她弯眉说："好的呀。"

沈以原见家长的前一天，景黎回了父母家。

景黎妈妈一直盼着景黎谈男朋友，如今女儿终于要带结婚对象回家了，笑得合不拢嘴。景黎爸爸自然也是高兴的，只不过大晚上的，两老都有点儿紧张。

他们家里只有一个女儿，见未来女婿还是头一回，他们也生怕把女儿难得带回来的女婿给吓走了。

景黎知道后，气得两颊都鼓起来了！

“爸！妈！”

景黎妈妈说：“闺女，当然不是说你不好，但你瞧瞧你多大了，难得带一个男人回来。要是不成的话，你再找下一个得多久？你妈还等着抱外孙呢。”

景黎爸爸附和：“你早点儿嫁出去，你妈也不念叨你了。”

景黎觉得自己太没地位了！别人家的女婿上门，家长都是想办法为难考验一下的，她家的女婿上门，爸妈生怕别人不要她了！

不过这样的想法没维持多久，景黎又自己释然了。

她晓得自家男朋友也很是紧张，虽然他什么都没说，但是确定好了见家长的日期后，他就每天神神道道的，还让她和他去买了新衣服、新皮鞋，打扮得宛如一个成功人士，上门的礼品也买了一大堆，今天觉得这个她爸妈会喜欢，明天觉得那个也不错，车子的后备厢和车后座都堆满了。

正巧年关将近，景黎也没阻止他，就当是买年货了。

现在可好了，要见家长，男朋友紧张，父母也紧张，双方一起紧张，想必明天的画面会很和谐。

“闺女，”景黎妈妈忽然喊她，说，“我记得小沈现在和你一样是做自由职业的吧？”

景黎说：“现在算是自由职业，不过明年他毕业后就不算了。”

景黎正想着怎么和两位老人家解释“电竞”两个字时，景黎爸爸已经打开手机，说：“游戏主播对吧？我前阵子和你妈去旅游，团里有个小孩儿跟你差不多大，当主播，老赚钱了。”

景黎妈妈说：“现在新兴职业真多，要是搁以前的环境，我还能直播打麻将或者跳广场舞。”

景黎爸爸笑道：“就你还直播，也不怕丢脸。”

景黎的爸妈是欢喜冤家，谈恋爱那会儿就经常你怼我我怼你的，一怼就是几十年。

景黎没想到爸妈这么时尚洋气，居然知道直播！

景黎妈妈瞋了景黎爸爸一眼，才对景黎说：“过阵子给你爸买一副老花眼镜，他天天看人直播出海钓鱼，人家钓上鱼了还给人家打赏，完全不知道乐趣在哪里。”

景黎爸爸说："你以为鱼这么好钓的吗？"

景黎妈妈："呵呵。"

景黎爸爸又问："闺女，小沈在哪个平台直播？叫什么名字？"

"狼腾，锦鲤大王。"

景黎看着自己爸爸迅速打开App store，然后流畅地下载了狼腾直播App，又搜索了"锦鲤大王"四个字，然后进入了直播间。

景黎爸爸点评："小沈是个当红主播啊。"

景黎妈妈："废话，不然他怎么靠这个吃饭？"

景黎爸爸："小孩子的钱真是好赚，看别人打游戏也愿意花钱……"

景黎妈妈："啊呸，钱给你家女婿的好吗？"

景黎咽了口唾沫，想着要不要告诉自家男朋友她爸妈正在他的直播间里，让他少说点儿乱七八糟的话什么的……然而在景黎犹豫的时间里，沈以原已经结束了一局游戏，"胜利"的字样跃于屏幕上。

忽然，沈以原叹了声，说："不打了，今天状态不好，来跟你们聊天吧。我明天要见女朋友的家长，很紧张，直播间里有没有人给我传授一下经验？"

说完，摄像头前的沈以原又补充："你们等一下，我拿张纸来记一下。"

粉丝很热情，顿时，纷纷给沈以原出谋划策。

沈以原看得很认真，还边看边念。

"岳母的话一定要夸她做饭好吃，如果是岳母做饭的话。

"岳父的话要拿出对他女儿最大的诚意和喜欢……

"表现自己有给女朋友带来美好生活的能力……"

"爸、妈，你们……"

"嘘！"看得认真的两老齐刷刷地让景黎住嘴。

景黎犹豫了很久，还是没告诉自己的男朋友，未来的岳父、岳母在看他的直播。

她太清楚自家男朋友的性子了。

假如她告诉他这事的话，他肯定要当着百万观众的面出直播事故了。

她用脚指头都能猜想到第二天微博会出现什么热搜，题目她都想好了——百万人气主播突然失声。

而且，直播间里的男朋友认真询问和认真做笔记的模样实在太可爱啦。

这一点在她爸妈面前绝对是加分项。

早上五点三十分，沈以原的三位室友不约而同地被沈以原的电话叫醒。

大学早已放了寒假，除了简鹏之外，老三和老四都回了家。

冬天本来就天亮得晚，这个点大伙儿都迷迷糊糊地开启了企鹅视频。

简鹏：“老大喊我们开视频，为什么人不在？”

老三：“是什么紧急事件吗？”

老四：“不知道……”

一分钟后，姗姗来迟的主角终于开启了视频通话，映入三位室友眼帘的是与他们截然不同的老大——头发梳得一丝不苟，疑似做了发型，穿着深蓝色的西服正装，还打了领带，表情十分严肃。

凌晨五点三十分，老大这样的打扮，这样的表情……分外诡异。

但毕竟是室友，这几人都非常了解脑补大王戏精boy沈以原，尤其是简鹏昨天从倩倩妹子口里得知了原神在直播间讨教见家长注意事项的事情。

简鹏问：“老大，你不要告诉我们你想彩排？”

老三：“对哦，老大今天要见家长。”

老四：“请问老大你是不是一夜没睡？”

沈以原以手握拳，抵着下颌轻轻地咳了声：“来帮我一个忙，等你们结婚我给你们包九千九百九十九的红包。”

简鹏、老三、老四：“请开始你的表演！”

然后，三个人见到本来一脸严肃的老大露出了微笑，说：“伯父、伯母，非常感谢你们把女儿养得这么好，能够遇见她，是我的幸运。她是我见过的最好的女孩子……”

简鹏：“等一下……”

老三：“老大，这词是你自己写的？”

沈以原：“百度的。”

说着，沈以原把桌面上的一沓A4纸翻转过来，对准电脑的镜头。三人见到上面是打印字体的一段又一段话，标题全是——见到女朋友的爸妈开场白123，吃饭时提的话题1234567，夸小徒弟的正确打开方式123456789，伯父感兴趣的话题12345，伯母感兴趣的话题12345，冷场怎么挽救123，假如岳父岳母不满意自己怎么办123，花样赞美岳母的做饭技巧123456……

标题下，全是一小段一小段的话。

简鹏：“我去，老大你这跟去考试一样！”

老三：“准备果然很充足。”

老四：“弱弱地问一句，老大你准备多久了？”

沈以原说：“从打算买学区房时开始，陆陆续续想的……这一周才打印出来的，昨晚在直播间讨教后又修改了一下台词，半夜背了一遍。”

他又说：“我要再背一遍。”

简鹏、老三、老四：“您继续。”

沈以原提前了半个小时到达景黎家楼下。

景黎下楼接他，问：“紧张吗？”

沈以原“冷静”地说：“不会紧张。”

坐电梯上楼的时候，沈以原悄悄地看了眼手机备忘录里的多段台词。电梯门打开的时候，他暗暗地深吸了口气，原以为要进了岳父岳母的家门才能见到本尊，未料景黎的爸妈家的大门早已打开，两老已经在门口等着了。

沈以原的气都没到嗓子眼里，开头第一句话就差点儿破音。

“小沈来了！”

“来、来、来，快进来。”

景黎的爸妈一人拉一边，把话刚出口的沈以原拉进去坐在了沙发上。沈以原准备继续说开场白的台词，未料压根儿没有机会说，景黎的爸爸妈妈就开始你一句我一句地说了起来。

“小沈，我们家闺女不怎么贤惠，也不会做饭，以后辛苦你了。”

“阿黎说你喜欢吃辣的东西，今儿个阿姨特地给你煮了几道川菜。”

“小沈，你瞧着比照片要好看多了，真是俊俏的小伙子，我们家闺女都不知道哪里来的福气……”

景黎：“爸！”

“她小时候眼光可不好了，对衣服的审美每次都被我嫌弃，长大后眼光是真的突飞猛进……”

景黎：“妈！”

“妈什么！你妈我说得不对吗？景黎，以后要好好对小沈，不许欺负他！这么好的女婿，可别给我整走了。”

沈以原很是不知所措，陆续准备了将近大半年的见家长的台词完全没派上用场，未来的岳父岳母压根儿没有给他开口说话的机会，打从他在沙发上坐下来后，未来岳父岳母就不停地夸他，眼里充满了慈爱的光。

吃饭的时候也是，未来岳父岳母不停地给他夹菜，那几道川菜全都落入了他的肚子里。

他很捧场地全部吃光了，吃完后，准备的夸赞未来岳母的厨艺的台词才终于派上了用场。然而沈以原只夸了半句，未来岳母又还了他十句夸赞，把他吃个饭也夸上了天。

未来老婆是作家，丈母娘果然也很会用成语。

沈以原彻底词穷。

吃过饭后，景黎被景黎妈妈喊去洗碗，沈以原本来说要去帮忙的，被景黎爸爸留了下来。

客厅里，顿时就剩下沈以原和景黎爸爸两个人。

景黎爸爸笑眯眯地问沈以原要不要看钓鱼直播，家里的电视盒子可以连接直播平台看别人直播，完全没有对他提问的心思。别人家的岳父好歹会为难一下未来女婿，他的情况似乎有点儿不一样？

看了几分钟的钓鱼直播后，沈以原终于没有按捺住：“伯父。”

“喊什么伯父，喊爸吧，迟早要喊的。”

沈以原微微一怔。

景黎爸爸又说：“小沈，一个人过得幸福不幸福，脸上是藏不住的。我们家的闺女呀，跟你谈对象后，每次回家时脸上的幸福都藏不住。我和她妈私下里说过好几次，她只要能幸福，我们不计较男方的家庭条件。我们这辈子别无所求，只希望女儿可以健康和开心。当然有些话该走流程的还是要走，我们两口子对你好，是因为女儿喜欢你，但凡哪一天你让我们的闺女难过伤心了，我们两口子能把你扔进大海里。”

直播视频里的主播正好把鱼钓了上来，蔚蓝的大海一望无际。

沈以原沉默了片刻。

准备好的台词有许许多多煽情的恳求岳父岳母将女儿交给自己的话，可此时此刻他并不想用，心底油然而生的是一股子赤诚之情，想把心彻彻底底地剖开来给岳父看。

瞧，这颗心里装满了您的女儿，小锦鲤就住在这里，伤害她要先撕开他的心脏。

他拿出一个公文袋，里面是一沓一沓的文件，包括银行存款的打印单、各式理财产品的合同，还有名下的车子以及新战队聘请他的签约合同。

“这是我今天准备的，我知道承诺的言语太苍白，想用实际行动告诉爸妈，在物质条件方面，我会让她过得比现在更好。房子我已经看了，这事我还没有告诉景黎。天气冷，她不爱出门，看房子也辛苦，我舍不得她在外面劳累，挑了几套，等天气没那么冷了再带她去看看。虽然我现在还没有全款买学区房的能力，但首付我已经攒好了，房子地段也很好，三室两厅的，配套的教育环境也很不错，我给爸妈也留了个房间，房子我打算写景黎的名字……

“我家里的环境比较复杂，我知道景黎也跟你们提过一些，但是请爸妈放心，我家里的事情我已经解决，如果以后还有后续问题，我也会保证景黎不会受任何委屈。爸妈你们宠着长大的女儿，在我心里也是心肝宝贝。

“还有这是我的未来规划，请爸您过目。”

半个拇指厚的文件令景黎爸爸呆住了。

沈以原又说：“爸，您有看不懂的地方，尽管问我。”

景黎爸爸忽然就笑出声来，拍着沈以原的肩说道：“行，没问题，我闺女看人的眼光果然很好。”

沈以原又留在了未来岳父岳母家吃晚饭。

两人吃过晚饭后，景黎才和沈以原一块儿离开。

上了车后，沈以原才逮着机会问景黎：“你昨天是不是和爸妈说了什么？”

景黎笑吟吟地说：“我知道你紧张呀，就和我爸妈说你特别紧张，一紧张的话可能就会出事，所以你来之前，我特地交代我爸爸妈妈了。”

顿了顿，景黎又说：“跟你开玩笑啦，瞧你紧张的，你真别紧张，我爸妈对你都很满意。你昨天……”她咳了下，才说道，“直播的时候，不是向粉丝请教上门见家长的问题吗？我爸妈全程看了，一直看到你下播呢。你准备的台词什么的，我爸妈都见到了。我爸妈真的打心底觉得你是个老实又诚恳的年轻人，特别感动，昨晚还一直叮嘱我以后不要欺负你呢。哼哼哼，我爸妈真偏心，你都没娶我呢，他们就胳膊肘往外拐了。哼哼哼，沈先生，你以后要对我好！”

在路边的灯光映衬下，景黎的小圆脸蒙上了一层柔和的光芒，又长又卷的睫毛在眼睑下有一层淡淡的阴影。

沈以原看得入神。

景黎说得起劲，也很入戏，甚至给沈以原演了一场婚后他对她不好她嘤嘤嘤的戏码，演到一半，却见沈以原目不转睛地看着她。

她停下来，问：“沈先生，你今天为什么不配合我演了？”

“我拒绝出演人设崩了的角色。”他说，“沈先生不可能对景小姐不好，如果不好，那肯定不会是沈先生，因为沈先生把景小姐放在了这里，”他拿着她的手按在了自己的左胸膛上，嗓音温柔到了极致，“这里不允许沈先生对景小姐不好，不然，它会疼。”

春去秋来，转眼间便过了两年。

宋纱纱回S市处理卖房子的相关手续，景黎在一旁陪同。房产中介是毒哥介绍的，和毒哥一样办事效率高，流程走得十分贴心和周到。

景黎问：“周哥不回来吗？”

宋纱纱笑着说：“宝宝黏他，他周末要带宝宝，回不来。刚刚离开的时候，我拍了房子的照片。”

景黎说：“宝宝抓周的时候一定要喊我这个干妈！上次我瞧她的时候觉得太可爱了，真的是粉雕玉琢的女娃娃。”

宋纱纱说：“一定会喊你的，到时候你和沈以原一块儿过来。”

“可以可以。”

说起这事儿，站在走廊上的宋纱纱看了眼对门，问：“你这房子还没卖？你们不是都买好学区房了吗？其实要不是为了宝宝，我和南周都不大想卖S市的房子。”

景黎说：“没卖呢，我是想卖的，他不肯让我卖，说哪有自己的未婚妻卖房去还房贷的？”

似是想起什么，她又嘟囔着说：“学区房写了我的名字，现在房贷也是他还。你也晓得去年我写的那本书拍成电视剧了，请了一线明星来演，火得一塌糊涂，我赚了个盆满钵满，他也晓得我赚了多少钱，就是不肯让我花钱。”

宋纱纱笑道：“男人大多有点儿大男子主义，而且他心疼你，愿意给你花钱，是好事。”

景黎说：“我知道是好事！他呀……”

她摇了摇头，无奈地说：“有时候真的会让我觉得我赚了钱没地方花，他全都包了，幸好他在战队里赚得也多……”忽然，她顿了顿，然后说，“我们别站着聊吧，去小区楼下的咖啡厅？让我花钱请你喝咖啡吧。”

两人转战咖啡厅。

景黎经常来这家咖啡厅码字，咖啡厅里的服务员都认识景黎，相当清楚景黎的口味，问了她是否照旧后，才询问宋纱纱要喝什么。等服务员离开后，宋纱纱问：“你经常在这里码字？”

景黎点了点头，说：“这里的蓝莓芝士蛋糕也蛮好吃的，我在家里码字会分神啊，所以就喜欢找一家咖啡厅码字。这家咖啡厅环境清幽，我经常过来的。我男朋友有空的话，就会坐在你这个位置陪我码字。不过你也知道的，我码字的时候一般不怎么喜欢别人说话，他也清楚，所以他要么也带着电脑下来，要么就默默地直播打游戏。”

“还在直播？”

景黎说：“其实当初他和狼腾直播平台就签了一年的合同，后来到期了，狼腾也舍不得这么高人气的他，开了相当优厚的条件，时间上也十分自由，所以他隔三岔五会为粉丝直播上一两个小时。他们的战队也和狼腾直播签约了，有时候他们还会互动什么的……”

提起未婚夫，景黎一如当初地滔滔不绝，眼里也溢满了笑意。

宋纱纱也不由得微笑，瞥了眼她的手指，问：“你们现在就是同居？什么时候结婚？学区房和车都买了，下一步应该是结婚了吧？他向你求婚了吗？”

景黎说：“其实结婚这个事儿一直在我们的议程之内，但是你知道的嘛，他毕业后不是去了《英雄联盟》的新战队吗？训练、做活动、比赛呀，特别特别忙，我本来和他说了随便领个证就好了，他却不肯。我是真的无所谓，反正结婚对象是他，不要婚礼我也可以接受的啊，但他就是不肯。我想了想也就迁就他了，反正对我们两个人而言，其实现在和结婚没什么区别，就差一本结婚证。”

宋纱纱问：“他当教练都有一年了吧？”

景黎笑道：“嗯，前阵子的总决赛我也去了，他们战队拿了冠军可高兴了。我的下一本书都有写电竞文的打算了，哇，我跟你讲呀，现场比赛的那种氛围，激动又热血，看着一群小年轻，觉得自己也年轻了好几岁。”

宋纱纱不动声色地问：“我听说有人在现场求婚？”

景黎说：“哦对，当时可热闹啦。”

宋纱纱问：“你要写进书里吗？”

“不！我觉得人太多了，不浪漫！”

宋纱纱问：“你书里这么多的求婚场景，你最喜欢哪一个？”

景黎愣了下，说：“哎？这个问题似曾相识啊……”她歪了歪脑袋，又说，“前阵子哦，我的好友喵喵、虫草花和小桑葚都问过我。不过你也知道的嘛，我书里的女主角呀，职业和性格都跟我不一样，我写的时候她们都是活的，我会考虑她们的个性来揣测她们的喜好。非要我选一个，我还真挑不出来……”

景黎和宋纱纱数月未见，今日一见聊了许久，直到晚上沈以原回来的时候，宋纱纱才离开。

两人坐电梯上楼。

学区房是去年8月交房，是毛坯房，装修了小半年，现在正通风，两人也不着急，打算多通风一段时间再说。

景黎说："对啦，纱纱今天跟我们讲，等他们家宝宝抓周的时候喊我们过去B市。"

"行，没问题。"

景黎又说："纱纱给我看了好多我们的干女儿的照片，哇，真的是可爱到爆炸。"

她翻出手机的相册，滑着照片。

"你看你看，跟上次我们见到时比是不是又长大了好多？这小裙子还是我买的呢！真是太萌了啊，要萌化我的心了。"说着说着，景黎又忧愁起来，"我真的好忧愁哦，万一我们生的不是女儿咋办？我好想要一个女儿……"

景黎的忧愁来得快去得也快，手指一滑，又跳到一个宋纱纱和唐南周家的女娃娃吹泡泡的小视频上，她瞬间又开心了："啊啊啊，真的好可爱啊！"

沈以原说："没你可爱。"

景黎哭笑不得："这和干女儿有什么好比的！"

沈以原说："有，你是大可爱，我们未来的女儿是小可爱，干女儿是小小可爱。"

景黎知道自己家未婚夫对这个称号特别执着，也不跟他争，扯开了话题，说："我休息一个月了，明天要写新的稿子，毒哥给了我半年的时间。你明天要去你们战队那边吗？"

沈以原说："不去了，我跟东辰就签了一年的合同，差不多到时间了。"

景黎问："你要继续当教练吗？"

电梯到了，电梯门缓缓打开。

景黎先出去，找钥匙开门。忽然，沈以原从背后拥住她，脑袋蹭了蹭。景黎觉得有些痒，笑嘻嘻地说："哎，怎么突然这么黏人？"

"就是在感慨为什么我的眼光这么好，没有你我完成不了我的梦想，也不会放心去追逐我的喜好，现在心愿达成，我已经没有任何遗憾了。当年离开得匆忙，这一次我是走心地离开。"

“咦？你不留在战队里了吗？东辰肯定舍不得你……”

“嗯，回来当主播……”他细数道，“孩子出国的钱赚到了，奶粉钱也有了，该赚的都赚了，现在就当个主播慢慢攒生二胎的钱，如果你想生二胎的话。”

景黎真的觉得哭笑不得。

“喂、喂、喂！沈先生！我们都还没领证呢。”景黎顿了下，又说，“要不我们明天去把证给领了？”

忽然，沈以原的手机振动了好几下，来了信息。

景黎习惯性地瞄了一眼，却发现沈以原匆匆忙忙地把手机藏了起来，然后他跟着顿了一下，说：“过阵子吧，不着急，你明天不是要写稿吗？我陪你去咖啡厅。”

两人谈恋爱三年了，景黎嗅到了一股子微妙的气息。

他们俩之间虽然不会检查对方的手机，但是信息来了也不会遮遮掩掩的，沈以原还是头一回有这种表现。她狐疑地眯了眯眼，想要仔细打量他的时候，他已经开了门进屋。

景黎在沈以原去洗澡的时候，戳开了喵喵的企鹅框，这一戳，发现喵喵的企鹅提示对方不在常用地上线。

锦鲤：“喵喵？你不在家？”

喵喵：“我这边临时有个外地的活动，刚下飞机。”

锦鲤：“什么活动呀？”

喵喵：“就是漫展签售之类的。”

锦鲤：“最近有漫展吗？”

喵喵：“你怎么了？”

锦鲤：“我觉得我家那一位有事情瞒着我，刚刚有信息来，他居然藏起来了！这很奇怪呀！”

喵喵：“你多想了吧，你家那一位把心都掏出来给你了，就算有事情隐瞒肯定过不了几天也会和你说的。”

景黎觉得喵喵说得很有道理，然后又去把所有交心的朋友戳了一遍，说了同样的话题，也得到了相当一致的答案。同时，景黎发现她所有的朋友的企鹅都提示对方不在常用地上线。

景黎问她们去哪里了，她们说可能是企鹅出问题了。

景黎也没多想，毕竟她现在更担忧的是自家男朋友的反常行为。晚上睡觉的时候，她偷偷地确认过了他的眼神。

嗯，有事儿瞒她的眼神。

景黎是有心事就要折腾到很晚才能睡着的姑娘，于是第二天起来时已经是中午十二点了。她扭头看了下身边，男朋友早已不见了。她看了眼手机，没有半条信息。

她起床洗漱，出来时才听到男朋友回来的脚步声。

自家男朋友依旧神色可疑，但景黎忍住了好奇心。

吃过午饭后，景黎才带着小笔记本下楼，沈以原也带了电脑包一块儿下去。今天周末，但咖啡厅里静悄悄的，而且有一半场地光线极度昏暗。

景黎还是坐在老位置上，喊服务员来了一杯香草拿铁和一块蓝莓芝士蛋糕，顺口问了一句："你们的咖啡厅今天是怎么了？怎么那边的窗帘也不拉一下？"

服务员笑眯眯地说："那边有客人在。"

景黎眺望了一眼，光线太暗了，完全见不着有人。她也没多问，打开笔记本电脑准备写小说的开头。

然而她有心事，写不下去。

就在此时，她听到咔嚓的一声，坐在对面的沈以原不知从哪里拿出一个拍立得拍了她的一张照片。她不由得一愣，问："你在拍我？"沈以原在等待拍立得出照片，片刻后，才把照片给她看。

沈以原问："这张你喜欢吗？"

她看了眼，照片里是她对着电脑眉头紧锁的模样，但不可否认的是，她的男朋友的拍照技术在她的调教之下，这三年来可谓突飞猛进，虽然她眉头紧锁，但很好看。

正巧窗外有阳光洋洋洒洒地落下，整张照片风格清新美好。

她及时地给予了赞扬，说："好看。"

他拉着她的手，说："过来，给你看个东西。"

他牵着发蒙的景黎走向咖啡厅里昏暗的另一半场地，咖啡厅里有一个落地窗帘作为阻隔的大包间，沈以原在窗帘前停下，说："你进去看看。"

景黎微微一怔，掀开了窗帘的一角，登时又是一愣。

她以前也来过这里的，是很商务的包间，但此时此刻包间被装饰得充满了少女气息，墙壁上挂着太阳和月亮的小灯，整个包间里还有一排排的晾照片绳，上面挂满了小照片。

小照片里全都是她在各式各样的咖啡厅或者是在家里码字的模样，或皱眉或傻笑或沉思或抿唇，上面还有具体的日期和地点。

她一张一张地看过去，直到最后一张时，才发现不是照片，而是一个红色的丝绒盒子。

她取下盒子，里面有一张小字条——请你嫁给我。

景黎怔怔地看着。

脚步声响起，她身前多了一道身影。

沈以原把刚刚拍的那一张照片挂了上去，从口袋里取出戒指，单膝跪下："今天是我们谈恋爱的第三周年，你答应和我在一起的那一天我就一直在想要怎么向你求婚。我想表白和承诺的语言你听我说过太多，求婚再说一遍也没有意义。你是我心里最珍爱的女孩儿，我不知道要用什么方式来向你求婚。你曾和我说，你对很多事情是三分钟热度，唯独对码字和我一直热情不减，那今天我想告诉你，你过去码字的模样我不曾见过，但以后你写每一本书的每一个模样，甚至是每一次卡文，我都想陪着你，所以，请问你愿意嫁给我吗？"

景黎的鼻子酸了，心底暖烘烘的。

她被感动得一塌糊涂。

正在这时，包间后跳出一个又一个她熟悉的身影——喵喵、虫草花、小桑葚、纱纱，还有费桦、简鹏等，他们异口同声地说："快答应！"

景黎的眼泪瞬间就掉了下来。

她擦了擦眼泪，再次望向跪在地上的沈以原。

她吸了吸鼻子。

"我愿意呀，一百个愿意！"

番外一

直播

在沈以原和景黎这对新婚夫妻的最新计划表里，两人是打算先过一年的二人世界，然后再开始备孕生小话梅的。

两人度蜜月的地点选择了一座私人海岛。

提供海岛的是纱纱的老公的朋友韩毅。韩毅是S市海运业里赫赫有名的太子爷，他老婆是当地知名房地产企业程家的千金。景黎和程桑桑是同校同学，念书那会儿很多人关注这位娇生惯养的千金小姐，景黎听了不少八卦。后来因为纱纱的关系，景黎和程桑桑吃过几顿饭，和沈以原结婚的时候，她也请了韩、程夫妇。

婚后没多久，纱纱和唐南周回S市探望长辈，又顺道约了程桑桑吃饭，那时景黎在愁度蜜月的地点。

她先生是个很有计划的人，度蜜月地点列举了ABCD选项，然后让景黎挑一个。

景黎是自由职业者，虽然码字的时候很宅，但是隔三岔五就会出远门，基本上一年出国游两三次的样子，想去的地方其实和沈以原或者好友都去得差不多了。

景黎是个很需要仪式感的人，度蜜月和旅游总归不大一样，她想挑一个意义特殊的地方。

于是，度蜜月的地点她挑了很久都没定下来。

直到她和程桑桑、宋纱纱吃饭时，程桑桑才给了景黎建议，提供了自家的私人海岛，说她和她家老公度蜜月也挑了那儿，环境贼灵，还给景黎看了照片。

景黎看得很心动，回去就跟沈以原说了。

沈以原本来就是迁就景黎的仪式感，假如景黎想在家里度蜜月，他也是没有任何异议的。于是，新婚夫妻俩愉快地定下了蜜月地点。海岛在东南亚那一块，要通过海、陆、空三种交通方式到达，他们过去虽然辛苦，但罕见的美景总在人烟稀少处。

私人海岛环境幽静又私密，海水的颜色清澈透明，是一抹沁人心脾的翡翠色，海星触手可及，海龟优哉游哉地在白色沙滩上爬行。

环境实在太美了。

新婚夫妻俩虽然半同居三年，但夜生活依旧激情澎湃得很，于是在僻静无人的私人小岛上，两人都不太节制，回去后没多久景黎就“中奖”了。

正好景黎结婚前才把一本稿子交稿，加上之前在等影视放权走流程的稿子，总共有两本稿子没上市。干她这一行的，就怕存在感不高，长时间没有作品出来，容易被取代。景黎自认是运气好的作者，并非极有天赋又个人特色分外强烈的人，尽管两本影视作品让她大火了一把，可在她这一行，天赋型的作者层出不穷，她对自己的定位很清晰，笔耕不辍是她最好的生存方式。

所以景黎仗着有两本稿子在，心安理得地休息了，这一休息就是一两个月，景黎开始觉得无聊了，思来想去决定给自己找点儿事情干。

毕竟景黎还是个很敬业的作者。

她自个儿半夜瞎琢磨，第二天主动和毒哥讲，要为准备上市的新书做直播打广告。

毒哥打从那次公关危机彻底明白景黎事业心不重后，就开始放任景黎了，营销宣传的活动都减少了，现在听景黎主动要求做活动，险些以为自己听错了，还确认了几遍。

毒哥在宣传公关方面有着相当专业的素养，和景黎商量过时间后，立马联系和自家公司有合作的直播平台，准备要个显眼的推荐位。毒哥办事效率高，不到半天就在视频里和景黎说："妥了，时间是晚上八点，推荐位给一个小时，是首页的滚动广告栏。本来想要广告栏上面的固定图片栏的，但他家的签约人气主播已经定好了，咱家有这个待遇也算厚道。"

景黎头一回进行直播，有点儿紧张，想了想说："这个直播平台我记得不露脸的，我挺怕冷场的，要一直说一个小时，我总觉得我没这么多话好说……"

正巧沈以原从外面回来，问："你要直播？"

景黎说："对，我觉得挺好玩的！"

沈以原问："哪个平台？"

毒哥说了个名字。

沈以原了然，对毒哥说："你再争取一下推荐位，我老婆第一次进行直播，我怎么可能不去捧场？"

毒哥和直播公司谈的时候也考虑过沈以原的名气，但由于前车之鉴，按捺了没提。现在沈以原主动开口了，毒哥自然是一口应承。景黎说："哎，等等，你来给我捧场，我再喊喵喵来，喵喵那本漫画改编的影视剧火疯了，现在势头正好！哦对，费桦也可以来给我当特邀嘉宾。"

毒哥一合计，三个特邀嘉宾都是各行各业的流量咖，直播平台平日里想请这些人过来进行直播都要花钱，现在一搭三，更好的推荐位是十拿九稳的事情了。

毒哥挂了视频后，景黎笑道："我那天晚上八点开始直播，和你的直播时间重了。"

沈以原不以为意道："那天我休息吧。"

景黎说："你来我的直播间和我聊天？"

沈以原沉默了一会儿，也不知想到了什么，才说："我准备给你一个小惊喜。"

景黎问："什么小惊喜？"

沈以原："到时候你就知道了。"

到了进行直播那天，景黎心里特别紧张。

她知道以自己老公和两位特邀嘉宾的号召力，她的直播间的人数绝对不会少，很有可能是几十万起步。一想到要对着几十万人说话，景黎就有压力。

一开播，弹幕刷的基本是“原神观光团”“锦鲤大王家的小粉粉到此一游”“飞花打卡团”“喵喵家的小天使”以及景黎自家的小仙女粉。弹幕评论刷得飞快，几乎一眨眼就是满屏的字，而且费桦还十分活跃，连着刷了好几条“原神粉头在此”，被一群飞花粉逮着，又热闹了好几分钟。

景黎见人这么多，正要开口说一句“大家晚上好”时，被呛着了，连着咳了好几声。

一杯水递了过来，沈以原低沉的嗓音响起：“先喝水，别紧张。”

然后，他又对着景黎的话筒说：“我老婆呛着了，我替她跟你们打声招呼，晚上好。”

话音未落，直播间里的弹幕和评论跟疯了一样。

“一开头就塞‘狗粮’？？”

“今晚是秀恩爱专场？？”

“大王你平时在直播间秀得还不够吗？”

“大王你醒醒，这是你老婆的直播间，你不要抢风头！”

景黎正好看到这句话，忍不住笑了声，大抵是身边有老公在的缘故，一下子就不紧张了，说：“你们的原神就是看我咳，给我倒了杯水。”

沈以原：“嗯，今晚我就只说十分钟的话。”

已经在麦上的喵喵问了一句：“原神只说十分钟，我是不是只能说九分钟？”

费桦也开口说：“那我说八分钟。”

景黎说：“哎，你们别听他瞎说，今天我们就随便聊一聊，顺便宣传一下新书，大家有没有什么问题想问的呀？问我、问特邀嘉宾都可以呀。”

景黎不紧张后，登时找回了主场，在直播间里越发活跃。她本来就是写书的，梗也多，特别会哄人，和喵喵、费桦他们互动也很有趣，直播间在半个小时后突破了一百五十万的在线人数。

而沈以原真的说到做到，全程偶尔蹦出几个“嗯”“是”“哼”等单音节的字眼，但尽管如此，本就似低音炮的嗓音和自带流量的属性仍旧让观众不停地刷弹幕和礼物。

直播即将结束的时候，作为粉头，费桦忍不住问了：“原哥，说好的十分钟呢？你说话的时间加起来是不是连两分钟都没有？”

沈以原说：“你和喵喵下麦。”

“哇，这是夫妻专场了吗？”

“前排兜售板凳、瓜子、辣条、可乐，感觉压轴戏来了！”

景黎也有些蒙，问：“你要做什么？”

沈以原说：“给你唱歌。”

他话音一落，弹幕再度疯狂地刷了起来，而且在线的观众人数开始直线上涨。

众所周知，原神从不开口唱歌的，甚至在微博上表态过自己唱歌容易跑调，所以直播的时候就专心说话，从来不会哼上一两句歌词。显然，景黎也是知道这个事儿的，她老公连KTV都不怎么去，现在一听他这么说，她更蒙了，结结巴巴地扭头问道：“唱歌？”

沈以原说：“唱两首。”

沈以原坐在景黎身侧，探身调了下她的直播工具，开始放伴奏，清了清嗓子，开口：“第一首给我的宝贝。

“我的宝贝，宝贝，给你一点甜甜，让你今夜都好眠……”（《宝贝》）

沈以原本身的声音就是干净又低沉的那种，唱这首歌时还带着十分宠溺的温柔语气。有句话说，爱一个人时是藏不住的，因为藏住了，你的眼神和声音都会出卖你。

将近两百万观众都感受到了这份满满的爱意。

一曲毕，沈以原又说：“第二首给我的小宝贝。”

“期待着你的回来，我的小宝贝……”（《小宝贝》）

沈以原唱完后，景黎说：“你什么时候学的？我在家从来没听过。”

沈以原：“其实偷学很久了，一直想给你唱但没找到机会。”

景黎问：“《小宝贝》是给我们的小话梅唱的吗？”

沈以原说：“不，你是我的宝贝和小宝贝，等小话梅出生了，她是小小宝贝。”

在线的将近两百万观众：你们这对秀恩爱狂魔能不能下播了再聊？考虑过单身狗的感受吗？

番外二

小话梅

尽管夫妻俩并没有重女轻男的思想，可两人真的特别想要一个女儿，景黎怀孕的那段时间，除了夫妻俩的卧室之外，客厅、厨房、洗手间，包括直播房间都有粉雕玉琢的女娃娃的照片。

沈以原的直播间的观众都知道他们家原神想要一个女儿的迫切心情。

他连《王者荣耀》账号都改成了锦鲤家的女儿。

于是，大伙儿都在猜测他们家原神究竟能不能如愿以偿，当然更多的人是想给原神当女婿。而沈以原看到这些评论和弹幕，已经开始忧心忡忡了，某天半夜和景黎说：“我们该给未来女婿立下家规。”

大抵是夫妻当久了，夫妻俩的脑洞的频道几乎一模一样。

肚子里的宝贝是男是女还不知道，景黎也说：“想到以后有人要娶走我们的小话梅，我就有点儿难过了。”

“臭小子！”

“大浑蛋！”

未来的沈家女婿被要求严格的岳父岳母臭骂了一顿，并且浑然不知他未来的岳父岳母在今天已经开始给他设置上门见家长的一百零八道难题了。

脑洞巨大的夫妻俩畅想了一番未来，在脑洞里把未来女婿难为了一顿后，又回到现实。

万一她生的不是小话梅咋办？再生一个吗？

景黎孕期的反应有点儿严重，好一阵子她孕吐得厉害，把沈以原心疼得不要不要的。景黎向来是那种好了伤疤忘了疼的人，现在产期将近，孕吐也好了，倒是蛮想生个二胎的。

不过沈以原在这一点上相当坚持——只生一个。

景黎感慨："当爸妈真的很不容易啊，不当父母不知道，现在即将当父母了越发懂得父母的难处。"

沈以原沉默不语。

景黎看他一眼，立马晓得他在想什么。

她老公和家里人的关系仍然处于冰点。

两人结婚的时候，男方家里只来了沈以原的哥哥，父母始终没来。虽然自家老公嘴里不说，但景黎知道他内心还是不好受的。景黎没当妈妈以前，很尊重沈以原的想法和做法，现在当了妈妈，心境稍微有了改变。

她觉得她的婆婆是个很要面子的人，尽管做法太过强势，也不太能让人接受，可终归是爱小儿子的。

晚上她趁沈以原睡着后，悄悄把婆婆的微信给加了，第二天早上的时候，微信好友居然通过了。

婆媳两人谁也没开口说话，景黎只默默地把婆婆拉到了家人的朋友圈分组里。

然后，景黎发朋友圈的频率明显增加了。

她开始发一些怀孕日常，还秀了医院的B超照，隔三岔五发一些当父母真不容易的"鸡汤"煽情类的话。她毕竟是写文的，煽情的这个度可以说是掌握得炉火纯青。

小半个月后，景黎如愿以偿地生下一个女娃娃。

夫妻俩开心疯了。

景黎第一时间在朋友圈晒娃，后来又陆续分享一些养娃趣事，当然，分组仅限家人与知己好友能见。

而金女士从未点赞过，也从未评论过。

景黎没在意，依旧发着自己的朋友圈。

事情的转机在小话梅满六个月的时候。

夫妻俩都是自由职业者，所以两人也不打算请专业的保姆，就两人一块儿照料小话梅。景黎晓得照料孩子的艰辛，所以做好了辛苦的准备，不过她老公沈以原太尽职了，几乎包揽下了所有辛苦的活。

身为新晋妈妈，景黎每天的任务就是给小话梅喂奶，以至于满六个月的时候，许久没写文的景黎已经有心思要开新坑了。

沈以原很支持景黎。

于是，景黎到了下午就背着电脑去咖啡馆码字，出门前还挺担心的。他们家小话梅估计遗传了父母的黏人属性，一旦见不到自己的爸爸妈妈就要哭。平日里夫妻俩都在家，小话梅见不到妈妈，总能见到爸爸，或者反过来。

而打从小话梅出生后，沈以原的直播时间就改到了下午两点到六点，现在她出门了，就有点儿担心沈以原一个人照顾不过来小话梅。

她说："你照顾不过来就和我说，我立马回来。我就在楼下咖啡厅码字，回来的话应该不到五分钟。"

沈以原说："宝贝，你去码字吧，不要担心。"

话是这么说，景黎还是很担忧的。然而她也不知道从什么时候开始有的习惯，在家码字状态不佳，非要去咖啡厅码字才行。景黎在咖啡厅坐了一个小时后，手机弹出自家老公直播开始的推送。

她点开了直播。

沈以原已经开始直播游戏了，直播间一如既往地热闹，自称小话梅的未来婆婆公公的粉丝们在弹幕上非常活跃，尤其是费桦。

景黎怀孕的时候，费桦就开始铆足了劲儿找女朋友，恨不得能立即谈一个，然后生孩子。用费桦在微博上的原话说——人生最大的梦想就是和偶像结为亲家。

于是，在沈以原的直播间里，除去小话梅未来的公公婆婆，还有很多费桦的老婆粉来看未来儿媳妇。

不过，他们夫妻俩很少让小话梅露脸，沈以原直播的时候，如果小话梅哭了他就会起身去看看，打着游戏时也会隔三岔五地扭头望镜头拍不到的地方。

但今天似乎有点儿不一样，景黎看了半个小时的直播，发现自家老公就偶尔侧一下脑袋，活动一下脖子，而且神奇的是，她居然没听到小话梅的哭声。一般这个点，要是小话梅见不到人的话就该哭了。

她给沈以原发微信。

景黎："小话梅还没醒？"

沈以原："醒了，一个人在玩。"

景黎："居然没哭！"

沈以原："我们的小小宝贝一个人也可以照顾好自己。"

于是，景黎彻底放心了，在咖啡厅里码了三个小时的字，快五点半的时候才收拾电脑回家。她回到家的时候，沈以原的直播还没有结束。

一般沈以原进行直播的时候，景黎是不会进去的，倒不是怕打扰他，而是每次进去的时候，她家的秀恩爱狂魔老公总要喊她一声宝贝，以至于现在她的读者都跟着一块儿喊她宝贝小姐姐了！

但今天景黎惦记着小话梅，悄悄地推开房间的门瞄了一眼。

沈以原说："宝贝，你回来了。"

景黎愣了下，问："小话梅呢？"

沈以原说："在卧室。"

"睡着了？"

"没有，还是醒着的。"

景黎惊呆了，说："小话梅见不到爸爸妈妈，居然不哭了，有进步啊。"说着，她去了卧室。小话梅一个人躺在婴儿床上，在咯咯地笑，婴儿床旁多了个长支架，上面固定着一台平板电脑，里面开着视频，视频上正是沈以原在打游戏的脸。

小话梅看着自家爸爸，哇哇哈哈地笑。

景黎哭笑不得。

小话梅见到妈妈，伸出藕一般的小胳膊，软糯软糯地发着啊哦的声音。

景黎将这场景拍了段小视频，发到了朋友圈里，配的文字是——

"我老公带孩子真的很有一套……"

当天晚上，从未回复过景黎的朋友圈的婆婆破天荒地回了一个问号。景黎顺杆爬地去婆婆的微信里卖了个乖，然后吹了一波沈以原很会带孩子！

金女士发了一长串微信语音过来。

“我们沈家是缺钱还是缺人，连照顾小孙女的保姆都请不起？”

景黎捂嘴偷偷地笑了下，顺势给了金女士一个台阶。

没过几天，金女士第一次上门，本来还板着一张脸，但见到超可爱的小话梅，到底没绷住，抱着小话梅爱不释手，离开的时候还依依不舍，不过望向沈以原和景黎时，仍旧冷着脸。

“你们年纪也不小了，为人处世的道理不懂？周日带小话梅回家吃饭。”

景黎说：“妈说得对。”

金女士的脸色微微好转，她又骂了沈以原一顿。等金女士离开后，沈以原沉默了许久。景黎小声地说：“你不要怪我多管闲事，我看妈也很喜欢小话梅，所以才偷偷加了她的微信。天底下的父母大多是爱孩子的，我生了小话梅后觉得当父母真的很不容易，能和解就和解，而且……我也不想看到你不开心。”

沈以原还是没说话，直勾勾地看着她。

景黎说：“你为什么这样看我？是不是发现更喜欢我了呀，沈先生？”

“我只是很苦恼。”

“苦恼什么？”

“没有你，我下辈子该多无趣。”

番外三

婚后日常

景黎在家收拾行李，明天要出发去Y市的影视城。

她有本古代文早些年卖了影视版权，今年年初项目启动了，明天正式开拍，剧组邀请她过去参观。正好景黎下一本新书的题材涉及电视剧拍摄，于是她索性过去取材，兴许能有什么新的灵感。若是搁在没结婚那会儿，她肯定是要在剧组里待上半个月或一个月的，不过如今小话梅都快要上幼儿园了，家里有个孩子，她实在不方便出太久的远门。

于是，景黎想了想，便只打算过去待个两三天。不过景黎出门，即便行程短暂，也能收拾一大堆行李，衣服三四套，还有护肤品、化妆品，现在是7月，正是酷暑时分，还需要各式防晒装备。

她列了个行李清单，然后开始在衣帽间里挑衣服。

她生孩子后便鲜少在大众前露面，签售会也没怎么开了，低调得很，如今去剧组参观，毒哥说了形象还是得注意一下。她生孩子后胖了整整二十斤，那会儿每天瞅着镜子里的自己很是发愁，思来想去也只能怪自己的老公，天天给她洗脑：胖一点儿好看，胖一点儿抱起来舒服，你不胖啊这样刚刚好，我家宝贝很好看……

他这么一洗脑，景黎便没怎么注重身材管理，直到有一天纱纱来S市，跟她还有程桑桑一块儿约了饭。景黎瞅着两位婚后的太太貌美如花的模样，再瞅瞅自己多出来的二十斤肉，深受打击，回来后办了健身房的卡，找了个私教，每天规律饮食，三个月后甩掉了二十斤肉，再度恢复少女时期的身材。

打那之后，景黎便很注重身材管理，吃吃喝喝都很严谨，无奈的是，有个总想把自己喂胖的老公。

沈以原但凡在微博上看到什么网红零食，都要买回来，囤在家里的零食柜里，有些是真的好吃，有些是虚有其表。不过有了前车之鉴，景黎吃得还算克制，每样零食最多吃个两三口便打住。

然而即便如此，因为工作关系常年久坐的她只要稍微不紧绷，小肚子便会凸出来。

景黎从衣柜里拿下一条白色透明格子纹的衬衫长裙，在身上比画了一下。

正好这会儿沈以原进来了，二话不说便从身后拥住了她，说："我老婆穿什么都好看！"

景黎瞋他一眼，说："都怪你，天天买零食。"她抓住他的手，放在微微凸起的肚皮上，带着他的手掌捏了捏，说，"你看！有小肚腩了！穿这条裙子不好看了。"

"好看，哪里不好看了？谁敢说不好看，我带着三百万的粉丝去他家门口蹲着。衣柜里的所有衣服就没有你穿着不好看的，就连凳子上的那块浴巾，你裹在身上也能穿出高定款小礼服的效果。"

景黎被他这一波夸赞逗得开心得不行，说："你就贫嘴吧，放开我，我收拾行李。"

沈以原不肯放手，说："再抱一会儿，你明天就要走了。"

景黎说："我就去两三天。"

沈以原说："两三天也很久了，你老公要独守空房三天……"顿了下，他又说，"要不是明后天都有活动，我就带着小话梅和你一块儿去了。"

提起小话梅，景黎说："你和妈那边说好了吗？"

"说好了，我参加活动的时间都是白天，晚上我再过去爸妈家接小话梅。现在7月，再过两个月小话梅就该上幼儿园了，这两个月就让她好好玩，等快上学的时候再告诉她要上幼儿园了。”

说到这个，景黎万分庆幸当初帮自己的丈夫和婆婆和好了，如今小孩子念书跟以前那会儿不一样，格外好的学校还看重家庭背景，沈以原和她都做了不少准备，最后还是婆婆出面搞定的。

景黎叹气说：“可千万别让小话梅提前知道，不然她要闹了。”

她这女儿三岁不到，看着乖巧可爱，实际上脑子里的鬼主意多得很，如今时代变了，小孩儿过早接触互联网文化，懂的东西越来越多。没生孩子前，景黎只觉得怀胎十月最为难熬，生了孩子之后她才知道最难熬的是怎么把小孩儿教育好。提起育儿经，她真的可以谈个十天十夜不带停歇的。

小话梅的闹和熊孩子的闹不一样，小女娃家家的，贼会以柔克刚，每天都和自己的父母为了看平板视频斗智斗勇。为了保护女儿的视力以及思维方式，她每天只许小话梅用半个小时的平板电脑。

小话梅最近迷上了玩具开箱视频，每天都看得津津有味，往往看完后就想买里面的玩具。她也不吵着买，最懂得和她爸爸撒娇，软糯软糯地嚷嚷几声，她爸爸就投降了。

她那张甜嘴儿也不知遗传了谁，去一趟爷爷奶奶和外公外婆家，回来时总能哄得四位老人家给她买玩具。

如今小话梅的玩具房规模和景黎的衣帽间都差不多了。

思及此，景黎气嘟嘟地拍了拍腰间的大手：“再给小话梅买玩具，我就生气了，不是钱不钱的问题，你和爸妈他们这都叫溺爱！别人家里都是慈母严父，搁我们家里就反了过来！”

沈以原也很无奈。

女儿生得粉雕玉琢，尚未长开的脸与妻子像足了七八分，每每女儿一撒娇，他就只能无条件投降——行、行、行，你要什么爸爸都给你买。

他说：“宝贝你别生气，我下次克制一下，过个几天再给她买。”他顿了顿，又说，“再说了，我们家又不缺那几个玩具的钱，我们家小话梅也不是那种喜新厌旧的人，得了新玩具，旧玩具也没有扔一边，每次都自己收拾玩具，连家政阿姨都说很少见到这么懂事的女娃娃了。女孩子就得富养着，想要什么我们给她买，以后她才不会随随便便就被一束花骗走……”

也不知脑补了什么，沈以原咬牙切齿地说："想到未来的女婿就来气，我们辛辛苦苦娇宠着长大的女娃，到头来还是便宜了他……"话锋一转，他语气里带了几分不舍，"仔细想想，如果说我们家小话梅到法定年龄就结婚，也就是还剩十七年零两个月，我们能宠她的时间也就只有十七年了，以后就得把她交给不知道从哪里冒出来的臭小子。"

沈先生这话说得咬牙切齿。

景黎听着听着，也觉得很有道理，再过些时候上了大学，女儿就要独立了，再找个男朋友，就是别人家的老婆了，他们当父母的能在家里宠着女儿的时间确实不多。

沈以原："昨天小话梅还说想要吐司面包挎包……"

景黎："什么吐司面包？"

沈以原打开手机，给景黎看了小话梅昨天看的视频记录，里面有个博主做玩具测评的，昨天做了一期英国某牌子的玩具测评，里面正好有个吐司面包挎包，还有吐司面包玩偶、吐司面包钥匙扣，做得毛茸茸的，一眼就让人觉得可爱疯了。

景黎："啊，真的好可爱！"

沈以原："买两个，宝贝一个，小小宝贝一个，我再买个同款钥匙扣，等下下个月我们一家去迪士尼玩的时候，一起背。"

景黎："买！"

之后，沈以原陪景黎一块儿收拾行李，收拾完后，两人又轻手轻脚地走到儿童房门口。

白色南瓜公主床上的小话梅睡得正甜，像个小天使。

夫妻俩相视一眼，不约而同地弯眉浅笑。

沈以原："我们家的女儿真是个小天使。"

景黎无比认同："对！"

然而第二天一大早，甜美可爱的小天使就开始了她独有的闹腾方式，像是一只树熊牢牢地抱着景黎的一只小腿，仰着脖子，一副泪眼汪汪的模样："妈妈要去哪里？"

景黎百口莫辩。

小话梅一直黏她得很，这一回出远门她知道要是告诉了小话梅，小话梅肯定会吵着要一起去，所以她和自家老公商量了一下，决定先斩后奏，白天一大早悄悄出门，等小话梅醒了再让老公带其去奶奶家玩，玩个一整天下来，回到家时小话梅也没力气闹腾了，她再跟女儿视频，完美解决问题。

然而两个人万万没想到的是，早上六点整，三岁不到的女儿居然醒了！

拖着行李箱的沈以原也很是无奈。

“小话梅乖，放开妈妈，妈妈只是出去工作，工作了才可以给小话梅买更多的玩具。”

“我不要玩具，我要妈妈。”小话梅抱着景黎的腿不放。

景黎蹲下来，把女儿抱起，单手拭去她的泪水，问：“小话梅是不是妈妈的乖女儿？”

小话梅抽抽搭搭地吸着鼻子，哭得好不伤心，还使劲点着头。

“妈妈再过两天就回来，这两天有奶奶还有爸爸陪你玩，你在家乖乖听话，好不好呀？这是妈妈的工作，你已经快三岁了哦，要学会适应偶尔妈妈不在的日子。小话梅聪明又可爱，一定可以适应得很好的，是不是？”

小话梅一把抱住了景黎的脖子：“妈妈。

“妈妈。

“妈妈。”

这三声妈妈喊得景黎的心都化成了一汪柔水。

冷不防地，沈以原说：“老婆，我开始想你了。”

景黎顿时有种自己不是出两三天的远门，而是要不远万里奔赴南半球大半年的错觉。她摸了摸小话梅的脑袋：“妈妈很快就回来，回来的时候给你带喜欢的吐司面包挎包。”

小话梅：“妈妈。”

“嗯？”

“我爱你。”

小女娃的声音本就软糯，对这种拖长音调甜到心坎的语气，景黎压根儿抵挡不住！然而她要赶高铁，再不出门就真来不及了，只好一咬牙，说：“妈妈也爱你。”

她放下小话梅，蹲了下来，说："小话梅乖乖的哦，晚上妈妈和你视频，好不好？"

小话梅的眼泪还在啪嗒啪嗒地掉，这会儿她又努力地吸了吸鼻子，小手握成了拳头似是在努力控制自己的眼泪，眼眶红得像是小兔子一般："妈妈。"

"嗯，乖哦。"

沈以原抱起小话梅："妈妈要出门了，要跟妈妈说什么？"

"妈妈路上小心。

"妈妈我想你。

"妈妈我爱你。"

小话梅说着说着，眼泪又掉了下来，又说："妈妈，小话梅不哭，小话梅很乖，妈妈再见。"

景黎听得眼眶都泛红了。

打从小话梅出生后，她还没有过离家两三天这么久的情况，这还真的是头一回。

她深吸一口气，提了行李箱，凑上前去亲了小话梅的脸颊一口："乖乖等妈妈回来哦。"

小话梅使劲点头。

沈以原指着自己的脸颊："老婆，我也要。"

景黎踮脚往他的侧脸上也亲了口。

沈以原依依不舍地说："老婆，我和女儿等你回来。"

景黎这才离开了家门。

到楼下的时候，她叫了辆出租车，准备打车过去高铁站。等计程车时，她回头一看，抱着女儿的丈夫在阳台上看着她。兴许是察觉到她的目光，女儿挥着手，撕心裂肺地喊："妈妈，我爱你！"

那一瞬间，景黎投降了。

不管了！

女儿还没上学呢！她要争取多点儿时间和女儿待着！

现在女儿身边只有几个同龄小伙伴，其余时间都是和父母待在一起，等以后上学了，认识了新的同学，她的生活里父母存在的时间就越来越少了！

思及此，景黎改变主意了。

她雷厉风行地干了三件事。第一，打电话给出租车司机取消了行程；第二，改了高铁班次；第三，打电话告诉接车的人说不用接了，她临时有事，到时候打车过去。

以上事情，她花了不到两分钟的时间。

干完后，她风风火火地提着行李箱，宛如一个久未归家的母亲冲向了自家洋房，把行李箱一扔，抱住了自家女儿，抬起头对沈以原说："我要带小话梅去影视城。"

沈以原："……"

两个小时后，景黎把自己的二十寸行李箱换成了二十四寸的，另一半装了小话梅的衣服和生活用品，还有便携装奶粉等。准备妥当后，景黎一手拖着行李箱，一手牵着女儿，跟沈以原告别："老公，等我们回来哦。"

小话梅喜笑颜开："爸爸再见！"

沈以原："……"

等目送妻女愉快地坐上出租车后，沈以原拿起手机，在"毕业多年还是只有老大成了家"的群里发消息。

沈以原："我孤家寡人，独守空房。"

沈以原："有了小话梅，老婆对我的重视从十分变成了五分。"

沈以原："爱妻携女离去，这是道德的沦丧还是人性的扭曲？"

简鹏、老三、老四："怎么了？"

沈以原："我老婆带着女儿去Y市影视城三天，现在只有我一个人在家，我感受到了单身的寂寞。"

简鹏、老三、老四："滚。"

景黎以前也来过几次Y市的影视城，虽然两三年没过来了，到了Y市后倒也轻车熟路。她包了一辆有儿童安全座椅的车，然后给毒哥打了声招呼，让毒哥帮忙和剧组的人说自己会晚点儿到，之后还温柔地和小话梅讲着话："到了之后，不许嫌累哦，到时候可能会很热，你要是热了就和妈妈说，知道吗？见到人要喊人，知道吗？"

小话梅如小鸡啄米般点着头，模样乖巧得很。

景黎思来想去，又叮嘱：“不可以离开妈妈半步哦，不能吃别人给的东西哦，如果要吃得先问过妈妈。”

小话梅继续点头，大抵是能够和妈妈出来，一副笑眯眯的模样，眼睛弯成了月牙儿。

她扎着两根小辫子，戴了她最喜欢的小猪佩奇发卡，还背了同款的小包包，坐在儿童安全椅上。景黎怎么瞧都觉得女儿宇宙无敌爆炸地可爱。

两人到影视城时，已经是下午四点多了。

景黎知道自己错过了开机仪式，心有愧疚，问了毒哥剧组里有多少人后，粗粗一算，牵着小话梅去周遭买了五六盒蛋糕，又去饮品店里买了几十杯冰凉可口的冷饮，让店员帮忙送到剧组门口。

眼下虽然四点多了，但7月的天对Y市而言，无疑是火炉般的存在。

景黎怕热得很，拿湿纸巾擦着脑门上的汗水，低头望了眼女儿。

小话梅估摸着也遗传了景黎的怕热体质，这会儿脑门上全是汗，热成这样还安安静静地站在景黎身边，刚刚买冷饮时也没吵着要喝。景黎只觉得自家女儿真是乖得让人心疼，蹲下来给她擦汗。

小话梅说：“妈妈，我快三岁了，可以自己擦汗了。”

说着，她拿着湿纸巾，时不时眨着小扇子般的睫毛，认真地擦拭着脑门上的汗水。

景黎摸摸她的脑袋，把太阳伞又往女儿那边挪了挪，等她擦完汗后，才带着小话梅走去剧组。幸好剧组不难找，两人走了不到十分钟的路，便见着了。

她的这本古代小说，原著世界是架空的，改编成电视剧后，将时代背景放在了魏晋时代，讲的是一个闺阁女子崔锦凭借能在画中预示未来的异能在男权时代闯出了自己的一片天地，从内宅到朝堂一步一步高升的故事。

前半部戏份大多是在内宅拍摄，布景什么的，影视城里有现成的，所以景黎稍微一推测，很容易便能找着地方。

门口站了个保安。

一般有人要进剧组只有两种方法，一是让人带着进去，二是有工作通行证。

本来剧组派了人去高铁站接她，顺便给她通行证的，只不过她临时有事改了行程，如今站在门口，有些尴尬。她正要给剧组的人打电话时，保安却瞅着她，问："是锦鲤吗？"

景黎没料到保安认识她，微微一怔。

保安说："我今天听剧组的人说，原著作者会过来参观，今早还激动了半天。锦鲤老师，我全家人都特别喜欢您的成名之作《勇敢的少女》，我的女儿是您的粉丝，床头还贴着您签售时的照片海报。没想到您真人比照片更显年轻漂亮，能、能给我和女儿签个名吗？"

景黎笑了笑，说："好呀。"

她早已习惯给粉丝签名，水性笔哗哗哗地一写，便应保安的要求签了好几份名字，末了，还温柔地说："承蒙厚爱，感谢你们的喜欢和支持。"

保安直接让景黎进去了。

景黎牵着小话梅跨过了门槛，又低声说："等会儿我们到了屋里，可以找阿姨和叔叔借小风扇吹一吹，很快就凉快了。"

小话梅说："妈妈，我想上厕所。"

景黎问了保安，保安指了路。

影视城里有好些公共厕所，有些分外远，幸好他们剧组隔壁就有一个，里面还有儿童专用的马桶。小话梅已经懂得自己上厕所了，把身上的小猪佩奇包包摘了下来，便自个儿蹦跶着进了洗手间。

景黎在洗手间外等她，刚好这会儿手机响了，来了几条微信。

老公："我这边活动差不多要结束了，你到剧组了吗？"

老公："酒店定位和房间号发我。"

老公："亲我老婆一下。"

老公："亲我女儿一下。"

景黎弯眉笑了，发了酒店地址和房间号给沈以原。

老公："这么冷淡！"

老公："不亲你老公一下吗？"

景黎："那偷偷亲一下，不许得寸进尺啊。"

老公："收到。"

景黎瞧着沈以原发的这个表情包，都能想象出他现在是什么表情了。一想到自家老公，她又忍不住扬起一抹笑容。

景黎有一张小圆脸，长得颇有气质，五官虽然不是顶好看的，但是一笑起来分外甜美，仿佛五官都瞬间明媚耀眼起来。她今天穿了一条纯白色的连衣裙，腰间是灰色格子纹的宽腰封，衬得腰肢不盈一握，踩着一双清新绿的绒皮高跟鞋，跟不高，只有三四厘米，显得小腿又细又白，站在厕所门口一笑，不经意间便晃花了从隔壁男厕所里走出来的赵书衡的眼。

赵书衡是娱乐圈里的新晋小生，去年饰演了一部古装剧中的反派一号角色，一炮而红。今年他的经纪公司给他挑了一部古装剧，虽说是大女主剧，但是男主人公人设极具挑战性，是分分钟能爆红的角色，说来也巧，正是景黎这本古代文的男一号。

赵书衡是剧里的打扮，一袭白衣，不说话时高冷又禁欲，只不过本人是极其活泼的，和剧中的形象完全不一样。

景黎一眼就认出了赵书衡，虽然剧组选角时她没有参与，但是出人物定妆时，她也关注过，当时第一眼就被赵书衡吸引了，简直就是她书里的谢五郎。

她含笑上前打招呼："赵老师您好，之前定妆照出来的时候，我就觉得您特别适合谢五郎这个角色，很期待您的扮演。"

赵书衡听着她说话，只觉带着一股子江南的吴侬软语调子，软软甜甜的嗓音像是酷暑时酸酸甜甜的酸梅汤，整颗心酥酥麻麻的，跟有电流滑过一样。

"是吗？要来参观剧组吗？你是游客吗？"

景黎正想回答，小话梅从洗手间里出来了，迈着小短腿就奔向了景黎。

赵书衡无论如何都想不到小话梅是景黎的女儿，毕竟景黎婚后身材管理得好，又长了一张显嫩的脸，怎么瞧都像是刚毕业的女大学生。于是乎，他理所当然地便把女娃娃当作景黎家里的小孩儿。

此时，赵书衡的助理小陈匆匆忙忙地过来："赵哥，导演四处找你，你赶紧回去吧。"

赵书衡应了一声，说："这是我的粉丝，你带她们参观一下剧组，好好招待。"

小陈瞄了眼景黎与小话梅，心想：得了，又是赵哥好的那一口，还是得看紧点儿，别闹出什么不好的绯闻来才好。

他叹了声，说："好的、好的。"

景黎本想解释一番，但仔细一想，自己刚刚说的话确实像一个粉丝会说的，这会儿要是来一句"我其实不是您的粉丝"，怕是有点儿打赵书衡的脸，索性就不开口了。

小话梅大抵也是有些累了，牵着她的手，低着头不说话了。

小陈带着景黎母女进了拍摄场地，景黎喊的饮料和甜品正好也到了，有人招呼小陈："原著作者送的探班下午茶，有你爱喝的冰奶茶。"

小陈眼睛一亮："听说原著作者不仅仅有才华而且长得好看，没想到还这么贴心！"

景黎含笑说："你去忙吧，我们就在这里转转。"

小陈求之不得，立马奔去取奶茶。

没多久，编剧认出了景黎，过来打了声招呼，不过实在忙，说了一两句又被导演招呼走了。景黎找着了两张空椅子，让小话梅坐着，又找编剧借了手持小风扇给女儿吹着风。

女儿和她体质一样，怕热，一张小脸蛋热得红扑扑的，景黎看得心疼，也不顾平时家里定下的规矩，把自己的手机给了小话梅玩。

她手机里只有一个游戏——《王者荣耀》，平日里有时间她还会和老公玩上几局。

小话梅滑着手机，不知怎么的就点开了《王者荣耀》，倒是来了兴趣，仰着小脑袋说："妈妈，我见爸爸玩过。"

景黎笑："你想玩吗？"

小话梅眼睛骤亮。

景黎开了局1对1的人机对战给她玩，她挑了扎着双马尾的安琪拉英雄，皮肤一眼就锁定了兔子睡衣。景黎含笑看着女儿在墨子机关地图里乱按技能，也不知是不是真的遗传到了她爸爸的游戏天赋，把对面的人机杀了一次。

"锦鲤老师！"编剧过来喊她，"导演让你过去一下。"她瞅了眼椅子上的小话梅，说，"这是你女儿吧，我帮你看着，你放心过去吧。"

景黎又低声嘱咐了小话梅几句，才过去导演那边了。等她回来的时候，却意外地发现编剧不见了，小话梅正在跟赵书衡说话：“我爸爸打游戏天下第一！”

赵书衡说：“叔叔打游戏也很厉害，叔叔带你玩。”

小话梅说：“我爸爸最厉害！”

赵书衡：“叔叔也很厉害，叔叔能一打五！”

小话梅听不懂，眨着大眼睛，重复道：“我爸爸最厉害。”

游戏结束，小话梅的塔被人机推了。

赵书衡趁机瞧了眼账号——是锦鲤啊，段位是王者。赵书衡也喜欢打游戏，没有通告时就喜欢宅在家里，什么游戏都玩，手游、端游都有涉猎，玩得最长久的也就是《王者荣耀》和《英雄联盟》了。

对这两个游戏，他是相当有自信的，当初要不是经纪人在网吧里挖了他，他恐怕都去打职业赛了。

景黎走过来，不动声色地拿回了手机，笑着说：“赵老师您别和小孩子较真。”说着，她又对小话梅道：“好了，今天已经玩了二十分钟的手机了，眼睛要休息了哦。”

赵书衡说：“我打游戏真的很厉害，下次跟我开黑，我带你躺赢。”

这时，编剧回来了，拉着景黎说：“刚刚我有事走开了一下，正好赵哥在这里，说帮忙看一下小孩儿，我就离开了。锦鲤老师，真是对不起。”

赵书衡微微一怔，随即问道：“锦鲤老师？”

编剧说：“啊，赵哥您还不知道吗？我以为你们已经互相认识了，这位是我们电视剧的原著作者锦鲤，之前那一部被称之为国产之光的黑马电影《勇敢的少女》就是她的作品。”

景黎这才微微一笑，说：“我刚刚想自我介绍的，不过赵老师您忙，我就没说了。”

赵书衡看景黎的目光多了几分欣赏。

人长得好看，还有才情，游戏还打得好，不错不错。

然而接下来，小话梅却说了句话：“妈妈，我想喝水。”

赵书衡震惊地看了母女两人一眼：什么？

晚上的时候，景黎和小话梅在酒店休息。

小话梅和沈以原视频。

小话梅："爸爸爸爸爸爸爸爸爸爸……"

沈以原："女儿女儿女儿女儿女儿……"

小话梅："爸爸，我想你。"

沈以原："爸爸也想小话梅。"

小话梅："爸爸爸爸，我今天玩你的游戏了，有好看的兔子小姐姐！"

正抱着平板电脑在床上码字的景黎探头过来，说："我今天给她玩了一会儿《王者荣耀》，人机1对1，她选了安琪拉这个英雄，还挺厉害的，把对面的王昭君给打死了一次。"

沈以原："我女儿真棒！回来后爸爸教你打游戏。"

景黎瞋了视频里的沈以原一眼："不许教，现在还小呢。"

沈以原："小话梅，咱们听妈妈的好不好？"

小话梅："好！"

沈以原："我女儿真乖！"

小话梅："爸爸爸爸，今天有叔叔说要教我打游戏，叔叔还说要带妈妈躺赢！"

于三岁小孩儿而言，"躺赢"无疑是新词汇，沈以原瞬间变了脸色："什么叔叔？"

小话梅："赵叔叔！"

景黎："我剧里的男主，新晋小鲜肉，赵书衡。"

沈以原的面色立即凝重起来。

两人是好几年的夫妻了，景黎哪儿会不知道自己的老公现在脑子里在想什么，说："这个醋你真的没什么好吃的，赵书衡就是热情。再说了，我带着个女儿在身边，别人哪里敢有什么想法？"

沈以原说："老婆你说得有道理。"

话是这么说，然而第二天晚上剧组拍夜戏，景黎带着小话梅在一旁围观。她看得入神，没多久，却听小话梅喊了声："爸爸！"然后小话梅迈着小短腿便往门口奔去。

她定睛一望，还真的是她老公来了。

沈以原嘴角含笑地牵着小话梅过来。

景黎顿时觉得哭笑不得，然而这会儿有外人在场，她只能瞪他。

此时，小话梅拉着她的手道："妈妈，爸爸给我买了小吐司。"景黎低头一看，女儿身上多了一个吐司面包挎包，正是先前在网上见到的，果真可爱到爆炸，一抬头，她身上也被套了一个。

沈以原说："一人一个，我挂钥匙扣。"说着，他把吐司面包钥匙扣挂在了背包上，说，"一瞧就是一家三口。"

景黎这会儿没什么脾气了，说："活动一完就赶过来了？"

沈以原说："我老婆真聪明。"

景黎哼哼两声，低头便去看新包包。

没多久，剧组休息，沈以原迅速和大半个剧组的人混熟了。剧组里有人是原神的粉，激动得满脸通红，让沈以原在T恤背后签名，嘴里还直说："原神您是所有玩《英雄联盟》的人的信仰！"

这话正好被今天结束戏份的赵书衡听见了。

赵书衡虽然沉迷游戏，但是从不看比赛和直播，就喜欢一个人闷在电脑或者手机前玩，如今听有人这么一说，立即有些不爽，对沈以原说："听说你打游戏很厉害，来一局？"

沈以原露出了一个奇怪的笑容："打什么？"

赵书衡："打《王者荣耀》吧，手机方便。"

沈以原："哦，可以，1对1？"

赵书衡："来。"

六分钟后，赵书衡毫无还手之力，被沈以原领兵推了高地，巨大的"失败"两个字跳上了屏幕。

沈以原微笑道："承让。"他一转头，又对景黎温柔地笑道，"老婆，我明后天都有空，我们和女儿玩几天再回去？"

景黎说："好。"

爱吃醋的幼稚鬼！

后记

每本书我最喜欢的环节就是写后记，感觉像是一手带大了孩子，写完后记就可以微笑地目送它去迎接属于自己的人生。

这本书于我而言，是非常特别的存在。

《王者荣耀》这款手游，最初是我的好友吱吱拉我入的坑，她每天都在给我安利这款游戏如何解压，打一局快则七八分钟，慢则二十分钟，对码字的人来说再适合不过了。然后我就入坑了，和景黎一样，最初打得特别菜，断断续续地玩了小半个月，也没明白这款游戏的魅力究竟在哪里，直到后来我在游戏里遇见了形形色色的人，技术也有所提升，才逐渐发现游戏的魅力。

时至今日，我写文已有十一年了，每一本书的女主角多多少少有自己每个阶段的缩影，而这本书的女主角也不例外。这本书的灵感来源非常普通，甚至可以说平平无奇，玩了《王者荣耀》这个游戏后，我就想写一个和它有关的故事，然后就动笔写了。在女主人设上我也偷了懒，完全是那会儿打游戏时自己的状态，以至于好友吱吱在追我的文时，发出了这样的感慨——这不就是你的日常吗？这不就是你昨天刚发生的事情吗？

玩这个游戏，很偶然地碰上了一个职业队的选手，具体名字我就不说了，是个很年轻的男孩子，十八岁不到。他有个小号，专门玩露娜，带我玩了几天，真的是秀得飞起，我每一局都看得目瞪口呆。费桦的原型也是来自此人。沈以原自然也是有原型的，游戏主播原型是孤影，喜欢《王者荣耀》那会儿，我特别喜欢看游戏直播，各大平台的主播的视频都看，有一段时间逮着空了便会上去看看孤影的直播或者录播。另外，景黎和沈以原在游戏里从相识到相恋的过程，也是有原型的，尽管至今已经过去很久了，可现在想起来，仍旧觉得很美好。

《王者荣耀》是一个版本和英雄都更新得很快的游戏，这本书是2018年3月份左右开始写的，所以文里的各种与游戏相关的信息都是以那段时间为参考的。现在我已经不玩这个游戏了，这个游戏陪伴了我大半年的闲暇时光，如今我仍旧感激它，它给我带来了许多新鲜的体验和感受，也因此有了这本书的诞生。

最后，我想向所有看到这里的读者说一声感谢。于我而言，写书是一件寂寞而又孤独的事情，可是一想到能给看的人带来一点点温暖，抑或能在别人疲惫时给他带来一点点喜悦，我便心满意足，觉得这本书已经得到了最大的回报。

感恩。

淡樱

写于2019年10月20日